Jack Vance
De Anome

DE ANOME

JACK VANCE

VERZAMELD WERK **43**

DURDANE

BOEK 1

Uitgegeven door Spatterlight, Amstelveen 2018
Oorspronkelijk verschenen als *The Faceless Man*, in *Fantasy & Science Fiction*,
Vols. 40:2 en 40:3, 1971
Deze vertaling verscheen eerder bij Meulenhoff, Amsterdam 1976

ISBN 978-1-61947-273-0

www.spatterlight.nl

JACK VANCE
DE ANOME

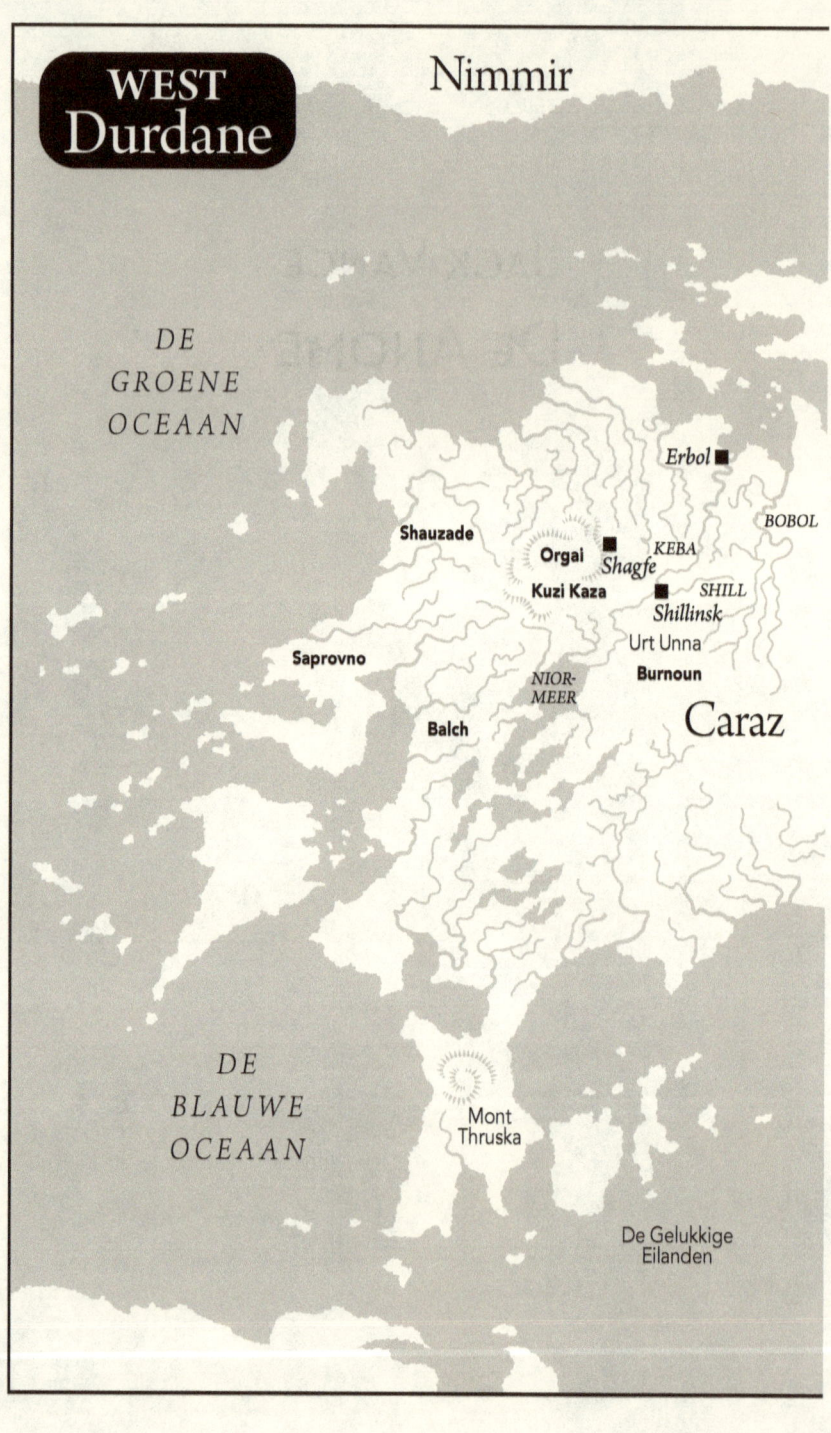

WEST Durdane

Nimmir

DE GROENE OCEAAN

Erbol

BOBOL

Shauzade

Orgai   KEBA
             Shagfe
Kuzi Kaza   SHILL
             Shillinsk

Saprovno   Urt Unna

                        Burnoun

              NIOR-
              MEER

Balch   Caraz

DE BLAUWE OCEAAN

Mont Thruska

De Gelukkige Eilanden

OOST
Durdane

Mirv

Kaap
Comranus

DE
GROENE
OCEAAN

GEVER

Shant

HIETZE
USAK

Garwiy
De Hwan

Beljamar

Kaoime
Chemaoue

Palasedra

DE
PURPEREN
OCEAAN

DE
BLAUWE
OCEAAN

Ashgarod

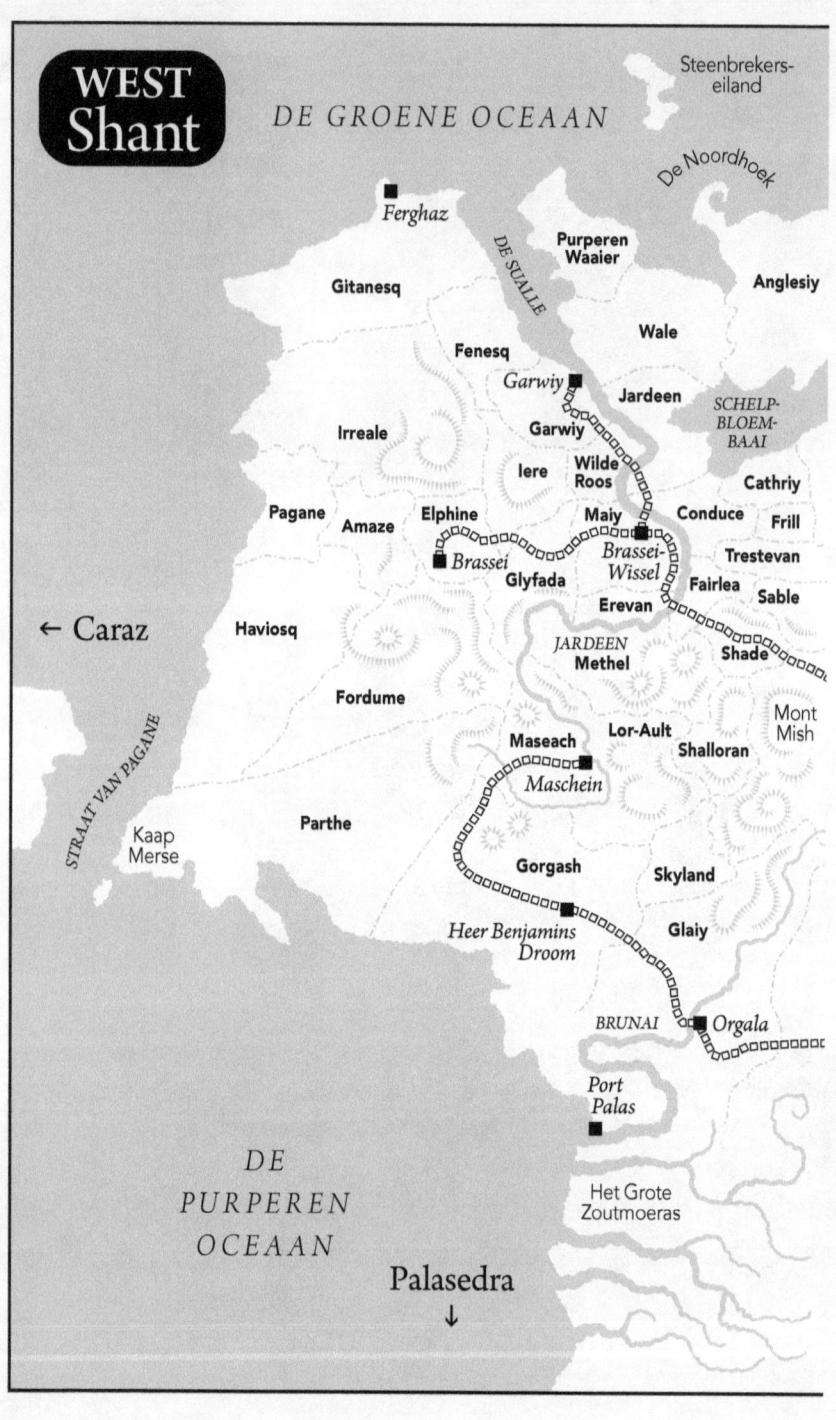

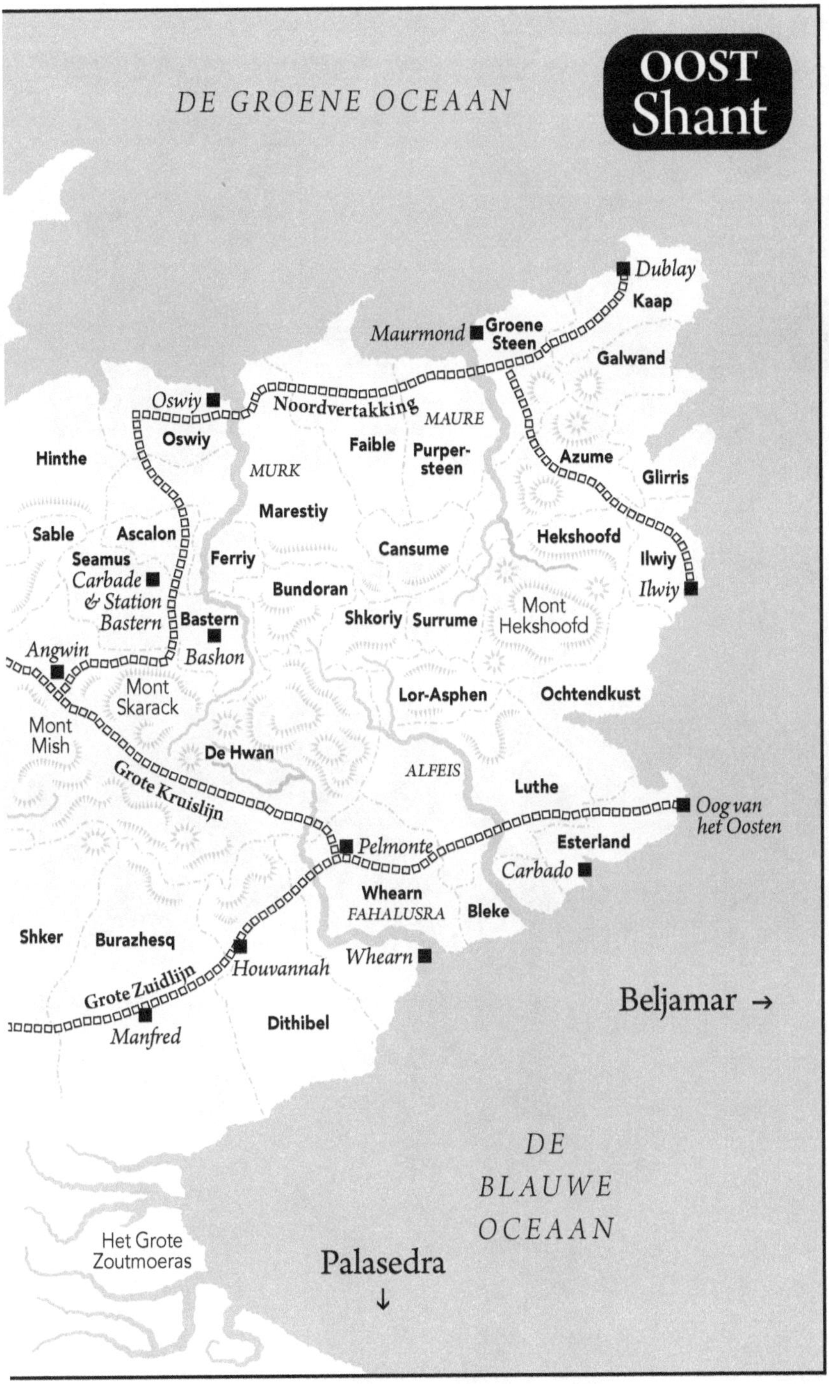

OOST
Shant

DE GROENE OCEAAN

■ Dublay

Kaap

Maurmond ■ Groene
Steen

Galwand

Oswiy ■ Noordvertakking

MAURE

Faible Purper-
steen

Azume

Glirris

Hinthe

Oswiy

MURK

Marestiy

Cansume

Hekshoofd

Ilwiy

Ilwiy ■

Sable **Ascalon**

Seamus **Ferriy**

Carbade ■
& Station

Bastern ■ **Bastern**

Bundoran

Shkoriy Surrume

Mont
Hekshoofd

Angwin ■

Bashon

Mont
Skarack

Lor-Asphen

Ochtendkust

Mont
Mish

De Hwan

ALFEIS

Luthe

Grote Kruislijn

■ *Oog van
het Oosten*

■ *Pelmonte*

Esterland

Carbado ■

Whearn
FAHALUSRA **Bleke**

Beljamar →

Shker **Burazhesq**

Whearn ■

Grote Zuidlijn *Houvannah*

Manfred

Dithibel

DE
BLAUWE
OCEAAN

Palasedra
↓

Het Grote
Zoutmoeras

HOOFDSTUK I

TOEN HIJ NEGEN JAAR OUD WAS, hoorde Mur een man in de hut van zijn moeder in een spottende vloek de naam van de Man zonder Gezicht aanroepen. Later, nadat de man was heengegaan stelde Mur zijn moeder een vraag. "Is de Man zonder Gezicht echt?"

"Hij is echt, zeker," antwoordde Eathre.

Mur dacht een poosje over haar antwoord na, toen vroeg hij: "Hoe eet hij dan, en hoe ruikt hij en hoe spreekt hij?"

Eathre's kalme stem antwoordde: "Hij zal zich op de een of andere manier wel redden."

"Het zou interessant zijn om eens te kijken hoe hij het doet," zei Mur.

"Ongetwijfeld."

"Hebt u hem weleens gezien?"

Eathre schudde het hoofd. "De Man zonder Gezicht valt de Chilieten nooit lastig, dus je hoeft je geen zorgen te maken om hem." Peinzend voegde ze daaraan toe: "Ten goede of ten kwade, zo ligt de zaak."

Mur, een mager en somber kind, fronste de zwarte wenkbrauwen die hij had meegekregen van zijn onbekende bloedvader. "Waarom zou zo'n zaak ten goede liggen? Of ten kwade?"

"O, wat een lastig kind ben je toch!" zei Eathre zonder veel hartstocht. Haar mond vertrok: misschien een vlaag *chsein**. Maar ze zei: "Als iemand handelt in strijd met de wetten van de Chilieten, wordt hij gestraft door de Ecclesiarchen. Als hij wegloopt, neemt de Man

---

* *Chsein*: 1 Geconditioneerd terugdeinzen van een verboden gedachte.
2 Blindheid of onverschilligheid voor de realiteit van onbekende, verboden, of niet-orthodoxe omstandigheden.

zonder Gezicht zijn hoofd af." Eathre's hand gleed naar haar halsband, een gebaar dat alle mensen in Shant maakten. "Als je de wetten van de Chilieten gehoorzaam bent, hoef je er nooit bang voor te zijn je hoofd te verliezen. Dit is het 'goede'. In dat geval ben je echter een Chiliet, en dat is het 'kwade'."

Mur zei niets meer. Zijn moeders opmerkingen stelden hem niet gerust. Als zijn zielvader hierover hoorde, dan zou Eathre op zijn minst een reprimande krijgen. Misschien zou ze wel worden overgeplaatst naar de looierij en dan zou Murs wereld in duigen vallen. De tijd dat hij nog 'op de melk van zijn moeder' leefde (om de Chilitische uitdrukking te gebruiken) was toch al niet lang: drie of vier jaar... Een reiziger betrad het huisje en Eathre legde zich een krans bloemen op het hoofd en schonk een beker wijn in.

Mur ging naar buiten en vlijde zich neer in de schaduw van de grote rododendrons aan de andere kant van de Weg. Hij was zich ervan bewust dat hij aan een toevallige ontmoeting zoals deze zijn bestaan te danken had; een Oorspronkelijke Schuld die hij zou moeten uitboeten wanneer hij een Chilitische Zuivere Knaap werd. Het hele proces kwam hem onbegrijpelijk voor. Eathre had vier kinderen ter wereld gebracht. Delamber, een meisje van zestien, had al een eigen huisje aan de westzijde van de Weg. Het tweede kind, Blink, drie jaar ouder dan Mur, had reeds de witte toga van een Zuivere Knaap aangenomen en zich de naam Chalres Gargamet gekozen, een naam waarin de deugden samengingen van Chalres, de Chilitische asceet die tot zijn dood toe in de takken van de Heilige Eik had geleefd, zes kilometer verder het Murkdal in, en van Bastin Gargamet, de meesterlooier die (terwijl hij ahulfhuiden* aan het roken was) de sacramentele eigenschappen had ontdekt van galga†. Het vierde kind, twee jaar na Mur geboren,

---

* *Ahulf*: een half-intelligente tweevoeter, inheems op Durdane, die in wilde staat door de wildernissen zwerft en soms getemd wordt, gefokt en geteeld voor een reeks nuttige werkzaamheden, van ongeschoolde arbeider en sleper tot huisdier. Als hij ziek is, wasemt de ahulf een weerzinwekkende geur uit die zelfs hemzelf tot klachten aanzet.

† *Galga*: de gedroogde bladeren van de easilstruik, verpulverd, gebonden met easilgom en ahulfbloed: een gewichtig hulpmiddel bij de spastische Chilitische verering van Galexis.

was veroordeeld wegens gebreken en verdronken in de afvoerput van de looierij, en Eathre was scherp vermaand, omdat de Chilieten afwijkingen aan de vrucht toeschreven aan seksuele excentriciteit.

Mur zat onder de rododendrons, kraste figuren in het witte zand en keek belangstellend naar de voorbijgangers: een marskramer in een wagen met lopers die hij had gehuurd bij het ballonspoorstation in kanton Seamus, toen drie jonge vagebonden. Landbouwarbeiders, zo te zien aan de groen-bruine verticale strepen op hun halsbanden.

Mur kwam overeind. Zijn fiberbomen moesten worden verzorgd; als de spoelen slap kwamen te staan werd de draad bobbelig en grof... Een platte kar, voortbewogen door een stoommachine en beladen met mooie lange zwarthoutbalken, kwam voorbij. Mur liet alle gedachten aan fiberbomen varen en bleef helemaal tot de Murkbrug aan het eind van de laatste balk hangen. Toen liet hij zich op de grond vallen en keek de kar na, die rommelend zijn weg vervolgde over de verre wilde weg naar het oosten. Een poosje gooide hij steentjes in de Murk; even stroomopwaarts van de brug draaide een waterwiel rond om galbladeren te vermalen, en aluin, verfsteen, allerlei kruiden, wortels en chemicaliën voor de looierij.

Langzaam slenterde Mur terug. De reiziger was vertrokken. Eathre zette hem zijn middageten voor, soep en brood. Terwijl hij at stelde hij de vraag die de hele morgen al aan zijn geest had geplukt: "Chalres lijkt op zijn zielvader, maar ik niet. Is dat niet vreemd?"

Eathre wachtte tot kennis in haar opwelde: een heerlijk, elementair proces, als het in bloei raken van bomen, of het sap dat uit gekneusd fruit stroomt. "Noch jij, noch Chalres hebben banden des bloeds met Grote Man Osso of met enige andere Chiliet. Zij bekennen geen vrouwen. Chalres' vader ken ik niet. Jouw vader was een zwerver, een muziekmaker, een van de mannen die alleen reizen. Het speet me toen hij heenging."

"Is hij nooit teruggekomen?"

"Nooit."

"Waar is hij heengegaan?"

Eathre schudde het hoofd. "Mannen als Dystar dwalen door alle kantons van Shant."

"En kon u niet met hem meegaan?"

"Niet zolang Osso mij aan mijn contract houdt."

Zwijgend en nadenkend at Mur zijn soep.

Delamber kwam het huisje binnen met een mantel over haar groen en blauw gestreepte gewaad. Net als Mur was ze slank en ernstig, net als haar moeder was ze slank en stil als een geruisloos stromende rivier. Ze zonk neer in een stoel. "Nu al ben ik moe; ik heb drie musici uit het kamp ontvangen. De laatste was het moeilijkst van allemaal, en hij was vol woorden. Hij haalde het in zijn hoofd mij te vertellen over zekere barbaren, de Roguskhoi: grote drinkebroers en grote geilaards. Hebt u van ze gehoord?"

"Ja," zei Eathre. "De man die hier net is vertrokken, koestert groot respect voor hen. Hij beschreef hun lust als meer dan gewoon, en geen vrouw is voor ze veilig. En betalen doen ze ook niet."

"Waarom verdrijft de Man zonder Gezicht hen niet?" wilde Mur weten.

"Wilde mensen dragen geen halsband, en de Man zonder Gezicht kan niets tegen ze ondernemen. Ze zijn in ieder geval teruggedreven en worden niet langer als een bedreiging beschouwd."

Eathre serveerde thee. Mur pakte twee nootkoekjes en ging naar buiten, de tuin in achter het huisje, waar hij de stem hoorde van Chalres, zijn zielbroeder.

Mur keek zonder veel enthousiasme om zich heen. Chalres draafde de helling af en bleef staan aan de rand van de tuin die hij niet binnen durfde gaan uit vrees onrein te worden. Chalres, die in niets op Mur leek, was mager en lang, en zijn kleine, scherp gesneden gezicht verkeerde voortdurend in heftige opwinding. Zijn ogen puilden uit, wrongen zich rond, knipperden, draaiden naar links en naar rechts; zijn neus vertrok zich; hij grijnsde, maakte grimassen, loerde honend, liet zijn tanden zien, likte zijn lippen af, schaterde waar een kort gegrinnik meer dan voldoende zou zijn geweest; hij krabde aan zijn neus, wreef in zijn oren, maakte brede, onhandige gebaren. Mur had zich vaak afgevraagd waarom hij en Chalres in zoveel opzichten van elkaar verschilden. Ze hadden toch dezelfde moeder, dezelfde zielvader? Tot op zekere hoogte leek Chalres op hun beider zielvader, Grote Man Osso, die zelf ook lang was, een gelige huidskleur had, en zo mager was als een klokkenluider.

"Kom mee," zei Chalres, "je moet bessen plukken."

"Ik, bessen plukken? Wie zegt dat ik dat moet?"

"Dat zeg ik, en om zuiver te blijven, vrij van alle smetten van het vrouwelijke, heb ik sacramentele handschoenen voor je meegebracht. Zorg ervoor dat je je afwendt wanneer je uitademt, dan gaat alles zonder moeilijkheden. Wat eet je daar?"

"Nootkoekjes."

"Hmmf... Ik heb vanochtend alleen maar een droge koek en water gehad... Nee, ik durf het niet aan. Osso zou het merken. Hij heeft een neus als een ahulf. Hier, pak aan." Hij gooide Mur een mandje toe waar een paar witte handschoenen in zat: Chalres' eigen paar, vermoedde Mur, dat hij zelfs als Zuivere Knaap moest dragen wanneer hij met voedsel omging. Chalres scheen zijn gemak op hogere prijs te stellen dan dat hij bang was het voedsel te verontreinigen, dat toch maar op de tafel van de Chilieten terechtkwam.

Al was Mur niet bijzonder gesteld op Chalres, hij voelde een zeker medelijden met diens ontberingen; het zou niet lang meer duren of Mur zelf zou eraan blootgesteld worden. Zonder een woord van protest nam hij het mandje aan: als het bedrog werd ontdekt zou Chalres ervoor boeten, niet hij. Half onwillig vroeg hij: "Wil je nu een nootkoekje of niet?"

Chalres liet zijn blik over de helling gaan, over de witte massa van de Bashontempel, de rij donkere gaten onder de muren waar de Zuivere Knapen hun holen hadden. "Kom mee naar de aparboom."

Achter de aparboom trok Chalres plechtstatig de witte handschoenen aan, pakte het nootkoekje aan en slikte het ineens naar binnen. Toen likte hij de kruimels van zijn wangen en maakte een serie schuldbewuste grimassen met zijn blik op de heuvel. Ten slotte, gerustgesteld, hield hij op met hoesten, aan zijn neus trekken, en maakte een weids gebaar om de hele affaire uit zijn geheugen te wissen.

De twee gingen op weg naar de bessenstruiken aan de westkant van de Rododendronweg. Chalres bleef een eindje van Mur vandaan om niet door zijn ongezuiverde zielbroeder te worden verontreinigd.

"Vannacht komen de Ecclesiarchen bijeen in Doctrinair Conclaaf," vertelde Chalres met het air van een boodschapper met een belangrijk bericht. "Hun dessert bestaat uit bessen en ze hebben een grote mand vol nodig, geloof het of niet. Ik ben er helemaal alleen op uitgestuurd om deze geweldige hoeveelheid te plukken. Ondanks hun zuivere idealen en de starre vasthoudendheid waarmee ze die nastreven, eten ze alles wat hun wordt voorgezet tot de laatste kruimel op."

"Ha!" zei Mur somber. "Hoelang nog tot je eigen aanneming?"

"Nog een jaar. Ik begin al haar op mijn lichaam te krijgen."

"Besef je wel dat zodra ze een halsband om je hals klappen, je nooit meer mag rondzwerven en dwalen?"

Chalres snoof. "Dat is net als wanneer je zegt: Zodra een boom volwassen is, mag hij nooit meer een zaadje worden."

"Geef je dan niets om rondzwerven?"

Chalres gaf een brommerig, elliptisch antwoord. "Zwervers dragen óók een halsband. Laat mij een zwerver zonder halsband zien en ik laat je een uitlander zien."

Mur had daar niet meteen een antwoord op. Even later vroeg hij: "De Roguskhoi, zijn dat uitlanders?"

"De wat? Daar heb ik nog nooit van gehoord."

Mur, die weinig meer wist dan Chalres, zei wijselijk niets meer. Ze liepen langs de boomzijdeplantage, waar Mur tweehonderd klossen verzorgde en gingen de helling af naar de bessenstruiken. Chalres hield stil en keek naar de tempel, hogerop de helling. "Hoor eens: jij gaat daarheen, omlaag, naar de laagste struiken, ik oogst hierboven wel waar de mensen in de tempel me aan het werk kunnen zien en er later hun goedkeuring over kunnen uitspreken als ze daartoe behoefte gevoelen. Maar pas op: draag de handschoenen. Dat is toch wel een minimale voorzorgsmaatregel."

"En Osso's minimum?"

"Daar kunnen we alleen maar over speculeren. Ik heb op zijn minst twee manden vol nodig, dus werk zo snel je kunt. Vergeet de handschoenen niet! De Chilieten bespeuren de smet van een vrouw eerder dan een gewone man de rook van een vuur."

Mur klom naar de ondergrens van de bessenstruiken en klauterde toen nog een eindje schuin langs de helling om het kamp van de musici te bekijken. De groep die hij zag was ongewoon groot en bestond uit zeven wagens, allemaal beschilderd in kleuren die elk iets anders betekenden: lichtblauw voor vrolijkheid, roze voor onschuld, donkergeel voor *sunuschein**, en grijsbruin om technische vaardigheid te benadrukken.

De groep hield zich bezig met routinewerkzaamheden: trekdieren verzorgen, groenten snijden en in kookpotten gooien, dekens en doeken uitslaan. Als groep waren ze veel luidruchtiger, veel uitbundiger dan de Chilieten; hun gebaren waren levendig en vaak zwierig, wanneer ze lachten, gooiden ze hun hoofd achterover en zelfs de chronisch norse artiesten etaleerden hun slechte stemming in onmiskenbare houdingen. Een oude man zat op het trapje van een wagen nieuwe pennen te bevestigen aan een kleine khitan met een knik in de hals. Vlak naast hem zat een jongen van ongeveer Murs leeftijd te oefenen op een gastaing en sloeg loopjes en arpeggio's aan terwijl de oude man hem brommerig advies toeriep.

Mur zuchtte en wendde zijn blik af. Hij klauterde terug naar de bessenstruiken. Voor hem bewoog en verschoof een lichtbruine vlek, hij hoorde bladeren ritselen. Mur bleef abrupt staan, ging toen langzaam verder. Toen hij door de bladeren tuurde zag hij een meisje van een jaar of twee ouder dan hijzelf. Met vaardige vingers was ze bessen aan het plukken die ze in een mandje deed dat aan haar arm hing.

Mur, verontwaardigd dat het meisje op een voor vrouwen verboden plek durfde te komen, stapte naar voren, struikelde over een dode tak en viel languit in een heksenstruik. Het meisje keek verschrikt half over haar schouder, liet haar mandje vallen, hief haar rok hoog op en ging er halsoverkop vandoor. Beschaamd over zijn domme valpartij krabbelde Mur overeind. Hij keek het meisje na. Het was niet zijn bedoeling geweest om haar bang te maken, maar omdat het nu toch was gebeurd: zo zij het! Geschramde benen of niet, tussen de bessenstruiken van de Chilieten had zij niets te maken. Hij raapte het mandje op dat ze had laten vallen en stortte boosaardig haar bessen in zijn eigen mand. Hier waren de bessen voor het Conclaaf!

Hij stopte de handschoenen in zijn zak en plukte een tijdje verder, terwijl hij langzaam de helling opging. Even later riep Chalres hem aan. "Knaap! Waar zijn de bessen? Heb je gewerkt of geluierd?"

---

* *Sunuschein*: roekeloze, onbezorgde vrolijkheid, met een ondertoon van fatalisme en tragische wanhoop.

"Kijk zelf maar," zei Mur.

Chalres keek in het mandje, opzettelijk het feit negerend dat Mur geen handschoenen aanhad. "Hmmm. Je hebt 't er heel aardig afgebracht. Vreemd. Goed dan, doe ze hier maar in. Ik zal wel zeggen dat dit alles was wat er te plukken viel...Uitstekend. O ja, de handschoenen. Je bent buitengewoon netjes." Chalres kneep een bes fijn tussen de vingers van de handschoen. "Zo, dat ziet er wat beter uit. En niets vertellen!" Hij bracht zijn gezicht tot vlak bij dat van Mur en keek hem dreigend aan. "Denk eraan: als jij een Zuivere Knaap bent, ben ik een Chiliet, en veel strenger dan ik nu ben, want ik kan wel zien dat het die kant opgaat!" Hij klom terug, de heuvel op, naar de tempel.

Met niets anders omhanden, plukte Mur nog wat bessen voor zijn moeder, en at er zelf evenveel als hij in het mandje gooide. Na een tijdje, zoals hij wel verwacht had, verscheen de lichtbruine jurk van het dwalersmeisje op de helling, een eindje onder hem. Hij klom langzaam naar beneden en zorgde ervoor dat ze hem aan hoorde komen, en dit keer maakte ze geen aanstalten om te vluchten. In plaats daarvan kwam ze op hem afrennen met haar gezicht rood van woede. "Jij kleine raarling, jij hebt me aan het schrikken gemaakt en mijn bessen gestolen! Waar zijn ze? Vooruit, geef op voor ik die belachelijke oren van je hoofd trek!"

Mur, wat verbluft door haar uitval, probeerde de onverstoorbare waardigheid van een Chiliet te bewaren. "Je hoeft me niet uit te schelden."

"Natuurlijk moet ik dat! Hoe moet ik een dief anders aanspreken?"

"Jij bent een dief; dit zijn de bessenstruiken van de Chilieten!"

Het meisje wierp haar armen in de lucht en slaakte een uitroep van ergernis. "Wie is de dief en wie is de dief niet? Het is allemaal hetzelfde, wanneer ik mijn bessen maar krijg." Ze graaide Murs mandje uit zijn handen, keek even naar het handjevol dat ze daar vond. "Was dat alles wat ik geplukt had?"

"Er was meer," verklaarde Mur met waardige openhartigheid. "Ik heb ze aan mijn zielbroeder gegeven. Wees niet boos, ze gaan naar het Conclaaf van de Chilieten. Is dat geen grote grap? Een vrouw heeft het voedsel verontreinigd!"

Weer werd het meisje boos. "Ik heb helemaal geen voedsel verontreinigd! Waar houd je me voor?"

"Misschien begrijp je wel niet dat..."

"Zeker niet, en dat zal nooit gebeuren ook! Niet de Chilieten! Ik ken jullie gore manieren wel! Jullie raken beneveld door rook en krijgen dan wulpse dromen. Ik heb nog nooit zo'n rare sekte meegemaakt."

"De Chilieten zijn geen sekte," zei Mur plechtig. Hij herhaalde de doctrine die hij van Chalres had gehoord. "Ik kan je er maar weinig van vertellen, omdat ik op dit ogenblik nog niet eens een Zuivere Knaap ben en pas over drie of vier jaar mijn ziel zal leren beheersen. De Chilieten zijn het enige volk van Durdane dat intellectueel mondig is en een hoogontwikkelde beschaving bezit. Alle andere volken worden beheerst door hun emoties, maar de Chilieten leiden een abstract en verstandelijk bestaan."

Het meisje lachte spottend. "Kind! Wat weet jij nu van andere volken af? Je bent nog geen honderd meter ver de weg af geweest, naar het noorden of naar het zuiden."

Mur kon haar spottende woorden niet weerleggen. "Maar ik heb veel gehoord van de mannen die naar mijn moeders huisje komen. En weet wel dat mijn vader musicus was!"

"Zo? Hoe heette hij dan?"

"Dystar."

"Dystar... Kom mee naar de wagens, dan zal ik achter de waarheid over je vader zien te komen, wat voor een musicus hij was."

Murs hart begon sneller te kloppen; hij deed een stap terug. "Ik weet niet zeker of ik dat wel weten wil."

"Waarom niet? Waar ben je bang voor?"

"Ik ben nergens bang voor. Ik ben een Chiliet, en daarom..."

"Ja, ja. Kom maar mee dan."

Met lood in de benen volgde Mur haar, terwijl hij probeerde om op een overtuigende reden te komen om niet naar het kamp van de musici te gaan. Het meisje keek over haar schouders en grijnsde breed en vrijpostig en ten slotte begon Mur zich te ergeren. Ze hield hem voor een leugenaar en een zonderling, hè? Niets kon hem nu nog tegenhouden... Ze liepen het kamp binnen. "Azouk, Azouk!" riep een vrouw. "Heb je bessen meegebracht? Geef ze maar hier."

"Geen bessen," zei Azouk met ergernis in haar stem. "Deze kleine dief heeft ze van me afgepakt. Ik heb hem hier gebracht voor een goed pak slaag."

"Vooruit ermee," zei de vrouw. "Heb je bessen of niet?"

Met een weids gebaar overhandigde het meisje haar het bijna lege mandje. "Het is zoals ik zei. Dit zonderlingetje heeft ze afgepakt, en verder beweert hij ook dat zijn vader musicus geweest is — een zekere Dystar."

"En waarom niet? Zijn musici niet als andere mannen? Bevrucht en gevlucht, zo gaat het altijd." En ze voegde eraan toe: "Je moeder moet een methodische vrouw zijn."

Mur waagde het een voorzichtige vraag te stellen. "Hebt u mijn vader Dystar gekend?"

De vrouw wees met een vinger over haar schouder. "Klamp die oude man met de kapotte khitan maar eens aan. Die kent alle dronken musici van heel Shant. Kom nu toch, Azouk! Moet je dan je hele leven verluieren, brutaal nest? Haal wat takken en zorg voor het vuur!" De vrouw liep weg om in een grote ijzeren pot te roeren; met een brutale beweging van haar hoofd verdween het meisje achter een wagen. Mur bleef alleen achter. Niemand had hem nodig. Alle leden van de troep werkten intens geconcentreerd, alsof dat waaraan ze bezig waren het belangrijkste karwei was dat ze ooit onderhanden hadden gehad. In het hele kamp leek de oude man nog wel het minst koortsachtig bezig te zijn, en zelfs hij werkte met driftige bewegingen van zijn ellebogen. Af en toe pauzeerde hij om argwanend zijn werk te bekijken. Stap voor stap kwam Mur dichterbij. De oude keek hem koel even aan en begon een snaar aan de khitan te bevestigen.

Mur keek eerbiedig toe. Onder het werken floot de oude man een wijsje tussen zijn tanden. Hij liet zijn els vallen; Mur raapte hem op en reikte hem aan. Weer een schuine blik; Mur kwam een stap dichterbij.

"Zo, mijn jongen," vroeg de oude man op uitdagende toon. "Is dit karwei goed gedaan?"

Mur aarzelde even, zei toen: "Ik zou zeggen van wel. Maar in Bashon krijgen we maar weinig muziekinstrumenten te zien. De Chilieten geven de voorkeur aan wat zij een 'heldere, koude stilte' noemen. Mijn zielvader, Osso Higajou, ergert zich al aan het getinkel van een beltor."

De oude man hield even op met werken. "Merkwaardig. En jij zelf? Ben jij een Chiliet?"

"Nee, nog niet. Ik woon bij mijn moeder Eathre, halverwege de Weg. Ik weet niet of ik wel een Chiliet wil worden."

"Waarom niet? Hun leven is gemakkelijk genoeg, in hun 'heldere, koude stilte', en al hun vrouwen zwoegen voor hen."

Mur knikte wijs. "Ja, dat zal wel zo zijn... Maar eerst zou ik een Zuivere Knaap moeten worden, en ik wil eigenlijk niet bij mijn moeder weg. En bovendien was mijn bloedvader een musicus. Hij heette Dystar."

"Dystar." De oude man spande de nieuwe snaar en streek er even over. "Ja, Dystar ken ik. Een druithine."

Mur kwam nog dichterbij. "Wat is een druithine?"

"Dat is iemand die niet met een troep andere musici meetrekt. Hij dwaalt in zijn eentje rond, met een khitan, zoals dit instrument hier, of misschien wel een gastaing. Zo is hij in staat om zijn wijsheid en de omstandigheden van zijn leven over te brengen op anderen."

"Zingt hij?"

"O nee, nee! Hij zingt niet. Dat is iets voor minstrelen en balladezangers. Wij rekenen zingen niet tot de muziek, het is iets heel anders. Haha, wat zou Dystar hier wel van gezegd hebben?"

"Wat is Dystar voor iemand?"

De oude man stak zijn gezicht naar voren. Mur deed snel een stap achteruit. Streng zei de oude man: "Waarom vraag je dit, jij die over korte tijd een Zuivere Knaap wordt?"

"Ik heb me vaak afgevraagd wat mijn vader voor man was."

"Goed dan, ik zal het je vertellen. Dystar was een sterke man met een hard en nors gezicht. Hij speelde gepassioneerd, en er bestond nooit enige twijfel over hoe hij zich voelde. En weet je hoe hij stierf?"

"Ik wist niet dat hij dood was."

"Zo luidt het verhaal. Op een avond werd hij verschrikkelijk dronken. Hij speelde* op de gastaing, en allen die hem hoorden waren diep ontroerd. Daarna, zo gaat het verhaal, rende hij de straat op, schreeuwend dat zijn halsband hem de adem afsneed en een aantal omstanders zag hem eraan rukken. Of hij de halsband brak en zo zijn eigen dood teweegbracht, of dat de Man zonder Gezicht voorbijkwam en niet goedkeurde wat hij deed, is niet bekend, maar de volgende ochtend

---

* Een zwakke vertaling voor het Shantse werkwoord *zuweshekar*: een muziekinstrument met zo veel hartstocht bespelen dat de muziek een eigen leven gaat leiden.

vonden ze zijn lijk, en het luisterrijke hoofd, dat eens zo vol zat met melodieën, was verdwenen." De oude man trok nerveus even aan zijn eigen halsband. Mur keek naar de kleuren: horizontale strepen purper en roze, die erop wezen dat hij niet aan een kanton gebonden was; verticale strepen grijs en bruin, kleuren van de musici; en een persoonlijke code van blauw, donkergroen, donkergeel, scharlaken, blauw en purper. Mur betastte zijn nu nog onbedekte nek. Hoe zou het voelen als daar een halsband omheen zat? Volgens sommigen voelde iemand zich maanden, jaren zelfs verstikt, en leefde hij voortdurend in angst. Mur had van gevallen gehoord waarin de man of vrouw die de halsband om kreeg buiten zinnen raakte en de band brak en zo zijn eigen dood teweegbracht. Mur likte zijn lippen af. De halsbanden waren een noodzakelijk iets, maar af en toe wilde hij dat hij kind kon blijven en samen met zijn moeder in een knus huisje kon wonen, ver van Bashon, waar hij nooit lastig zou worden gevallen door halsbanden, Chilieten of de Man zonder Gezicht.

De oude man streek over de khitan, en er klonk een droevig akkoord. Gefascineerd keek Mur naar de vlugge vingers. Het tempo werd sneller, de melodie sprong nu eens hierheen, dan weer daarheen...De oude man hield op met spelen. "Dat was een danswijsje uit Carbado, een haven aan de zuidkust van het kanton Esterland. Vond je het leuk?"

"Heel erg leuk."

De oude man bromde. "Hier, neem die khitan maar mee, je mag 'm hebben. Steel morgen een lap goed leer voor me, of pluk een emmer bessen voor me, of stuur me de groeten — het kan me niet schelen."

"Ik doe het alle drie!" riep Mur. "En nog meer ook, als u het wilt! Maar hoe kan ik erop leren spelen?"

"Niet zo moeilijk, als je goed je best doet. Om van toonsoort te veranderen moet je de nek buigen; je hoeft maar één serie akkoorden te leren, het hele schema staat op de achterkant gegrift. Maar hoe je die akkoorden gebruiken moet, dat is iets anders, daar komt vaardigheid bij kijken, en een langdurige bekendheid met de muziek en het leven." Plechtig hief hij zijn vinger op. "Wanneer je een groot druithine wordt, vergeet dan niet dat je eerste khitan van Feld Maijesto afkomstig was."

Onhandig hield Mur het instrument vast. "Ik ken geen melodieën. In Bashon is er geen muziek."

"Dan verzin je die zelf," kaatste de oude man terug. "Maar laat je zielvader Osso het niet horen. Vraag hem niet bij je muziek te zingen of de gevolgen zullen rampzalig zijn!"

Mur verliet het kampement van de musici met een hoofd dat gloeide van vreugde en verwondering en ongeloof over deze geweldige gebeurtenis.

Toen hij de Weg op wou stappen kwam hij opeens bij zinnen en bleef staan. Zijn khitan gewoon mee naar huis nemen, zodat iedereen hem kon zien, betekende dat hij over de tong zou gaan, en langs een route die regelrecht naar zijn zielvader voerde. Osso zou het instrument meteen laten vernietigen als een voorwerp dat in strijd was met de strenge doctrines van de Chilieten.

In plaats daarvan ging hij naar het huisje van zijn moeder terug via een kronkelig pad achter de rododendrons. Ze liet niets van verbazing blijken toen ze de khitan zag. Mur had dat ook niet van haar verwacht. Hij vertelde haar alles wat er gebeurd was en bracht haar de dood van Dystar over. Ze keek in de verte, naar de schemering, want de zon was ondergegaan en de hemel paarsgekleurd. "Tot zulk een lot was Dystar voorbestemd, en eigenlijk is het daarom ook zo erg niet." Ze raakte haar eigen halsband aan, draaide zich om en maakte Murs avondmaal klaar, zich veel moeite gevend om iets lekkers voor hem te maken.

Toch was Mur onrustig. "Moeten we dan altijd halsbanden dragen? Zouden alle mensen niet kunnen afspreken om zich goed te gedragen, zodat er geen halsbanden nodig zouden zijn?"

Bedroefd schudde Eathre haar hoofd. "Ik heb gehoord dat alleen mensen die de wetten overtreden bezwaar hebben tegen de halsbanden, maar zekerheid daarover heb ik niet. Op de dag dat de halsband om mijn nek werd gedaan, voelde ik me verkrampt en gebroken en confuus. Misschien zijn er wel betere manieren, ik weet het niet. Niet lang meer, dan ben ik je kwijt. Ik wil je niet belemmeren bij je levenspad, waarheen dat ook leidt, maar om Saccard te zegenen moet ik Saccume vervloeken.* Ik weet nauwelijks wat ik je zeggen zal."

Toen ze de verbijsterde uitdrukking op Murs gezicht zag zei Eathre:

---

* Saccard en Saccume: tegenstanders uit vele honderden fabels van Shant, steeds met elkaar in conflict of strevend naar tegenstrijdige doelen, of het slachtoffer van omstandigheden die hen tegenover elkaar plaatsen.

"Welnu, luister dan. Ik raad je aan om vernuftig te zijn: versla tegenslagen, aanvaard ze niet! Tracht uit te blinken! Je moet proberen om beter te zijn dan de besten, ook als dat betekent dat je je hele leven lang ontevreden zult zijn over je tekortschieten!"

Mur proefde haar gedachten. "Bedoelt u dat ik riten en reien beter moet leren dan de rest van de jongens? Beter dan Chalres? Beter dan Neech wanneer hij een Zuivere Knaap wordt? Zodat ik een Ecclesiarch word?"

Het duurde een hele tijd voor Eathre antwoord gaf. "Als je graag een Ecclesiarch worden wilt, dan is dit hetgeen wat je moet doen."

Mur, die elke subtiele intonatie van de stem van zijn moeder kende, knikte langzaam.

"Maar nu moet je naar bed," zei Eathre. "Wees voorzichtig wanneer je op de khitan speelt! Smoor de snaren, verwijder de borstels van de rateldoos. Anders stuurt Osso me naar de looierij voor het mijn tijd is."

In de duisternis streelde Mur de snaren en huiverde bij de zachte geluiden. Hij zou nooit een Zuivere Knaap worden, hij en zijn moeder zouden vluchten, ze zouden musici worden, allebei! Maar ach, nee, Eathre kon niet vluchten! Ze was gebonden. Hoe kon hij er zonder haar vandoor gaan? En dus…Wat? Hij klemde de khitan tegen zijn borst.

De volgende ochtend bracht verschrikkelijk nieuws. In het afvalwater van de looierij werd het lijk van Chalres Gargamet ontdekt. Hij dreef er met zijn gezicht naar beneden in. Hoe hij de dood had gevonden was niet duidelijk, maar zijn armen en benen waren op een vreemde manier verwrongen, als de ledematen van een krampdanser.

Later gleden gefluisterde geruchten van huisje tot huisje. De vorige dag had Chalres bessen geplukt voor het Conclaaf. Na de maaltijd had Grote Man Osso een lange zwarte haar van een vrouw tussen de bessen gevonden. En de mensen die met elkaar fluisterden voelden in hun kille huiveringen de vreemde emotie die het midden houdt tussen diepe angst en het besef van een groteske absurditeit. En Mur werd doodsbleek en kroop weg in het donkerste hoekje van het huisje waar hij de hele dag roerloos bleef liggen. Af en toe trokken zijn smalle schouderbladen even om aan te geven dat hij leefde.

Toen de avond viel legde Eathre een deken over hem en liet hem rustig liggen, al deden ze allebei de hele nacht geen oog dicht. De volgende ochtend bracht ze hem een kom gruwel. Hij keerde zijn smalle gezicht naar haar toe. Zijn lippen beefden, zijn haar was in de war. Eathre drong haar tranen terug en drukte hem tegen zich aan. Mur begon te huilen, een zacht jankend geluid diep in zijn keel dat langzaam hoger werd. Eathre schudde hem zachtjes heen en weer. "Mur, Mur, Mur!"

Later die dag beroerde Mur de khitan, een ongeïnteresseerde streek van zijn vingers. Hij kon niet naar de looierij sluipen om een stuk leer te stelen, hij kon geen mandvol bessen plukken, in plaats daarvan probeerde hij een aantal vriendelijke gedachten naar de oude man te sturen, maar wat hij dacht scheen slap en zwak.

Na zonsondergang bracht Eathre hem gestoofd fruit en thee. Eerst schudde Mur zijn hoofd, toen at hij, lusteloos. Eathre bleef naar hem kijken, zo lang dat Mur haar ten slotte aankeek. Ze zei: "Voor je je Ziel aanneemt, kunnen ze je niet aangeven bij de Man zonder Gezicht als je weggaat uit Bashon. Als je wilt, zal ik een welwillend man vragen of hij je als leerjongen in dienst wil nemen."

"Ze zouden ahulfs achter ons aan sturen."

"Daar zou wat aan te doen moeten zijn."

Mur schudde het hoofd. "Ik wil je nu niet verlaten."

"Als je een Chiliet wordt verlaat je me toch, en erger."

"Ook dan verlaat ik je niet! Ze kunnen me vermoorden, maar ik verlaat je niet!"

Eathre streek hem over het hoofd. "Chiliet of dood, we zouden in beide gevallen van elkaar gescheiden zijn. Is dit niet waar?"

"Ik zal je in het geheim bezoeken. Ik kan het zo regelen dat je niet zo hard hoeft te werken."

"Zo erg is het werk ook weer niet," zei Eathre zacht. "Overal moeten vrouwen werken."

"De Man zonder Gezicht moet een monster zijn!" riep Mur gesmoord.

"Nee!" kreet Eathre, zo heftig als haar temperament haar toestond. Ze dacht een ogenblik na, bracht haar heldere gedachten op orde. "Hoe kan ik het je uitleggen? Je bent nog zo jong! Mensen veranderen elk ogenblik! De man die Saccard prijst, kan als een zieke ahulf tekeergaan tegen Saccume. Begrijp je dat? De mens is onberekenbaar, je kunt niet voorspellen wat hij zal gaan doen. Om zonder onenigheid te leven bindt hij zich en anderen met regels. De tweeënzestig kantons hanteren allemaal andere regels. Wat zijn de beste, wat de slechtste? Niemand weet het, en misschien maakt het ook niet uit, als de mensen zich maar aan de regels van een van de kantons houden. Als ze het niet doen, geven de anderen hun kleuren door aan de Man zonder Gezicht. Of misschien boekt een monitor hem wel wegens Minachting. Of soms dwaalt de Man zonder Gezicht rond, of hij stuurt er zijn Genadebrengers op uit, even stil als de Man zelf. Begrijp je het nu? De Man zonder Gezicht dwingt alleen tot gehoorzaamheid aan de wetten van het volk van Shant, de wetten die ze zelf hebben opgesteld."

"Dat zal wel zo zijn," zei Mur. "Maar als ik de Man zonder Gezicht was zou ik een eind maken aan angst en ontbering, en zou jij nooit in de looierij hoeven te werken."

Eathre aaide hem over zijn hoofd. "Ja, lieve Mur, dat weet ik. Je zou de mensen dwingen om vriendelijk en goed te zijn, en zo een grote ramp veroorzaken. Ga nu slapen, de wereld zal er morgen bijna hetzelfde uitzien."

HOOFDSTUK II

OP EEN KOELE OCHTEND in de herfst van dat jaar kwam een Zuivere Knaap naar de afscheiding en riep Mur. "Je zielvader wil je spreken, wanneer de zon op zijn hoogst staat, bij het portaal naar de onder-kamer. Reinig je zorgvuldig."

Met loden bewegingen nam Mur een bad en trok een schone tuniek aan. Eathre keek toe uit de verste hoek van de kamer omdat ze Murs nervositeit niet nog wilde verergeren door vrouwelijke smetten.

Uiteindelijk kon ze zich niet meer inhouden en liep op hem toe om zijn weerbarstige zwarte haar te borstelen. "Besef goed dat hij alleen je groei wil peilen en met je wil spreken over Chilitische doctrines. Je hoeft nergens bang voor te zijn."

"Dat is misschien wel zo," zei Mur, "maar ik ben toch bang."

"Onzin," zei Eathre gedecideerd. "Jij bent niet bang, jij bent de dappere Mur. Luister aandachtig, gehoorzaam nauwgezet, geef in voor-zichtige bewoordingen antwoord op zijn vragen, doe niets excentrieks."

Toen hij bij de deur van het huisje stond, haalde ze een gloeiende kool uit het vuur en blies rook door Murs kleren en door zijn haar om Osso niet met vrouwelijke smetten ongunstig te stemmen.

Tien minuten voor noen ging Mur op weg naar de tempel. Zijn zenuwen waren gespannen van voorgevoelens. De weg leek heel een-zaam. Wit stof steeg op rond zijn voeten en wolkte weer neer in het lavendelkleurige licht van de zon. Boven hem verrees de tempel: een serie gedrongen ronde cilinders die naarmate hij hoger klom de hemel vulden. Vermengd met de koele lucht van hogerop kwam de stank van verschaalde galga.

Mur liep om de basis van de tempel heen tot hij bij een stalachtig

vertrek kwam, dat van boven open was. Dit stond bekend als de onderkamer. Er was niemand. Mur ging bescheiden tegen een muur zitten en
wachtte.

De tijd gleed voorbij. De zonnen klommen tegen de hemel op, de
gloed van witte Sasetta passeerde de pruimrode gedaante van Ezletta,
en blauwe Zael eromheen, drie kleine sterren dansend door de ruimte
als vuurvliegen.

Mur keek peinzend uit over het land onder hem. Hij kon ver, ver
kijken, alle kanten op: naar het westen naar kanton Seamus, naar het
noorden naar het Woud van Shimrod, en daar voorbij naar kanton
Ferriy, waar de mensen ijzerwebben maakten op de flanken van hun
rode heuvels.

Een geluid deed hem opschrikken. Hij draaide zich om en zag
dat Osso van een hoge zetel fronsend op hem neerkeek. Mur was de
ondervraging pover begonnen; in plaats van gehurkt te wachten in een
houding van bevreesde eerbied stond hij het uitzicht te bekijken.

Een minuut of langer staarde Osso Mur aan, en deze keek gefascineerd terug. Ten slotte zei Osso met een stem zo ernstig als het graf:
"Hebben de meisjes op onwaardige wijze met je gespeeld?"

De woorden waren dubbelzinnig. Mur begreep de betekenis die erin
besloten lag. Hij slikte krampachtig, herinnerde zich voorvallen die
onder die noemer zouden kunnen vallen. Hij zei: "Nee, nooit."

"Heb je je verbonden in indecente verhoudingen met jonge meisjes? Heb je daartoe ooit het initiatief genomen?"

"Nee," zei Mur bibberend. "Nooit."

Osso knikte kort. "Van nu af aan moet je daarop letten. Binnenkort
word je een Zuivere Knaap, en daarna een Chiliet. Maak de ook zo al
harde riten niet nog gecompliceerder."

Mur mompelde instemmend.

"Je kunt je bevordering tot de tempel versnellen," zei Osso. "Verslind
geen vet voedsel, drink geen vruchtextracten of baklavia. De band
tussen moeder en kind is sterk; dit is het goede ogenblik om een aan-
vang te maken met haar te verbreken. Maak je geleidelijk van haar los!
Wanneer je moeder je suikerwerk wil geven of je aan wil halen, moet je
zeggen: 'Mevrouw, mijn zuivering is nabij, doe alstublieft niet toe aan
de ontberingen die ik moet ondergaan.' Is dat duidelijk?"

"Ja, zielvader."

"Je moet beginnen met het smeden van de sterkste band van alle-maal, de heilige band met de tempel. Galexis, de essentie van het zenuwstelsel, verhoudt zich tot vrouwelijke wezens als kandij van unmel tot afval van de looierij. Hierover zul je meer te weten komen. Maak ondertussen je geest sterker!"

"Hoe moet ik dat doen?" zei Mur kleintjes.

Osso keek hem op angstaanjagende manier aan. Mur kromp ineen. Osso sprak: "Je kent de aard der dierlijke lusten. Filosofisch gezien — maar dit is een doctrine waar je nog niet gereed voor bent — zijn dat bevredigingen van de Eerste Orde. Je maag is leeg. Je vult hem met brood: het meest ongepolijste antwoord op een ongepolijste vraag. De Tweede Orde geeft een antwoord dat bestaat uit het tot je nemen van een gevarieerde maaltijd. Bij de Derde Orde wordt het voedsel op een subtiele, zeer bedreven wijze bereid volgens een aantal veeleisende normen. Bij de Vierde Orde worden de eisen van de maag zelf genegeerd en worden de smaakzintuigen geprikkeld met essences en extracten. Bij de Vijfde Orde manifesteren de gevoelens zich op cerebrale wijze, en op smaak- en reukzintuigen wordt geen acht geslagen. Bij de Zesde Orde verkeert de Chiliet in een staat van onbewuste exaltatie en het allerhoogste, Galexis Achiliadnid, spreekt rechtstreeks tot de ziel. Is dit alles duidelijk? Ik gebruik het meest eenvoudige en voor de hand liggende voorbeeld als basis voor een gesprek."

"Ik begrijp dit alles uitstekend," zei Mur. "Maar één ding bevreemdt mij. Wanneer Chilieten voedsel tot zich nemen, wat is dan de doctrine daarover?"

"We houden de energie van ons lichaam in stand," zei Osso plech-tig. "Of dat waarmee wij ons voeden grof voedsel is of een delicatesse maakt niets uit. Wees streng voor jezelf. Laat je geest niet afleiden door de aanvallen van de botte lust die honger is, zoek naar een abstracte bezigheid om je gedachten op te concentreren. Ik heb heraldische knopen gelegd met denkbeeldige touwen, een andere Ecclesiarch, een Zeskramp, heeft priemgetallen uit het hoofd geleerd. Er zijn veel van dit soort bezigheden om je geest te onderhouden."

"Ik weet precies wat ik ga doen," zei Mur, bijna opgetogen. "Ik zal gebruik maken van geluiden uit de muziek."

"Je mag gebruik maken van elke manier waaraan je wat denkt te hebben," zei Osso. "Laat je door mijn woorden leiden. Ik kan je raad geven, maar je zult er zelf voor moeten zorgen dat je voortgang maakt. Heb je al gedacht aan de naam die je zult aannemen als je een man wordt?"

"Nog niet, zielvader."

"Het is niet te vroeg om dat te doen. Een goede naam kan inspirerend zijn en opwekken tot het hogere. Te zijner tijd zal ik je een aantal suggesties doen toekomen, maar voor vandaag is dit alles."

Mur daalde de heuvel af. Eathre was bezig in het huisje, dus hij slenterde naar het westen over de Rododendronweg, naar de plek waar het kamp van de musici had gestaan. Hij had honger en liep naar de bessenstruiken en plukte en at zonder te denken aan Osso's vermaningen om zich van voedsel te onthouden. Toen keek hij omhoog naar het tempelcomplex bovenop de heuvel en bleef vijf minuten lang staren. Ergens in zijn geest begon zich een indruk te vormen van wat hij had meegemaakt, hij was zich niet bewust van een samenhangende serie gedachten, maar ten slotte maakte hij een geluid in zijn keel dat het midden hield tussen een lach en een verachtelijk gesnuif.

Toen hij terugliep naar het huisje was Eathre thee aan het drinken. Mur vond haar er moe en betrokken uitzien. Ze vroeg: "Hoe was het gesprek met zielvader Osso?"

Mur trok een grimas. "Hij zei dat ik zuiverheid moest betrachten. Ik mag niet met meisjes spelen."

Eathre nipte zwijgend van haar thee.

"Hij heeft me gezegd dat ik mijn lusten aan banden moet leggen. Ik moet ook een naam aannemen."

"Je bent oud genoeg om jezelf een naam te geven," stemde Eathre in. "Welke naam ga je kiezen?"

Mur haalde somber zijn schouders op. "Zielvader stuurt me een lijstje."

"Hij heeft hetzelfde gedaan voor Glynets zoon Neech."

"Heeft Neech een naam aangenomen?"

"Hij noemt zich nu Geacles Vonoble."

"Hmf. En wie waren dat?"

Toonloos zei Eathre: "Geacles was de architect van de tempel. Vonoble heeft de Achiliadnische Dithyramben gecomponeerd."

"Hmf. Dus nu moet ik Geacles zeggen tegen die dikke Neech."

"Zo heet hij nu."

Vier dagen later stak een Zuivere Knaap een lange stok door de afscheiding met een stuk papier in het gespleten uiteinde. "Een bericht van Grote Man Osso."

Mur nam het stuk papier mee naar het huisje en puzzelde de betekenis van de lettertekens uit, af en toe met hulp van Eathre. Zijn gezicht werd steeds langer toen hij las: Bougozonie, de Zevenkramps-Ecclesiarch. Narth Homank, die per dag maar één noot en één bes at. Higajou, die de training van de Zuivere Knapen had gereorganiseerd. Faman Cocile, die zich liever liet ontmannen door bandieten uit het Woud van Shimrod dan zijn geloof in geweldloosheid en vrede te verzaken. Borgad Polveitch die de Ambiseksuele Ketterij aan de kaak had gesteld. Ten slotte legde Mur het papier naast zich neer.

"Welke kies je?" vroeg Eathre.

"Ik kan niet tot een besluit komen."

Drie maanden later werd Mur ontboden voor een tweede gesprek met zijn zielvader. In de onderkamer gaf Osso Mur weer adviezen over hoe hij zich moest gedragen. "Het is niet te vroeg om je al op de manier van een Zuivere Knaap te gaan gedragen. Leg elke dag een aanhangsel uit je kindertijd ter zijde. Bestudeer het Principarium voor Kinderen, waarvan je een exemplaar zult ontvangen. Heb je een naam voor jezelf uitgekozen?"

"Ja," zei Mur.

"En wat wordt je naam als man?"

"Ik noem mijzelf nu Gastel Etzwane."

" 'Gastel Etzwane'! Waar in de naam van alles wat bijzonder is, heb je die naam vandaan?"

Op een toon waarvan hij hoopte dat hij de ander gunstig zou stemmen zei Mur: "Natuurlijk heb ik acht geslagen op uw suggesties, maar ik wilde eigenlijk iemand anders zijn. Een man die over de Rododendronweg reisde heeft me een boek gegeven, *Helden van Oud Shant*, en daar heb ik mijn namen in gevonden."

"En wie is 'Gastel'? En wie is 'Etzwane'?"

Mur, of Gastel Etzwane, zoals hij nu heette, keek onzeker omhoog naar zijn zielvader. Hij had verwacht dat Osso deze magische figuren zou kennen. "Gastel heeft een groot zweeftoestel gemaakt van twijgen en weefsel waarmee hij zich van de Heksenkopberg naar beneden liet glijden. Hij was van plan om over heel Shant heen te vliegen, maar toen hij bij Kaap Merse kwam, daalde hij niet, maar vloog verder, over de Purperen Oceaan, naar Caraz* en hij is nooit meer gezien...Etzwane was de grootste musicus die ooit in Shant heeft rondgezworven."

Een halve minuut lang zweeg Osso, terwijl hij naar woorden zocht. Ten slotte sprak hij, met een stem die zwaar was van smaad en schande: "Een krankzinnige aeronaut en een tokkelaar, dat zijn dus je lichtende voorbeelden. Ik merk dat ik te kort geschoten ben in het je bijbrengen van de juiste idealen. Ik ben onachtzaam geweest en het is duidelijk dat ik me in jouw geval meer zal moeten inspannen. Je naam wordt niet Gaswane Etzel, of hoe dan ook, maar Faman Bougozonie, waarvan de attributen onmetelijk veel toepasselijker en inspirerender zijn. Dat is alles voor vandaag."

Mur — hij weigerde zich te beschouwen als Faman Bougozonie — liep de helling af, langs de looierij waar hij een poosje naar de oude vrouwen keek die daar aan het werk waren en ging toen langzaam naar huis.

"En hoe ging het vandaag?" vroeg Eathre.

Mur zei: "Ik heb tegen hem gezegd dat mijn naam Gastel Etzwane was en hij zei nee, Faman Bougozonie."

Eathre lachte en Mur keek haar somber en beschuldigend aan.

Eathre bedaarde. Ze zei: "Een naam betekent niets; laat hem je maar noemen zoals hij wil. Het duurt niet lang voor je eraan gewend bent. En aan het leven van een Chiliet."

Mur wendde zich af. Hij haalde de khitan tevoorschijn en beroerde de snaren. Even later probeerde hij er een melodie op te spelen, met hier en daar een accent van de rateldoos. Eathre luisterde goedkeurend toe, maar kort daarna hield Mur op en bekeek het instrument met een

---

* *Caraz*: 1 Een kleur, gevlekt zwart, kastanjebruin, paarsrood, met daarover een gloed of glans van zilvergrijs; symboliseert chaos en pijn, in het algemeen macabere gebeurtenissen. 2 Het grootste van de drie continenten van Durdane.

ontevreden blik op zijn gezicht. "Ik weet zo weinig, en ik ken zo weinig wijsjes. Ik kan de zijsnaren niet aanslaan of de scherpteknoppen gebruiken of de vagers."

"Vaardigheid komt je niet zomaar aanwaaien," zei Eathre. "Geduld, geduld…"

HOOFDSTUK III

TOEN HIJ TWAALF JAAR OUD WAS onderging Mur, Faman Bougozonie, Gastel Etzwane — de namen liepen in zijn hoofd door elkaar — de Zuivering, samen met drie andere jongens, Geacles, Morlark en Illan. Eerst werden ze helemaal kaalgeschoren, toen gewassen in het bitter koude water van de heilige beek die achter de tempel uit de grond borrelde. Na de eerste onderdompeling smeerden de jongens zich in met een aromatische tinctuur en onderwierpen zich toen opnieuw aan het steenkoude water. Kletsnat, naakt, rillend van de kou liepen ze daarna naar een kamer die doortrokken was van de rook van brandende agapanthus. Stoom kwam uit gaten in de vloer. In een mengeling van stoom en rook hijgden de jongens, zweetten, hoestten en begonnen ten slotte te wankelen. Eén voor een zakten ze in elkaar en toen de deuren opengingen, waren ze ternauwernood in staat om hun hoofd op te tillen.

De stem van de Chiliet die toezicht hield op de Zuivering klonk scherp: "Overeind, terug naar het reine water! Zijn jullie van zo zwakke materie gemaakt? Laat mij eens zien wie van jullie vieren Chiliet wil worden!"

Mur kwam moeizaam overeind. Eén andere jongen, Geacles Vonoble, deed hetzelfde, wankelde, en greep zich aan Mur vast. Ze vielen allebei. Mur hees zich opnieuw overeind en hielp Geacles op de been. Geacles duwde Mur opzij en draafde houterig naar de bron. Mur bleef in doffe afschuw naar de andere twee jongens kijken. Morlark lag op de grond, zijn ogen puilden uit en er liep een straaltje bloed uit zijn mond. Illan scheen niet bij machte zijn bewegingen te beheersen. Mur wilde naar hen toe lopen, maar de zachte stem van de monstrator hield hem tegen. "Naar de poel, zo snel je kunt. Denk eraan, je wordt geobserveerd en gewogen."

Mur wankelde naar de bron en gaf zich over aan de ijzige kou. Zijn huid voelde dood aan, zijn armen en benen waren zo zwaar en stijf als ijzeren balken. Hij sleepte zich centimeter voor centimeter de stenen op en wist ten slotte via een gang van witte tegels een kamer te bereiken met banken langs de muren. Daar zat Geacles, in een witte mantel gewikkeld en heel tevreden over zichzelf.

De monstrator wierp Mur een soortgelijke mantel toe. "Jullie huid is schoongewassen van smetten, voor het eerst sinds de onvermijdelijke bezoedeling van de geboorte ben je nu rein. Luister aandachtig naar het Eerste Argument van de Preambule der Chilieten! De mens betreedt de wereld via het genitale portaal: een oorspronkelijke smet die door de Chiliet door middel van reinigingen en een strenge levenswandel wordt afgeworpen, zoals een slang zich van zijn huid ontdoet, maar die door alle andere mensen als een stinkende bezoedeling wordt meegedragen, tot aan het graf toe. Drink!" Hij overhandigde beide jongens een beker met een dikke vloeistof; ze dronken. "Jullie eerste purgatie…"

Mur bleef drie dagen lang in een cel en kreeg alleen maar koud heilig water. Daarna werd hem gelast de heilige bron in te gaan, zich in te smeren met tinctuur en zich daarna schoon te spoelen. Meer dood dan levend kroop hij als Zuivere Knaap het zonlicht in.

De monstrator gaf hem een aantal bondige instructies. "Ik hoef de beperkingen niet uitputtend uit te leggen, je bent ervan op de hoogte. Als je je bezoedelt, moet je opnieuw een Zuivering ondergaan. Ik adviseer je het niet zover te laten komen. Osso Higajou is je zielvader en niet de minst gestrenge der Chilieten. Hij betreurt elk contact, hoe vluchtig ook, met het Vrouwelijk Principe. Ik heb hem een keer een Zuivere Knaap zien vermanen omdat deze genoot van de geur van een bloem. "De bloem is het vrouwelijke voortplantingsorgaan van de plant," riep Grote Man Osso uit, "en jij staat er met je neus in gedrukt!" Vertrouw op Osso Higajou voor aanwijzingen bij het leren der Reien. Denk zuiverheid, leef zuiverheid en zorg ervoor dat Grote Man Osso je zuiverheid opmerkt! En nu… Naar je nis in de onderste galerij. Daar vind je wafels en pap. Eet met mate, mediteer vannacht."

Mur ging naar zijn nis — een alkoof in een kamer onder de muren van de tempel die aan een kant open was — en schrokte het voedsel naar binnen. De zonnen dansten onder de horizon, de hemel werd paars, toen een met sterren doorschoten zwart. Mur lag er op zijn rug naar te kijken en vroeg zich af hoe het zou zijn, dit nieuwe bestaan. Hij voelde zich intens alert; door een vermogen dat hij niet kon definiëren scheen hij precies te weten hoe iedereen in Bashon eraan toe was.

Geacles Vonoble zat in zijn eigen alkoof aan de andere kant van de kamer en deed alsof hij Mur niet zag. De twee waren alleen. Morlark en Illan hadden hun zuivering nog niet voltooid en de meer gevorderde Zuivere Knapen waren met hun Lofzangen bezig. Mur vroeg zich even af of hij naar Geacles' alkoof zou gaan om wat te praten, maar werd van dat idee afgebracht door Geacles' houding, die wees op Vrome Mijmering. Geacles was tegelijkertijd broos en slinks, neerbuigend en volijverig. Het was geen knappe jongen om te zien met zijn bolle ogen en zijn bolle lichaam op zijn lange dunne benen. Zijn geelbruine ogen waren zo rond als die van een vogel en blikten snel heen en weer, alsof Geacles nooit zo veel kon zien als hij wel wilde. Mur zei vastbesloten tegen zichzelf dat hij Geacles niet gezelschap zou houden.

Hij liet zich uit zijn alkoof glijden en ging onderaan de tempel-muur zitten. Halverwege de hemel glinsterde een grote onregelmatig gevormde vlek licht, doorschoten met vijftig sterren van de eerste grootte, het meest opmerkelijke gezicht aan de nachtelijke hemel. De vlek scheen met een bleek licht en wierp schaduwen op de grond, die zwarter waren dan zwart: de Skiaffarilla, die een belangrijke plaats innam in de geschiedenis van Durdane. Sommigen zeiden dat de Aarde, de legendarische planeet waar de mens vandaan kwam, voor-bij de Skiaffarilla lag. Van binnen klonk het geluid van Geacles' stem die hardop een Achiliadnische ode opzegde. Mur luisterde er even naar. Ondanks zijn vermoeidheid, ondanks de waarschuwingen van de monstrator, ondanks Grote Man Osso zou Mur naar beneden geglipt zijn om een bezoek te brengen aan zijn moeder, als Geacles er niet geweest was. Geacles zag alles, Geacles wist alles. Maar wat was ertegen om de benen wat te strekken? Mur slenterde weg, de heuvel af. Hij liep boven langs de looierij, nu donker en stil, maar stinkend van honderd tegenstrijdige luchtjes. Achter hem hoorde hij even een geluidje. Hij keek om, stapte toen in de schaduw van de schuur waar de chemicaliën bewaard werden. Hij wachtte. Een steels geluid. Voetstappen, haastig, even stil, toen weer haastig verder. Een gestalte gleed langs hem heen, tuurde met boosaardige oplettendheid voor zich uit: Geacles.

Mur keek hoe hij om de hoek van de looierij heensloop. Geacles liet zich leiden door het principe dat wat slecht was voor anderen gunstig was voor hemzelf, en hoopte voordeel te verwerven door anderen te bespioneren. Dat was nu wel duidelijk. Mur bleef stil in de schaduw staan, niet erg verrast, niet eens boos. Hij had het wel verwacht van Geacles. Niet al te ver van de plek waar hij stond, bevond zich het mediteervertrek waar de jonge Chilieten samenkwamen voor ze de tempel betraden voor hun nachtelijke communie met Galexis. Mur gleed door de schaduwen naar een weekvat. Terwijl hij zijn neus dichtkneep tegen de stank, prikte en trok hij met een keerstok en wist er een huid uit te halen. Voorzichtig draafde hij met de huid de berg op, naar het mediteervertrek. Door het raam kwam een gemompel van stemmen: "...Galexis van een miljoen schone gedaanten, individueel maar universeel, voor allen maar voor ieder afzonderlijk, nederig maar indrukwekkend in uw speurtocht voorwaarts; wij wenden onze zielen af van onreine zaken, van vet en smet, de Tastbaarheden van de Eerste Orde!"

Stemmen die daar een halve octaaf lager op antwoordden: "Vannacht zal alles goed zijn, vannacht zal alles goed zijn."

Toen het begin van een nieuwe aanroep: "Galexis van de ontelbare kleuren, de oneindelijke liefde..."

Mur gooide de huid door het open raam. Een verraste vloek onderbrak de declamatie. Mur draafde terug naar zijn alkoof. Een paar minuten later kwamen drie jonge Chilieten in het vertrek kijken. Mur deed alsof hij sliep, in de aanbevolen houding van aanroeping. Bij Geacles' alkoof slaakte een van de Chilieten een zachte hese kreet. "Eén Zuivere Knaap is verdwenen, zoek, zoek! De Zuivere Knaap Geacles!"

Ze renden terug door het bleke licht van de sterren en ontdekten Geacles die steels over de helling onder de looierij sloop. Uit alle macht hield hij vol dat hij onschuldig was, betoogde dat hij in alle eer en deugdzaamheid Zuivere Knaap Mur achterna was gegaan omdat diens vreemde gedrag zijn aandacht had getrokken. In hun woede besteedden de Chilieten geen aandacht aan zijn woorden, één Zuivere Knaap binnen handbereik was beter dan een andere waarvan de schuld niet onmiskenbaar vaststond. Geacles kreeg een pak ransel, toen werd hij gedwongen de huid te verwijderen en het meditatievertrek een rituele reiniging te geven, een proces dat twee dagen en drie nachten in beslag nam. Daarna werd hij voorgeleid voor de Commissie van Ontwikkeling en werd hem een aantal scherpe vragen gesteld. Hij had nu drie nachten en twee dagen gezwoegd zonder te slapen, en half buiten zinnen zei hij de eerste verwarde woorden die hem voor de mond kwamen: een demonstratie van hysterie die de Commissie in een gunstige stemming bracht en hen niet al te streng deed zijn. Geacles was in principe goed materiaal, concludeerden ze; en zijn bevreemding wekkende daad moest worden toegeschreven aan een grote vatbaarheid voor extase. Geacles kreeg een milde reprimande en de Commissie gelastte hem om in de toekomst zijn impulsiviteit wat beter in toom te houden.

Tijdens het onderzoek wees Geacles Mur aan als de oorzaak van alle onheil, en hoewel de Commissie daarop reageerde met gezichten waarop onverschilligheid en scepsis te lezen viel, namen ze toch goede nota van de naam. Geacles voelde iets van de stemming van de vergadering en keek wat vrolijker, al sidderde hij van top tot teen van afschuw voor Mur. Om de beurt lacherig van triomf en kreunend van woede keerde hij terug naar de vertrekken van de Zuivere Knapen waar het schandaal vanuit alle mogelijke gezichtspunten was besproken. In stilte keken de Zuivere Knapen toe hoe Geacles door het vertrek liep. Hij ging naar zijn alkoof en ging op de strozak liggen, te uitgeput om te kunnen slapen, zijn geest een kronkelend nest van boosaardige gedachten. Door toegeknepen ogen keek hij naar Mur en vroeg zich af op welke manier hij wraak zou nemen. Op de een of andere manier, hoe dan ook, wat hij er ook voor moest doen... Geacles liep over van emotie. Zijn haat werd zo groot dat hij begon te trillen. Hij uitte een zachte dierlijke kreun en draaide de anderen snel zijn rug toe zodat ze zijn kostbare haat niet zouden kunnen zien en er de spot mee drijven. Dan zou die haat bezoedeld zijn, bedorven. Geacles raakte in een vreemde toestand: zijn lichaam sliep, maar zijn geest scheen bij bewustzijn te blijven. De tijd kromp ineen; er gingen ongeveer tien minuten voorbij, dat schatte hij tenminste, maar toen hij zich omdraaide en het vertrek rondkeek ontdekte hij dat de zonnen ver langs de hemel gedraaid waren. Het was ver na het midden van de dag. Hij had zijn middagmaal gemist: grond voor nieuwe ergernis! Hij zag dat Mur op een bank zat, aan de open kant van het vertrek. Hij had een exemplaar van de Analytische Catechismus op schoot, maar zijn aandacht was elders; hij keek over het landschap uit. Hij scheen niet erg op zijn gemak. Geacles hief zijn hoofd op, vroeg zich af wat er in Murs geest omging. Waarom knipten zijn vingers, waarom fronste hij zo ingespannen zijn voorhoofd? Mur bewoog krampachtig alsof hij een boodschap ontving van zijn onderbewustzijn. Hij stond op en liep het vertrek uit, als een slaapwandelaar blind en doof voor wat er om hem heen gebeurde.

Geacles kreunde van onzekerheid en besluiteloosheid. Zijn lichaam deed hem nog steeds pijn, zo vermoeid was hij. Maar Murs gedrag leek in niets op het gedrag van een Zuivere Knaap. Hij hees zich overeind en liep naar de open kant van de kamer om Mur na te kijken. Was hij op weg naar zijn fiberbomen? Mogelijk. Maar Mur liep niet op de manier van een waarlijk geconsecreerde Zuivere Knaap. Geacles haalde diep adem. Zijn nieuwsgierigheid had hem onlangs alleen maar ellende gebracht, in omstandigheden die precies hetzelfde waren als nu. Hij sleepte zich terug naar zijn alkoof en verdiepte zich in zijn eigen Analytische Catechismus:

Vraag: In hoevele gestalten kan Galexis verschijnen?
Antwoord: Galexis is even proteïsch als het aangezicht van
de oceaan...

Een week ging voorbij. Geacles was vlot en hartelijk tegen de andere Zuivere Knapen. Die reageerden behoedzaam en gereserveerd. Mur lette in het geheel niet op hem. Maar Geacles besteedde in het geniep wel een heleboel aandacht aan Mur. En op een dag, terwijl Geacles in zijn alkoof de Uitroepen uit zijn hoofd zat te leren, ging Mur op de bank aan het open eind van het vertrek zitten. Geacles raakte meteen geïnteresseerd en keek over de rand van zijn boek naar alles wat Mur deed. Mur scheen in zichzelf te praten. Hmf, bromde Geacles tegen zichzelf, hij was alleen maar een litanie van Uitroepen aan het opzeggen. Maar waarom tikte zijn vinger dan zo regelmatig op zijn knie? Vreemd. Geacles keek nog oplettender. Mur liep terug naar zijn alkoof en Geacles was onmiddellijk met een frons op zijn voorhoofd verdiept in zijn Uitroepen. Mur zette zijn Catechismus op de plank en liep terug naar het open stuk van de kamer. Daar stond hij even stil en keek uit over het landschap onder hem. Na nog één blik over zijn schouder liep hij de heuvel af. Geacles sprong meteen uit zijn alkoof en liep naar de rand om Mur na te kijken, die doelbewust over het pad naar het noorden beende. Naar zijn fiberbomen, dacht Geacles met een minachtend gesnuif. Mur, of eigenlijk Faman Bougozonie, had altijd veel aandacht besteed aan zijn bomen. Maar waarom had hij dan omgekeken naar het vertrek met de nissen? Geacles wreef over zijn bleke wangen. Interessant, interessant. Om meer te weten te komen moest hij gaan kijken, kijken met zijn ronde geelbruine ogen, en om te kunnen kijken moest hij binnen gezichtsbereik zien te komen van wat Mur aan het doen was. Per slot van rekening was er geen reden waarom hij zijn eigen zijde niet eens zou gaan verzorgen, zijn bomen waren de afgelopen weken erg verwaarloosd. Geacles hield niet zo van de routine van spoelen wikkelen, onkruid wieden, takken stutten, nieuwe draden aanzetten, maar nu gaf de plicht hem een voorwendsel om Mur te volgen zonder bang te hoeven zijn om door een Chiliet te worden aangehouden.

Geacles sloeg een van de paden in die zich langs de verschroeide helling kronkelden. Hij probeerde zich kalm en doelbewust voort te bewegen en tegelijkertijd niet op te vallen: geen geringe prestatie. Als Mur niet zo in gedachten verdiept was geweest, zou Geacles een van de twee hebben moeten opgeven. Maar Mur liep zonder op zijn omgeving te letten verder, verdween tussen de bomen, en Geacles, wegduikend en voortrennend, volgde hem.

Van toen hij acht jaar werd af had Mur gezorgd voor achttien volwassen bomen, met meer dan honderd spoelen. Hij kende de knik in elke tak, de vorm van elk blad, de hoeveelheid sap die je van elke tak kon verwachten. Elke spoel had zijn eigenaardigheden. Als de glasveer te strak werd opgewonden zou de pal klem komen te zitten, andere spoelen wilden alleen maar draaien als ze op hun kant stonden, een paar deden het zonder problemen. Deze laatste spoelen gebruikte Mur onder de hoogste parels.

Geacles keek vanuit zijn schuilplaats toe terwijl Mur de ronde deed langs zijn spoelen, het mechanisme van een aantal opwond, volle spoelen verwisselde voor lege, zuigers van de stammen afkneep. Een tiental takken was opgedroogd, Mur sneed nieuwe scheuten open. Parels sap kwamen uit de sneden druipen, en Mur trok er vezels van die zich onmiddellijk verhardden tot draden zijde. Mur bevestigde de uiteinden van de nieuwe draden aan spoelen, en overtuigde zich ervan dat de draaiende spoelen de draden in een gestaag tempo opwonden. Geacles keek toe, diep teleurgesteld. Mur gedroeg zich als een ijverige, onschuldige en verantwoordelijke Zuivere Knaap.

Mur begon doelbewust sneller te werken, alsof hij graag klaar wilde zijn. Geacles dook weg toen Mur naar voren stapte en nauwgezet de helling overzag. Hij grinnikte: Murs gedrag was niet langer dat van een onschuldige Zuivere Knaap.

Mur liep verder de heuvel af, zó snel dat Geacles de grootste moeite had om hem bij te houden. Mur kwam bij het pad dat langs de afscheiding achter de Rododendronweg liep en sloeg af naar het oosten. Geacles was nu wat in het nadeel. Als hij Mur over het pad achterna ging moest hij zich wel blootgeven. Hij rende door de bessenstruiken heen en kwam in een plek met netels terecht. Vloekend en sissend verschool hij zich tussen de rododendrons. Mur liep een eind verder op het pad, bijna uit het gezicht. Geacles volgde hem, nu op een draf, dan ineengedoken tussen de struiken. Hij bereikte een plek waar hij het pad kon overzien. Mur was nergens te vinden. Geacles dacht even na, baande zich toen een weg door het struikgewas naar de Rododendronweg, hoogst twijfelachtig gebied voor een Zuivere Knaap, niet besmet, dat nog net niet, maar wel een terrein dat slechts met de nodige behoedzaamheid mocht worden betreden. Geen Mur. Geacles, nu verbaasd, ging terug naar het pad. Waar was Mur? Was hij een van de huisjes binnengegaan? Ontsteld likte Geacles zijn lippen af, draafde het pad af naar het huisje van Eathre. Hij stond stil om te luisteren: Eathre had een musicus op bezoek. Maar waar was Mur? Geacles keek onzeker om zich heen. Toch zeker niet in het huisje, bij zijn moeder en de musicus. Geacles liep voorbij, boos en slecht op zijn gemak. Op onnaspeurlijke wijze was Mur aan hem ontsnapt. De muziek hield op, begon toen weer na een paar loopjes en arpeggio's. Het geluid scheen niet uit het huisje te komen, maar uit de tuin.

Geacles kroop dichterbij en tuurde door de bladeren. Hij draaide zich om. Lichtvoetig, geluidloos, springend als een haas rende hij terug de heuvel op naar de tempel. Eathre zag hem uit haar raam.

Een kwartier ging voorbij. Met lange schreden van zijn smalle voeten kwam Grote Man Osso de heuvel af, met achter zich aan twee andere Chilieten. Alle drie hadden ze rode ogen van de krampen die de galga-rook veroorzaakt had. Achter hen aan kwam Geacles. Het groepje marcheerde de Rododendronweg op.

Bij Eathre's huisje hielden de vier stil. Het was midden op de dag, en de lucht was warm. De drie zonnen draaiden hoog aan de hemel rond en gaven alles drie verschillende schaduwen. Het was doodstil, alleen het gonzen van de spiraaltorren tussen de bladeren was te horen, en ver weg een kloppend geluid uit de looierij.

Osso bleef op veilige afstand van de deur en gaf een kind dat op de weg liep een teken. "Ontbied de vrouw Eathre."

Het kind liep schuw om Eathre's huisje heen. Een ogenblik later zwaaide de deur open en Eathre ging in de deuropening staan. Haar houding was rustig, passief, maar waakzaam.

Streng zei Grote Man Osso: "De Zuivere Knaap Faman Bougozonie, is hij hier?"

"Hij is niet hier."

"Waar is hij?"

"Als hij hier niet is, is hij ergens anders, denk ik."

"Nog geen kwartier geleden is hij hier gesignaleerd."

Eathre reageerde daar niet op. Ze bleef zwijgend in de deuropening staan.

Sonoor en dreigend zei Osso: "Vrouw, u zou er goed aan doen ons niet te dwarsbomen."

Eathre glimlachte flauwtjes. "Waar ziet u dat? U mag zoeken waar u wilt. De jongen is niet binnen en hij is dat ook niet geweest, vandaag niet en op niet één dag na zijn rite."

Geacles rende naar de achterkant van het huisje en gebaarde. De Chilieten sloegen hun lange gewaden om zich heen en kwamen naar hem toe. Geacles wees opgewonden: "Hij zat op gindse bank daar. De vrouw draait om de zaak heen."

Osso wierp een veelbetekenende blik op Eathre. "Vrouw, is dit waar?"

"Waarom zou hij daar niet zitten? Op de bank rust geen smet."

"Bent u bevoegd daar een oordeel over te vellen? Waar is de knaap?"

"Ik weet het niet."

Osso wendde zich tot Geacles. "Kijk of hij zich in de vertrekken van de Zuivere Knapen bevindt. Haal hem hier."

IJverig rende Geacles weg. De achterblijvers zagen zijn armen en benen snel heen en weer gaan. Binnen vijf minuten was hij weer terug, grijnzend en hijgend als een hond. "Hij komt eraan. Hij komt zo."

Langzaam betrad Mur de weg.

Osso deed een stap achteruit. Mur, met zijn ogen wijd open en zijn gezicht een beetje bleek vroeg: "Waarom wilt u mij spreken, zielvader?"

"Ik vestig je aandacht op het betreurenswaardige feit dat je je hierheen begeven hebt om het moederskindje uit te hangen en je tijd te verdoen met het spelen van loze muziek."

"Met de allergrootste eerbied, zielvader, men heeft u misleid."

"Daar is de getuige!"

Mur keek naar Geacles. "Hij heeft niet de waarheid verteld."

"Heb je dan niet op deze bank gezeten, een ding van een vrouw? Heb je niet een muziekinstrument aangepakt uit de hand van deze vrouw? Je bent bezoedeld met vrouwelijkheid. Het staat er niet best met je voor."

"De bank, zielvader, komt van buiten de ondertempel. Merk op dat hij op zekere afstand van het huisje staat, aan deze zijde van de afscheiding van de tuin. De khitan is mijn eigen bezit, ik heb hem jaren geleden van iemand ten geschenke gekregen. Vóór mijn rite heb ik hem naar de tempel gebracht en hem enige tijd in agapanthusrook laten hangen, u kunt het nog ruiken. Vanaf dat ogenblik heeft het instrument steeds in de speelhut gelegen die ik eigenhandig heb gebouwd, daar ligt hij ook nu. Ik ben schuldig aan niet één zonde tegen de reinheidsregels."

Knipperend met zijn ogen keek Osso omhoog naar de hemel terwijl hij zijn gedachten op orde bracht. Hij werd hier door twee Zuivere Knapen voor gek gezet. Faman Bougozonie had heel handig vermeden een daad te begaan die in flagrante strijd was met de reinheidsregels, maar juist die handigheid wees op bedrog. Geacles Vonoble had het met zijn beschuldigingen niet helemaal bij het rechte eind gehad, maar hij had onzuiverheid geconstateerd en dat was ongetwijfeld een juiste conclusie. Als er iets zeker was, dan wel dat de gladde antwoorden van Faman Bougozonie het niet mochten winnen van waarheid en orthodoxie. Osso zei: "Is dit niet een ongebruikelijke plek voor een Zuivere Knaap, de tuin achter het huisje van je moeder?"

"Het was geen betere of slechtere plek dan elders, zielvader, en hier zou ik tenminste niemand tot last zijn bij mijn mediteren."

"Mediteren?" wist Osso schor uit te brengen. "Dansjes en kestrels spelen terwijl de andere Zuivere Knapen zich bezighouden met hun devoties?"

"Nee, zielvader, de muziek was me behulpzaam bij het concentreren van mijn gedachten, precies zoals u me had aanbevolen."

"Wat? Beweer je nu dat ik zoiets heb aanbevolen?"

"Ja, zielvader. U zei dat u het leggen van denkbeeldige knopen nuttig vond bij het beoefenen van uw ontstijgingen en stond mij toe om tonen uit de muziek voor hetzelfde doel te gebruiken."

Osso deed een stap achteruit. De andere twee Chilieten en Geacles keken hem vol verwachting aan. Osso zei: "Ik bedoelde andere tonen, onder andere omstandigheden. Je gedrag riekt naar ketterij. En vrouw, hebt u niets gezegd? Waar is uw verstand? Het moet u toch bekend zijn dat dit gedrag niet is zoals het hoort?"

"Grote Man, ik hoopte dat de muziek hem in de toekomst van nut zou zijn."

Osso lachte grimmig. "De moeder van Zuivere Knaap Chalres, de moeder van Zuivere Knaap Faman. Wat een stel! U zult niet meer de kans krijgen nog zo'n wonderkind op de wereld te zetten. Naar de looierij." Osso draaide zich om en wees met zijn vinger naar Mur. "En wat jou betreft, we zullen de eruditie waarvan je zegt dat je hem hebt bereikt eens goed op de proef stellen."

"Zielvader, alstublieft, ik streef slechts naar kennis!" riep Mur, maar Osso had hem al de rug toegekeerd. Mur keek naar Eathre die hem een glimlach toewierp, haar schouders ophaalde en het huisje inliep. Mur draaide zich woest om om Geacles te lijf te gaan, maar de Chilieten versperden hem de weg. "Naar de tempel, jij, heb je niet gehoord wat je zielvader heeft gezegd?"

Mur liep het pad naar de tempel op. Hij ging naar zijn nis. Geacles liep hem achterna en ging naar zijn eigen alkoof van waar hij naar Mur bleef zitten kijken.

Een uur ging voorbij; ze hoorden een gongslag. De Zuivere Knapen liepen naar de eetzaal. Mur aarzelde, keek nog eens om naar het landschap, naar de weg en de dorpen en naar de purperen verte.

Geacles hield hem in de gaten. Mur slaakte een diepe zucht en liep de gang naar de eetzaal in.

Bij de ingang stond een Chilitische monstrator. Hij gebaarde naar Mur. "Hierheen."

Hij liep voor Mur uit om de tempel heen, naar een niet in gebruik zijnd ondervertrek. Hij wierp een oude houten deur open en gebaarde dat Mur naar binnen moest. Met een gloeibol in zijn omhooggeheven hand, ging de monstrator Mur voor, een gang door waar de lucht zwaar was van de geur van lang geleden gerookte galga, en ten slotte een grote ronde kamer in, helemaal in het hart van de tempel. De kalkmuren voelden klam aan en roken muf; de vloer bestond uit donkere bakstenen. Aan het plafond hing één enkele gloeibol. "Wat is dit voor een plek?" zei Mur bibberend.

"Dit is een plaats waar je in eenzaamheid kunt studeren. Je zult hier verblijven tot het ogenblik van je Herzuivering."

"Herzuivering!" riep Mur. "Maar ik ben niet bezoedeld."

"Kom, kom," zei de monstrator. "Waarom zou je die pretentie nog ophouden? Geloof je nu werkelijk dat je slimmer kunt zijn dan je zielvader Osso, of slimmer dan ik? Als je je lichamelijk niet bezoedeld hebt, dan heb je toch honderd dingen gedaan waardoor je geestelijk bezoedeld bent geraakt." Hij wachtte, maar Mur zweeg. "Zie," ging de monstrator verder, "daar op gindse tafel liggen boeken: Doctrines en Uitroepen, en een Analytische Catechismus. Je kunt er vertroosting en wijze raad uit putten."

Met een frons op zijn voorhoofd keek Mur in het rond. "Hoelang moet ik hier blijven?"

"Een passende tijd. In het kastje vind je voedsel en water, en in de hoek is een latrine. Nu nog een laatste woord: onderwerp jezelf en alles komt in orde. Hoor je mij?"

"Monstrator, ik hoor u."

"Het leven is een keus tussen verschillende paden. Overtuig je ervan dat je het juiste pad kiest, want misschien kun je later niet terugkeren en de keus overdoen. Roep Galexis aan!"

De monstrator verdween in de gang. Mur keek hem na, overwoog even om hem achterna te gaan. Maar hij was hierheen gebracht om te mediteren. Als hij nu wegging, zou hem iets ergers overkomen dan Herzuivering.

Hij luisterde. Alleen het steelse gefluister van ondergrondse ruimten. Hij ging in de opening naar de gang staan en tuurde in het duister. Het was wel zeker dat er iemand lette op wat hij deed. Of er was een valluik, of een alarminstallatie. Als hij de monstrator probeerde te volgen kon hij weleens iets onplezierigs tegen het lijf lopen. 'Onderwerp jezelf,' had de monstrator gezegd. 'Onderwerp jezelf en alles komt in orde.'

Zich onderwerpen, dat was misschien wel het veiligste wat hij zou kunnen doen.

Ernstig keerde Mur de opening zijn rug toe. Hij liep naar de tafel toe, ging zitten en sloeg de boeken open. De Doctrines waren met de hand geschreven in paarse inkt op rood en groen papier, om en om; ze waren buitengewoon moeilijk te lezen, en er kwamen heel veel vreemde uitdrukkingen in voor. Maar toch, dacht Mur, zou het raadzaam zijn om ze zorgvuldig te bestuderen. De Uitroepen, die werden geuit tijdens de nachtelijke erediensten, waren niet zo belangrijk, ze verleenden alleen een zekere mate van elegantie aan de krampen.

Mur bedacht dat hij nog geen middageten had gehad, sprong op, en liep naar het kastje. Er lagen twaalf pakjes gedroogde bessen in, daar kon hij evenveel dagen van leven, of zelfs nog langer als hij de uiterste spaarzaamheid betrachtte, en zijn gezonde verstand zei hem dat dat het raadzaamste was. In drie donkergroene glazen kruiken zat een ruime hoeveelheid water. Er was geen brits of bank, hij zou op de tafel moeten slapen. Hij sloeg de Analytische Catechismus weer open, en begon te lezen:

Vraag: Hoelang kennen de Chilieten Galexis al?
Antwoord: Vierduizend jaar geleden vond het Grote Systeem zijn
oorsprong in Hakcil, die tot het gebruik van galga kwam
door een heerszuchtige en kwalijk riekende echtgenote.

V: In hoevele gestalten kan Galexis verschijnen?

A: Galexis is even proteïsch als het aangezicht van de oceaan en deelt zich aan ieder persoonlijk en aan allen tezamen mede.

V: Waar was Galexis voor de Chilieten het heilige kruid ontdekten?

A: Galexis, eeuwig bestaand en alomtegenwoordig, heeft zich steeds aan mannen uit alle tijden umbraal geopenbaard, maar alleen de Chilieten zijn er door de Absolute Dichotomie in geslaagd om Galexis werkelijkheid te laten worden.

V: Wat is de Absolute Dichotomie?

A: De Absolute Dichotomie is die handeling van waarneming die, na het vaststellen van het Vrouwelijk Lichamelijke als droesem en smet, de Lofzang van Galexis predikt.

V: Wat is het doel van het Heilig Ontvangvat?

A: Als de tijd voleind is zal daaruit een Volmaaktheid voortkomen, de vrucht van Galexis en de mannen.

V: Wat is de Rol en de Voorbestemming van deze Volmaaktheid?

A: Hij zal het nieuws van Galexis uitdragen over de werelden. Waar hij zijn voet neerzet, zullen de vrouwen schreeuwen van smart.

Mur legde de catechismus neer. Hij vond hem onuitsprekelijk vervelend. Zijn oog viel op de tafel: tientallen tekens. Namen in het hout gekerfd, sommige half weggesleten door de tand des tijds, andere vrij recent...Wat was deze hier? Chalres Gargamet. Een koude hand klemde zich om Murs hart. Hier hadden ze Chalres heengebracht? Hoe had hij de dood gevonden? Langzaam stond Mur op. Hij staarde om zich heen. Waren er soms andere uitgangen? Hij liep het vertrek rond en controleerde de vochtige kalksteen. Die scheen overal meters dik te zijn. Langzaam liep hij terug naar de tafel, en bleef onder de lamp staan. Hij huiverde toen hij aan de sombere dingen dacht die voor hem in het verschiet lagen. De Herzuivering zou best nog gruwelijker kunnen zijn dan de oorspronkelijke rite. Op een afschuwelijke manier fascineerde die open deur hem. Hij gaf de route aan naar de buitenwereld waar Mur hartstochtelijk naar verlangde, maar aan de andere kant dreigde hij met een verschrikkelijke straf. Hij dacht aan Chalres, dood, gebroken, met zijn gezicht naar beneden ronddrijvend in het afvalwater van de looierij.

Murs geest raakte wanhopig, terneergeslagen. Het licht liet een griezelig schijnsel over de zielige letters in het blad van de tafel vallen. Hij zou zich moeten onderwerpen.

De tijd gleed voorbij: een uur. Lusteloos las Mur stukken uit de Catechismus hardop voor, woorden zonder betekenis. Hij bestudeerde de Doctrine: Hakcils Oorspronkelijke Elucidaties. Het boek was oud, zat vol ezelsoren, hoorde duidelijk bij de kamer. Schimmel had de letters aangetast, de pagina's zaten af en toe aan elkaar gekleefd. De purperen lettertekens waren vervaagd in het rood en groen van de pagina's. Mur legde het boek neer en keek lange tijd naar de deuropening. Verlokkend en toch zo dreigend. Hij dacht na. Als hij nu eens zo snel de gang afrende dat zijn voeten de grond nauwelijks raakten. Dan zou hij op louter durf buiten kunnen komen. Nee. Zo makkelijk zou het niet gaan. Op de een of andere manier zou hij in de val lopen. De houten deur zou op slot kunnen zijn. Voor zijn insubordinatie zou hij hetzelfde lot ondergaan als Chalres. Zo ging het bij de Chilieten. Als hij nederig voor Osso kroop, zijn zielvaders voeten aflikte terwijl hij hartstochtelijk verklaarde dat hij voortaan zuiverheid zou betrachten en alle banden met zijn moeder, uit verleden, heden en toekomst plechtig afzwoer, dan kon hij zijn status van Zuivere Knaap behouden.

Mur likte langs zijn lippen. Het was beter dan het afvalwater van de looierij. Hij boog zich over de Doctrine en leerde hele stukken uit zijn hoofd tot het hem duizelde en zijn ogen staken. Op de vierde pagina was de helft van de letters door schimmel aangetast en onleesbaar geworden, met de vijfde en de zesde bladzijde was het net zo gesteld. Ontdaan staarde Mur naar het groen uitgeslagen papier. Hoe kon hij de Elucidaties leren als ze niet te lezen waren? Osso zou een zo voor de hand liggend excuus nooit aanvaarden. 'Waarom had je je eigen exemplaar van Hakcil niet bij je? Toen ik een Zuivere Knaap was was het mijn voortdurende metgezel!' Of: 'Deze pagina's behoren tot het belangrijkste dat de Chilieten kennen. Je had ze al lang uit je hoofd moeten kennen.' Aan de andere kant, bedacht Mur, vormde het onleesbare boek een geloofwaardig excuus om de gang af te lopen. Als er iemand op wacht stond kon hij de onleesbare pagina's laten zien en om een exemplaar vragen dat in betere staat verkeerde. Mur kwam half overeind. De gang was een sinistere donkere rechthoek.

Hij ging weer zitten. Het was al diep in de nacht, en er zou zeker geen Chiliet op wacht staan. En ook geen Zuivere Knaap. Zou er een bel of iets dergelijks zijn? Onwaarschijnlijk. De Chilieten stelden het waarschijnlijk niet op prijs als ze tijdens hun krampen werden gestoord.

De buitendeur was niet op slot gedaan, misschien was de gang wel open! Mur likte zijn lippen. Het was niet onwaarschijnlijk dat de gang dan zijn eigen bescherming had: een valluik, een strik, een verborgen mechaniek. Of er zou een net of een kooi naar beneden komen vallen. De gang zou veranderd kunnen zijn en nu doodlopen of rechtsomkeert maken, met zand of modder op de vloer om te kunnen nagaan waar hij gelopen had. Of de gang zou opeens bij een steile afgrond kunnen ophouden en dan zou hij in de diepte storten, zijn dood tegemoet.

Steels blikte Mur naar het donkere gat dat nu zelf ogen scheen te hebben. Hij zuchtte en boog zich weer over zijn boeken. Maar hij kon zich niet concentreren. Met een scherp stuk steen kraste hij afwezig zijn naam in het blad van de tafel, bij alle andere namen. Ontsteld zag hij dat hij 'Gastel Etzwane' had gekrast. Nog meer bewijs voor insubordinatie als iemand het zou zien. Hij hief zijn hand op om de naam weg te krassen, maar gooide toen in een plotselinge aanval van woede het stuk steen in een hoek. Uitdagend keek hij naar wat hij in het tafelblad gekrast had. Die naam, dat was hijzelf. Hij was Gastel Etzwane, ze mochten hem duizend keer vermoorden voor hij iemand anders werd! Zijn kleine uitbarsting van koppige trots luwde weer. De feiten waren nog dezelfde als een paar minuten geleden. Hij zou een onbekende tijd hier in dit studeervertrek moeten verblijven en dan Herzuivering moeten ondergaan. Of hij kon het kille gevoel dat over zijn ruggengraat op en neer gleed negeren en kijken wat de gang te bieden had.

Langzaam stond hij op en liep naar de andere kant van de kamer, steels, stap voor stap. Hij bekeek wat hij van de gang kon zien in het schijnsel van de gloeibol: tussen de drie en de vijf meter. Hij keek omhoog naar de bol. Die hing drie meter boven hem. Mur zette de bank op de tafel en klom erop, maar de bol hing nog een meter buiten zijn bereik. Hij klauterde omlaag, stijf en onhandig als een oude man; weer keek hij de donkere gang in.

Het leed geen enkele twijfel dat er aan het eind een gesloten deur was. Of er was een val. Mur probeerde zich te herinneren hoe de gang eruit had gezien. De monstrator had zijn lichtbol hoog boven zich gehouden, en in het licht had Mur een gebogen plafond van vochtige stenen gezien. Geen kooien of netten, maar die zouden zonder veel moeite daarna aangebracht kunnen zijn. In dat geval zouden ze worden geactiveerd met een draad die dwars over de gang gespannen was of misschien wel een klein elektrisch contact, maar de Chilieten hadden maar weinig vakkennis op dat laatste gebied en wantrouwden eigenlijk zowel elektriciteit als biomechanica. Dus als er een val was, zou die waarschijnlijk in werking worden gesteld door een struikeldraad vlak boven de vloer.

Murs hart klopte hem in de keel toen hij de donkere tunnel inkeek. Het was het belangrijkste ogenblik van zijn leven. Als Faman Bougozonie kon hij aan de tafel blijven zitten om de Catechismus te bestuderen en de schimmelige Elucidaties, en hij zou een vurig Chiliet kunnen worden. Als Gastel Etzwane kon hij tastend langs de muur van de gang lopen en zo hopen de open nacht te bereiken.

Chalres' doorweekte, jammerlijke lichaam kwam voor zijn ogen. Mur maakte een hoog geluidje van wanhoop. Weer zag hij iets: het gezicht van zijn zielvader Osso, het hoge, terugwijkende voorhoofd met hier en daar een spaarzame lok sluik haar, de oplettende, rood-omrande ogen met hun scherpe blik op hem gericht. Weer kreunde Mur even. Toen liet hij zich op zijn handen en knieën zakken en kroop het duister in.

Het licht achter hem begon vaag te worden. Mur begon voorzichtig in het donker om zich heen te tasten, voelde behoedzaam en oplettend of er draden, touwen, stokjes of een meegevend stuk vloer waren. Hij herinnerde zich dat de gang eerst een bocht naar links zou maken, en dan naar rechts. Hij bleef vlak bij de linkermuur.

Hij kon geen hand voor ogen zien. Mur tastte met zijn handen in de lucht voor zich, alsof hij naar spinnenwebben zocht. Als hij niets bijzonders voelde betastte hij even zorgvuldig de vloer voor hij naar voren kroop.

Moeizaam vorderde hij, meter voor meter, terwijl de duisternis als iets tastbaars op hem neerdrukte. Hij was te gespannen om angst te voelen, aan verleden en toekomst dacht hij niet, wat meetelde was alleen het heden, en het afschuwelijke gevaar dat vlak bij hem was. Met vingers als de voelsprieten van een insect tastte hij het duister af, van deze vingers hing zijn leven af. Aan de linkerkant raakte hij het contact met de muur kwijt: de eerste bocht. Hij hield stil, tastte de muren aan weerszijden af, liet zijn vingers over de voegen tussen de steenblokken glijden. Hij kroop de hoek om, vol verlangen om verder te gaan, maar onwillig om veilig, beproefd gebied achter zich te laten. Hij kon nog steeds terug naar het studeervertrek. Voor hem lag het stuk gang waar achter en onder iedere steen gevaar kon schuilen. Met de grootst mogelijke voorzichtigheid tastte hij in het duister, voelde de lucht, de muren, de vloer. Centimeter voor centimeter kroop hij verder. Zijn vingers gleden over een vreemde substantie op de grond: iets ruws, vezeligs, niet zo koud als steen. Hout. Hout op de vloer. Mur tastte met zijn vingers naar de voeg tussen steen en hout. Die liep dwars over de gang, haaks op de muur. Met zijn knieën op de steen boog hij zijn lichaam over het hout, voelde eerst of er draden waren, liet zijn handen toen over het hout glijden. Hij voelde geen draad, en het hout maakte een stevige indruk, geen spleten, geen dunne plekken. Mur ging plat op zijn buik liggen en strekte zijn armen zo ver hij kon naar voren. Hij voelde alleen maar hout. Hij gleed een eindje verder en voelde weer. Hout. Hij bonkte er met zijn vuist op en meende een holle galm te horen in plaats van het doffe geluid van een plank op grond of cement. Gevaar. Gevaar. Hij gleed nog een centimeter naar voren. De vloer begon te wijken, zijn voeten gingen langzaam omhoog. Haastig gleed hij achteruit. Het houten stuk had in het midden een draaipunt. Als hij tastend langs de muren zou hebben gelopen zou hij niet terug hebben gekund. Eenmaal voorbij het kantelpunt zou het achterstuk van het houten luik omhooggeklapt zijn en hij zou halsoverkop in het duister zijn gestort naar het onbekende lot dat hem beneden wachtte.

Mur bleef stil liggen, zijn mond verwrongen tot een wolvengrijns. Hij mat de afstand tussen steen en kantelpunt: zijn lichaamslengte, anderhalve meter. Voorbij het kantelpunt was waarschijnlijk nog eens anderhalve meter hout dat kon kantelen. Als hij een lamp had gehad had hij het misschien wel gewaagd om te springen. Maar niet in het duister. Stel je voor dat hij de afstand verkeerd schatte en niet ver genoeg sprong. Murs grijns werd zo verkrampt dat de spieren van zijn wangen pijn begonnen te doen. Hij had een plank nodig, een ladder of iets dergelijks. Hij dacht aan de bank in het studeervertrek. Die was twee meter lang. Hij krabbelde overeind en ging tastend langs de muur terug, veel sneller dan hij gekomen was. De kamer was stil, bijna slaapverwekkend. Mur tilde de bank op en droeg hem de duistere gang in die hij nu zo goed kende. Hij kwam bij de bocht, liet zich weer op handen en voeten zakken en sleepte de bank naast zich over de grond met de poten omhoog. Toen hij bij het houden stuk kwam duwde hij de bank naar voren tot hij schatte dat het achterstuk op de scharnier rustte, en het voorste stuk, hoopte hij, op solide stenen. Met de grootst mogelijke behoedzaamheid liet hij zijn gewicht op de bank neerkomen, klaar om snel achteruit te springen als hij wat voelde bewegen.

De bank bewoog niet. Mur kroop er overheen en voelde aan de andere kant steen onder zijn vingers. Hij grijnsde, dit keer van opluchting en genoegen.

Maar hij was de gang nog niet uit. Even omzichtig als daarvoor ging hij verder en kwam ten slotte bij de tweede bocht. Een paar meter verder flikkerde een zwakke gloeibol. Het licht ervan viel op een deur: de oude houten deur die uitkwam op de niet in gebruik zijnde onderkamer. Weer met zijn hart in zijn keel stapte Mur naar voren. De deur was op slot, niet zozeer om hem opgesloten te houden, vermoedde hij, maar om te voorkomen dat een Chiliet of een Zuivere Knaap nietsvermoedend halsoverkop in de val stortte.

Mur maakte een bedroefd geluidje en bekeek de deur nauwkeurig. Hij was gemaakt van dikke planken, gepend en gelijmd, en de hengsels waren van gehard ijzerweb. De deurpost was van hout, zacht en vermolmd, dacht Mur. Hij duwde tegen de deur, zette zich schrap en bonkte er tegenaan met het geringe gewicht van zijn onvolgroeide lichaam. De deur week geen millimeter. Mur wierp zich ertegen. Hij geloofde dat hij de grendel even hoorde kraken. Steeds weer beukte hij tegen de deur maar het enige wat hij bereikte was dat het oude hout af en toe kraakte. Zijn lichaam raakte bont en blauw en deed overal pijn maar daar gaf hij niets om. Hijgend deed hij een stap achteruit, dacht toen opeens aan de bank en rende terug de gang in, de bocht om en liep langzaam verder tot hij het uiteinde van de bank voelde. Hij sleepte hem van de valdeur af en droeg hem naar de deur. Hij mikte, rende naar voren en stootte met het eind tegen de grendel. De deurpost versplinterde, de deur sloeg met een klap naar buiten en Mur stond in de onderkamer; een galmende, lege plek.

Hij zette de bank langs een van de muren waar hij niemand zou opvallen. Hij deed de deur dicht en duwde het versplinterde hout terug. Het was heel goed mogelijk dat de Chilieten het niet zouden zien, en dan zouden ze nog eens verbaasd staan!

Een ogenblik later stapte hij naar buiten, de nacht in, en keek omhoog naar de gloed van de Skiaffarilla. "Ik ben Gastel Etzwane," mompelde hij opgetogen. "Als Gastel Etzwane ben ik aan de Chilieten ontsnapt, als Gastel Etzwane heb ik veel te doen."

Hij was nog niet vrij, hij was het gebied van de Chilieten nog niet uit. Zijn ontsnapping zou ongetwijfeld worden ontdekt, misschien de volgende ochtend al, en ongetwijfeld binnen twee of drie dagen. Osso kon geen beroep doen op de Man zonder Gezicht, maar het was heel goed mogelijk dat hij ahulfs liet komen uit de Wilde Landen. Geen spoor was te oud of te vaag voor de ahulfspoorzoekers, ze zouden het volgen tot hun prooi aan boord ging van een boot, een voertuig op wielen of een ballon. Weer zou Gastel Etzwane slim moeten zijn. Osso zou verwachten dat hij vluchtte, dat hij een zo groot mogelijke afstand tussen zichzelf en Bashon zou willen scheppen. Als hij dus een dag lang in de buurt bleef, tot de ahulfs in de omtrek vergeefs naar een spoor hadden gezocht en met een vloek terug waren gestuurd naar hun meester, zou hij er zonder moeite vandoor kunnen gaan, hoe onzeker hij nu ook nog was over zijn bestemming.

Honderd meter lager lag de looierij om de heuvel heen, een hele serie schuren en bijgebouwen met tientallen veilige hoekjes en plekjes. Gastel Etzwane stond naast de deuropening, verborgen in de schaduw, en luisterde naar de geluiden van de nacht. Hij voelde zich vreemd en vluchtig als een geest. Boven in de tempel lagen de Chilieten in de galgarook en aanbaden Galexis. Hun gehijg van verering werd gesmoord in de zware duisternis.

Gastel Etzwane bleef een paar ogenblikken in de schaduw staan. Hij voelde geen grote aandrang, geen noodzaak om zich te haasten. Het eerste waar hij zich zorgen om moest maken waren de ahulfs die, daar was hij bijna zeker van, erbij zouden worden gehaald om hem op te sporen aan de hand van aanwijzingen die buiten het bereik van mensenzintuigen vielen. Hij sloop terug, de tempel in, en vond na enige tijd een oude mantel die in een hoek was neergegooid. In de deuropening scheurde hij het kledingstuk in tweeën. Hij gooide eerst het ene stuk op de stenige grond, toen het andere, sprong toen naar voren en ging zo de helling af, weg van de tempel, zonder sporen of geuren achter te laten waar de ahulfs iets aan zouden hebben. In kalme opwinding lachte Gastel Etzwane toen hij het eerste bijgebouw van de looierij bereikte.

Hij vond een plekje onder een van de schuren, legde zijn hoofd op de in tweeën gescheurde mantel en viel in slaap.

Sasetta, Ezletta en Zael kwamen dansend boven de horizon uit en schoten blikkerende stralen gekleurd licht uit het oosten. In de tempel klonk een gonzende bel die de Zuivere Knapen naar de keukens riep om daar de ochtendgruwel voor de Chilieten te koken. De Chilieten zelf wankelden wasbleek en met rode ogen de op het oosten gelegen hof op, hun baarden doortrokken van de stank van galga. Ze wankelden naar de banken en zaten dof in het zwakke zonlicht te staren, nog niet geheel bij vol bewustzijn. De vrouwen van de looierij hadden al brood en thee gehad, en liepen nu langzaam de eetzaal uit om zich te melden, een aantal met tegenzin, anderen opgewekt. De leidsters riepen de namen af van vrouwen die bijzondere taken kregen. De vrouwen wier naam zo genoemd werd liepen weg om hun opdracht uit te voeren. Een paar vrouwen, allen matriarchen van de Vrouwenorde,* slenterden naar de schuur met de chemicaliën om mengsels van

---

* De *Zoriani nac Thair nac Thairi*. Ruwweg te vertalen met Vrouwelijke Volvoerders van Wanhoopsdaden.

kruiden en poeders samen te stellen, en verfstoffen en bindmiddelen. Een tweede groep ging naar de tonnen om te schrapen, bij te snijden, in de week te zetten, te wassen, af te gieten. Anderen bewerkten nieuwe huiden die door ahulfs uit de Wilde Landen gebracht waren, pelzen van alle dieren die daar leefden, ahulfs inbegrepen. Na uitgezocht te zijn werden ze op ronde houten tafels gelegd waar ze een eerste schoonmaakbeurt kregen, bijgesneden werden en opgerekt en vervolgens in een vat met een alkalische oplossing werden gelegd. Eathre was aan de schoonmaaktafels aan het werk gezet; ze had een borstel, een glazen mes en een kleine scherpe lepelschraper gekregen om mee te werken. Jatalie, de leidster, stond haar te vertellen wat ze moest doen. Eathre werkte rustig, keek nauwelijks op van wat ze aan het doen was. Ze maakte een apathische indruk. Etzwane's schuilplaats was niet meer dan dertig meter van de plek waar ze bezig was; hij kronkelde en kroop op zijn buik naar voren tot hij door een spleet in de fundering kon kijken. Toen hij zijn moeder zag kon hij zich er maar net van weerhouden een kreet van afschuw te slaken. Zijn lieve zachte moeder in zulke omstandigheden! Hij lag op zijn lippen te bijten en heftig met zijn ogen te knipperen. En hij kon haar niet eens troosten!

Van de kant van de tempel ontstond enige beroering. Zuivere Knapen kwamen op een opgewonden draf tevoorschijn en tuurden het dal af, Chilieten verschenen op de bovenste omloop en leken verwikkeld in een geagiteerd gesprek waarbij ze overal om zich heen wezen. Etzwane vermoedde dat zijn afwezigheid wat eerder was ontdekt dan hij had gedacht. Hij keek toe. Zijn geest was een vreemde mengeling van angst en vrolijkheid. Grappig om de Chilieten zo uit hun gewone doen te zien. Maar angstaanjagend was het ook wel. Als de ahulfs hem opspoorden en hij gevangen genomen werd... Hij kreeg al kippenvel bij de gedachte alleen.

Vlak voor noen zag hij de twee ahulfs arriveren: twee rammen met langs het ruwe zwarte haar van hun kromme poten rode linten geknoopt die wezen op grote kunde bij het spoorzoeken. Grote Man Osso, waardig op een voetstuk, legde in dadu* uit wat hij wenste; de

---

* *Dadu*: een taal bestaande uit tekens die met de vingers gemaakt werden en de lettergrepen *da, de, di, do, du*.

ahulfs luisterden en grijnsden sluw. Osso liet een tuniek op de grond vallen, ongetwijfeld een kledingstuk van Etzwane. De ahulfs pakten het met hun mensachtige handen beet, drukten het tegen de geurdetectors in hun voeten, gooiden het hoog in de lucht in een uitbarsting van het totale gebrek aan decorum waar de Chilieten zich zo aan konden ergeren. Ten slotte maakte Osso een ongeduldig gebaar. De ahulfs keken nog even links en rechts of ze iets zagen dat de moeite van het stelen waard was, en liepen toen naar het ondervertrek van de Zuivere Knapen. Daar ontdekten ze Etzwane's geur, maakten in grote opwinding enorme sprongen in de lucht en riepen naar Osso.

De Zuivere Knapen keken met een mengsel van opwinding en afschuw toe, net als Etzwane zelf, uit angst dat een vleugje van zijn geur naar de ahulfs zou drijven.

De twee draafden om de tempel heen en Etzwane was opgelucht toen ze zijn spoor kruisten en niets ontdekten. Ze zochten de grond om Eathre's huisje af. Hun enthousiasme was nu duidelijk minder, en hun oorflappen hingen somber naar beneden. Weer hadden ze geen succes. Snauwend naar elkaar op de manier van ahulfs, met klappende kaken en uithalend met de witte klauwen die in hun zachte zwarte poten verborgen zaten, liepen ze terug naar de plek waar Osso stond te wachten en legden in dadu uit dat de gezochte op wielen vertrokken was. Osso draaide zich kortaf om en liep de tempel in. De ahulfs renden naar het zuiden, het Murkdal in, en vandaar naar de Wilde Landen van de Hwan.

Etzwane zag met zijn oog tegen de spleet hoe de gemeenschap aan zijn bezigheden van elke dag begon. De Zuivere Knapen, teleurgesteld dat ze geen afschuwwekkend schouwspel mee hadden kunnen maken, gingen verder met waar ze mee bezig waren geweest. De vrouwen in de looierij werkten aan de tonnen, vaten en tafels. Chilieten zaten als magere witte vogels op banken langs de bovenste omloop van de tempel. Het licht van de zonnen, lavendelkleurig nu ze bijna op hun hoogst stonden, viel op wit stof en uitgedroogde grond.

De vrouwen gingen naar de eetzaal. Etzwane zond dringende gedachten naar zijn moeder: *Kom hierheen, kom dichterbij!* Maar Eathre liep weg zonder om te kijken. Een uur later kwam ze terug. Etzwane kroop weer onder de vloer en wrong zich in de schuur zelf: een opslagplaats voor chemicaliën, gereedschap en dergelijke.

Hij vond een brok sodazout, liep voorzichtig naar de deur en gooide het naar waar zijn moeder stond. Het viel bijna naast haar voeten op de grond. Ze scheen het niet te merken. Toen, alsof ze plotseling in haar gedachtegang werd gestoord, keek ze even op de grond.

Etzwane gooide nog een stuk sodazout. Eathre keek op, tuurde om zich heen naar het landschap, keek toen eindelijk naar de schuur. Etzwane, in de schaduw van de deuropening, maakte een gebaar. Eathre fronste haar voorhoofd en wendde haar blik af. Etzwane staarde verbaasd naar haar. Waarom fronste ze?

Langs de schuur en Etzwane's gezichtsveld in stapte Grote Man Osso. Hij bleef halverwege tussen de schuur en de tafel waar Eathre werkte staan. Ze scheen verloren in een andere dimensie van bewustzijn.

Osso gebaarde naar de leidster en mompelde een paar woorden. De vrouw ging naar Eathre, die zonder wat te zeggen of blijk te geven van verbazing naar Osso liep. Hij maakte een bevelend gebaar dat ze moest blijven staan toen ze nog vijf meter van hem af was en sprak haar zacht en met intense woede toe. Wat hij zei, en het kalme antwoord dat Eathre gaf, kon Etzwane niet verstaan. Osso deed abrupt een stap achteruit en draaide zich met een ruk om. Hij beende zo dicht langs de schuur dat als Etzwane zijn hand had uitgestoken, hij het koude gezicht had kunnen aanraken.

Eathre ging niet meteen weer aan het werk. Alsof ze Osso's woorden overdacht liep ze langzaam naar de schuur en bleef in de deuropening staan.

"Mur, ben je daar?"

"Ja moeder. Ik ben hier."

"Je moet Bashon verlaten. Ga vannacht weg, zodra de zon is ondergegaan."

"Kun je niet met me meegaan, moeder? Ga toch alsjeblieft mee."

"Nee. Osso heeft mijn contract. De Man zonder Gezicht zou mijn hoofd afnemen."

"Ik zal de Man zonder Gezicht opsporen," zei Etzwane vol vuur. "Ik zal hem vertellen over de slechte dingen die hier plaatsvinden. Hij zal Osso's hoofd afnemen."

Eathre glimlachte. "Wees daar maar niet zo zeker van. Osso gehoorzaamt aan de wetten van het kanton. Gehoorzaamt maar al te goed."

"Als ik wegga, zal Osso je slecht behandelen. Hij zal je het zwaarste werk laten doen."

"Dat maakt niets uit. De dagen komen en gaan. Ik ben blij dat je hier weggaat, dat heb ik altijd voor je gewild, maar ik moet hier blijven en Delamber helpen bij de geboorte van haar kind."

"Maar zielvader Osso kan je straffen, en allemaal om mij!"

"Nee, dat zal hij niet durven doen; de vrouwen zijn in staat om zich te beschermen,* zoals ik je zielvader zojuist ook verteld heb. Ik moet terug naar mijn werk. Ga heen na het vallen van de duisternis. Je draagt geen halsband, wees daarom op je hoede voor de ronselaars, vooral in Surrume en Cansume, en ook in Seamus, waar ze je aan het werk kunnen zetten om de ballons te bedienen. Wanneer je volwassen wordt moet je de halsband van een musicus aannemen, dan kun je ongestoord reizen. Ga niet naar het oude huis, en ook niet naar het huis van Delamber. Probeer niet de khitan op te halen. Ik heb een paar munten opzijgelegd, maar daar kan ik op dit ogenblik niet aankomen. Ik zal je niet weerzien."

"Jawel, natuurlijk wel!" riep Etzwane. "Ik zal een petitie indienen bij de Man zonder Gezicht en hij zal je met me mee laten gaan."

Eathre glimlachte triest. "Niet zolang Osso mijn contract heeft. Vaarwel, Mur." Ze liep terug naar de werktafel. Etzwane verborg zich weer in de hut. Hij keek niet naar zijn moeder.

De dag liep ten einde, de vrouwen gingen naar hun slaapzalen. Toen de duisternis gevallen was sloop Etzwane de hut uit en de heuvel af.

---

* Eathre bedoelde de *Zoriani nac Thair nac Thairi,* die hun macht ontleenden aan hun vermogen om de tempel of elke Chiliet afzonderlijk te bezoedelen. Er waren zes graden van bezoedeling, de eerste was wanneer men werd aangeraakt door de vinger van een vrouw, de zesde wanneer men een emmer met een niet nader te noemen substantie over zich heen kreeg. De Volvoerster, of Volvoersters, die de bezoedelende handeling verrichtten waren vrijwilligers, meestal oud en ziek en gaarne bereid om een dramatisch eind te maken aan hun leven door het slikken van vergifproppen, meteen na het bereiken van hun doel.

Bezoedeling dwong de Chilieten een buitengewoon zware Reiniging te ondergaan, die een maand duurde. In deze tijd werd geen galga gerookt; probeerde men tot de extatische trance te komen voor het einde van het ritueel, dan verscheen Galexis Achiliadnid in een afschuwelijke gedaante. Tijdens deze Reiniging raakten de Chilieten nors en rusteloos. De Zuivere Knapen werden daar vaak op de een of andere manier het slachtoffer van.

Ondanks Eathre's waarschuwende woorden ging hij naar het oude huisje langs de Rododendronweg, waar al een andere vrouw in woonde. Hij gleed de tuin in, vond de khitan en liep door de schaduwen, de weg af. Hij ging naar het westen, naar Garwiy, waar de Man zonder Gezicht woonde. Dat zeiden de geruchten tenminste.

HOOFDSTUK IV

SHANT, EEN ONREGELMATIGE RECHTHOEK van tweeduizend kilometer lang en bijna duizend kilometer breed, was van de donkere massa van Caraz gescheiden door honderdzestig kilometer water: de Straat van Pagane, tussen de Groene Oceaan en de Purperen Oceaan. Meer naar het zuiden, aan de andere kant van het Grote Zoutmoeras, hing Palasedra tussen de Purperen Oceaan en de Blauwe Oceaan, als een hand met drie vingers of een uier met drie tepels.

Zeventienhonderd kilometer ten oosten van Shant lagen de eerste eilanden van de Beljamar, een enorme archipel die de Groene Oceaan van de Blauwe Oceaan scheidde. Hoeveel mensen er in Caraz woonden was niet bekend; er waren naar verhouding weinig Palasedranen; op de Beljamar woonde hier en daar een laagontwikkelde groep oceaan-nomaden. Het grootste deel van de bevolking van Durdane woonde in de tweeënzestig kantons van Shant, in een losse confederatie onder het bewind van de Man zonder Gezicht.

Het enige punt van overeenkomst tussen de kantons van Shant was hun onderling wantrouwen. Ieder voor zich beschouwden ze hun eigen gebruiken, kostuums, jargon en gedrag als het Universele Beginsel en zagen die van de andere kantons als excentrieke afwijkingen.

Het onpersoonlijke, niet tot in alle details vastgelegde bewind van de Anome — in de omgang de Man zonder Gezicht genoemd — paste wonderwel bij de xenofobische bevolking van de kantons. Het regeringsapparaat was niet erg ingewikkeld, de Anome stelde geen hoge financiële eisen, en de wetten waaraan hij gehoorzaamheid afdwong, waren voor het grootste deel door de kantons zelf opgesteld. De rechtspraak van de Anome mocht dan meedogenloos en abrupt zijn, maar ze vond zonder aanzien des persoons plaats, en aan de hand van één eenvoudig beginsel: *Hij die de wet overtreedt, sterft.* Het gezag van de Man zonder Gezicht was gebaseerd op de halsband, een strook flexiet met een kleurcode van verscheidene schakeringen van paars, donker scharlakenrood of kastanje, blauw, groen, grijs en af en toe ook bruin.* De halsband bevatte een explosieve lading, dexax, die de Man zonder Gezicht zo nodig kon laten ontploffen door middel van een gecodeerde straal. Een poging om de halsband te verwijderen had hetzelfde resultaat. Wanneer iemand zijn hoofd kwijtraakte was de oorzaak meestal wel bekend: hij had de wetten van zijn kanton overtreden. Heel af en toe nam een ontploffing iemands hoofd af om geheimzinnige en onduidelijke redenen. Als dat gebeurde gingen de mensen omzichtig en met de grootst mogelijke zorgzaamheid hun weg, uit vrees dat ook zij de onberekenbare toorn van de Man zonder Gezicht over zich zouden brengen.

Geen deel van Shant was te ver verwijderd van Garwiy. Van Ilwiy tot bij de Straat van Pagane kwamen ontploffingen voor en verloren schurken hun hoofd. Het was bekend dat de Anome gebruikmaakte van plaatsvervangers, die zijn wensen uitvoerden. Het volk van Shant noemde ze, wat ironisch, Genadebrengers.

Garwiy, waar het hoofdkwartier van de Man zonder Gezicht gevestigd was, was de grootste stad van heel Shant, het industriële hart

---

* Volgens de traditionele kleurensymboliek van Shant hadden blauw, groen, purper en grijs optimistische betekenissen. Bruine kleuren waren ongunstig, tragisch, gezaghebbend, elegant, al naar de context waarin ze voorkwamen. Geel was de kleur van de dood. Rood hield onzichtbaarheid in en werd gebruikt voor voorwerpen waaraan men geen aandacht moest schenken. Dieven droegen rode mutsen. Wit was een indicatie voor geheimzinnigheid, kuisheid, armoede, woede, opnieuw naargelang de omstandigheden. Kleuren die met elkaar gecombineerd werden veranderden van betekenis.

In samenhang met deze kleurensymboliek kunnen hier nog de ideogrammen van Kanton Surrume genoemd worden. Oorspronkelijk werd elk woord weergegeven door een aantal kleurstrepen in de juiste symbolische combinatie. De klerk schreef met wel zeven penselen tussen zijn vingers geklemd. Later kwam een tweede systeem in zwang, dat gebruik maakte van monochromatische stippen op verschillende hoogte om kleuren aan te geven. Dit evolueerde weer tot een ongebroken lijn die de kleuraanduidingen met elkaar verbond, en uiteindelijk werd het teken voor ieder woord een cursief ideogram dat in niets meer aan de oorspronkelijke kleursymboliek deed denken.

van heel Durdane. Langs de oevers van de Jardeen en in het district dat bekend stond als Shranke langs de Monding stonden honderd glasfabrieken, gieterijen en machinewerkplaatsen, biomechanische fabrieken, bio-elektrische laboratoria waar de organische mono-moleculen uit Kanton Fenesq tot weerstandsloze geleiders werden gewikkeld en daarna verbonden met semi-levende filters, kleppen en schakelaars. Het resultaat was kwetsbare, temperamentvolle en uiterst prijzige elektronische apparatuur. Biotechnici stonden in hoog maatschappelijk aanzien. Onderaan de maatschappelijke ladder stonden de musici, die desondanks toch af en toe een scheut romantische afgunst opriepen in de harten van de gezeten burgers van Shant. Muziek, net als taal en kleursymboliek, erkende geen kantongrenzen en bereikte de hele bevolking.* In Kanton Amaze namen duizend, tweeduizend musici deel aan de jaarlijkse seiach: een enorme golf geluid, nu eens sterker, dan weer vervagend, zoals de wind of het geruis van de branding, met af en toe getijden, vaag en niet goed te onderscheiden, van heldere kleine zwerversklokjes. De muziek die rondzwervende troupes ten gehore brachten was meer algemeen van aard: horlepijpen en toilers, rondedansen en sonates, sharara's, sarabandes, balladen, capriccio's en wervelaars. Soms reisde een druithine met zo'n groep mee, maar meestal zwierf hij alleen rond en speelde als het hem uitkwam. Mindere lieden zongen woorden of droegen gedichten voor onder begeleiding van muziek, maar de druithine speelde alleen muziek en hij legde daar alles in wat hij had meegemaakt, al zijn vreugde, al zijn verdriet. Zo iemand was Etzwane's bloedvader geweest, de grote Dystar.

Etzwane had nooit geloof gehecht aan het verhaal over Dystars dood dat Feld Maijesto hem had verteld. In de dagdromen van zijn kinder-jaren had hij zich langs Shants wegen zien dwalen, spelend op zijn khitan op feesten en bijeenkomsten, totdat ze elkaar ten slotte tegen het lijf liepen. Van dat ogenblik af bewandelden zijn dromen verschillende paden. Soms weende Dystar bij het horen van zulke heerlijke muziek, en als Etzwane zich dan bekend maakte, kende zijn verwondering geen grenzen. Soms raakten hij en de ontembare knaap verwikkeld in een

---

* Een opmerkelijke uitzondering: de Chilieten van Kanton Bastern.

muzikaal duel: in zijn geest hoorde Etzwane de prachtige melodieën al, ritme en contraritme, het ketsen van de gonsbalk, het droge raspen van de krasdoos.

En nu lag er over al die dagdromen eindelijk een waas van realiteit. Met de khitan om zijn smalle schouders gegespt liep Etzwane verder over de wegen van Shant, en zijn hele toekomst lag voor hem.

Behalve wanneer hij werd gepakt en teruggevoerd naar Bastern.

Het was niet onmogelijk dat Osso zou vermoeden hoe zijn ontsnapping in zijn werk was gegaan en weer ahulfs zou laten komen. De gedachte deed Etzwane zijn pas versnellen tot een draf, en hij rende zo snel hij kon verder, tot zijn longen pijn begonnen te doen en hij zijn pas vertraagde. De Rododendronweg lag ver achter hem, hij liep onder de sterren. Aan zijn linkerhand rees de grote zwarte massa van de Hwan op.

De nacht vergleed. Etzwane rende niet meer, maar liep zo snel als zijn pijnlijke benen hem wilden dragen. De weg klom tegen een heuvel op, liep over een kam heen. Achter hem lag een grijs en zwart landschap onder het licht van de sterren, met een paar verre lichtjes die hij niet thuis kon brengen.

Hij ging op een steen zitten om wat uit te rusten en keek naar het westen, naar Kanton Seamus waar hij nog nooit geweest was, al wist hij van mannen die over de Rododendronweg gereisd waren iets van de mensen die er woonden en hun gewoonten. Ze waren stevig gebouwd, rossig blond en heetgebakerd, ze brouwden bier en destilleerden aardappeljenever die door mannen, vrouwen en kinderen gedronken werd zonder dat het ze aan te zien was. De mannen droegen kleding van goede bruine stof, strohoeden, en gouden ringen in hun oor. De vrouwen, forsgebouwd en niet bang om hun mond open te doen, droegen lange geplooide gewaden in de kleuren bruin en zwart en hadden kammen van aventurienkwarts in het haar. Ze trouwden nooit met mannen die groter waren dan zij zelf; wanneer man en vrouw na een avond in de taveerne in een vuistgevecht verwikkeld raakten, had de man geen lichamelijk overwicht.

De Noordvertakking van het ballonspoor liep door Seamus en verbond Oswiy aan de noordkust met de Grote Kruislijn; de weg die Etzwane nu afliep, kwam in Carbade uit op het ballonspoor. Toen hij naar het westen keek en het land overzag waar hij doorheen wilde reizen, dacht hij ver weg een rood vlekje te zien dat langzaam langs de hemel gleed. Als zijn ogen hem niet bedrogen gaf dat licht aan waar de groef liep, al was het laat op de dag en de wind zwak. Hij dacht aan zijn moeders waarschuwing voor ronselaars. Alleen, zonder halsband, had hij geen identiteit, kon hij op niemands bescherming een beroep doen en kon iedereen met hem doen wat hij wilde. De ronselaars zouden hem een halsband omdoen en aan een contract binden, en hem vervolgens aan het werk zetten op het ballonspoor. Morgenochtend zou hij een halsband maken van teen of bast of leer, dan zou hij niet zo opvallen.

Het was laat, en de nacht was stil. Zo stil dat terwijl hij daar zo zat hij een ver, vaag gehuil van de Wilde Landen hoorde. Of bedrogen zijn oren hem? Etzwane zat ineengedoken op de steen en voelde zich klam en koud. De ahulfs hielden een van hun woeste macabere feesten. De lust daartoe overviel hen als krankzinnigheid een mens, en nu dansten ze huilend om een vuur, ergens ver weg in een afgelegen dal in de Hwan.

De gedachte aan ahulfs deed hem schielijk opstaan. Wanneer ze zeker waren van een spoor waren ze snel, en hij was nog niet buiten hun bereik.

Zijn benen waren verstijfd, en zijn voeten deden zeer. Hij had nooit op de steen moeten gaan zitten om uit te rusten. Zo snel hij kon strompelde hij de heuvel af, Seamus in.

Een uur voor het licht zou worden liep hij een dorp binnen: een stuk of tien huisjes rond een keurig verzorgd pleintje dat was geplaveid met platen leisteen. Een eindje van de weg af stonden silo's, een pakhuis en de bolle vaten van een kleine brouwerij. Vlak naast de weg stond een gebouw van drie verdiepingen, duidelijk een herberg. Er waren al mensen bezig in de kookschuur erachter: Etzwane zag het flakkerende licht van een vuur. Naast de herberg stonden drie grote wagens te wachten, beladen met pasgekapte en geschilde witte lariks uit het Woud van Shimrod, en vaten van hetzelfde hout, bestemd voor een van de vele distilleerderijen van Seamus. Een staljongen kwam de stal achter de herberg uit met trekdieren: ossen, gefokt van dieren die lang geleden van de Aarde waren gekomen, rustige en betrouwbare dieren, maar wel langzaam.* Etzwane draafde langs de herberg in de hoop dat men hem in het halfduister niet zou zien.

Voor hem lag een kale vlakte, bezaaid met rotsen. Nergens zag hij een plek waar hij zich zou kunnen verschuilen, nergens een akker waar hij iets eetbaars zou vinden. Hij werd overvallen door een diepe neerslachtigheid, hij voelde dat hij niet meer verder kon, zijn keel was volkomen uitgedroogd en zijn maag deed pijn van de honger. Alleen angst voor de ahulfs weerhield hem ervan om een schuilplaats tussen de rotsen te zoeken en zich op een bed van droge bladeren te slapen te leggen. Ten slotte werd zijn uitputting sterker dan zijn angst. Hij kon niet meer. Hij wankelde naar een plek achter een berg halfvergane leisteen, wikkelde zich in zijn mantel en rustte wat uit. Hij zakte weg in een doffe toestand van half-bewustzijn, maar slapen deed hij niet.

Een knarsend, bolderend geluid deed hem opschrikken: de wagens reden hem voorbij. De zonnen hingen al een uur aan de hemel; al had hij niet geslapen, of dacht hij dat hij niet geslapen had, de dag was ongemerkt aangebroken.

De wagens reden voorbij en knarsten verder naar het westen. Etzwane sprong overeind om ze na te kijken en bedacht dat dit een goede gelegenheid was om de ahulfs in verwarring te brengen. De wagenvoerders zaten op een bank voorop de wagens en konden niet zien wat er achter ze gebeurde. Etzwane rende achter de wagens aan, zwaaide zich bij de achterste naar binnen en bleef even op de rand zitten, met zijn benen bungelend boven het wegdek. Even later kroop hij wat verder, een gemakkelijk hoekje in. Hij was van plan maar een paar kilometer mee te rijden en er dan weer af te springen, maar hij zat zo comfortabel, en het donkere plekje leek zo veilig en geruststellend dat hij wegdoezelde en in slaap viel.

Etzwane werd wakker en zag vanuit zijn schuilplaats twee rechthoeken die hij niet thuis kon brengen, de een over de ander heen. Een schittering van lavendelwit, en dan een oneffen donkergroen. Zijn geest

---

* Het bestaan van niet minder dan tweeënzestig kantons in Shant kan worden toegeschreven aan twee hoofddoorzaken: aard en temperament van de eerste bewoners, en het gebrek aan metaal om efficiënte machines te maken.

werkte nog traag. Langzaam kroop hij zo ver mogelijk de wagen in. Het wit was de muur van een witgepleisterd gebouw met het licht van de middagzonnen er vol op. Het donkergroene vlak was de zijkant van een wagen vlak achter de wagen waarin hij zelf zat. Hij herinnerde zich weer waar hij was. Hij was in slaap gevallen en wakker geworden door het stilhouden van de wagens. Waar was hij nu beland? Waarschijnlijk in Carbade, in Seamus. Niet de beste plek, als de inlichtingen die hij hier en daar langs de Rododendronweg had opgepikt tenminste betrouwbaar waren. De mensen in Seamus gaven volgens de geruchten niets, en namen wat hun voor de handen kwam. Stijf klom Etzwane de wagen uit. Hij kon er beter maar vandoor gaan voor ze hem ontdekten. In ieder geval hoefde hij niet bang meer te zijn voor de ahulfs.

Van vrij dichtbij kwam het geluid van stemmen. Etzwane sloop om de wagen heen en kwam tegenover een man te staan met een zwarte baard, holle witte wangen en ronde blauwe ogen. Hij had de zwarte canvasbroek van een wagenvoerder aan, en een vuil wit vest met houten knopen. Hij stond met zijn benen uiteen, zijn handen half omhoog van verbazing, en leek eerder in zijn sas dan boos. "En wat hebben we hier dan? Een jonge bandiet? Zo leiden ze ze dus op, om de lading te roven als de wielen nog maar net opgehouden zijn met draaien. En niet eens een halsband om zijn nek."

Etzwane's stem beefde, maar hij probeerde ernstig en eerlijk te spreken. "Ik heb niets gestolen, heer, ik ben alleen maar een stukje in de wagen meegereden."

"Dat is dan diefstal van vervoer," zei de wagenvoerder. "Je geeft het feit zelf toe. Vooruit, kom maar mee."

Etzwane deed een stap naar achteren. "Mee waarheen?"

"Naar een plek waar ze je een nuttig beroep bij zullen brengen. Ik bewijs je een gunst, knaap."

"Ik heb een beroep!" riep Etzwane. "Ik ben musicus! Kijk maar! Hier is mijn khitan!"

"Je bent niets zonder je halsband. Kom mee."

Etzwane probeerde weg te duiken maar de wagenvoerder greep hem bij zijn mantel. Etzwane worstelde en schopte om zich heen, de wagenvoerder gaf hem een draai om zijn oren en hield hem op armlengte van zich af. "Nog meer klappen? Let op je manieren!" Hij trok aan de khitan en het instrument viel op de grond. De hals brak van de klankkast af.

Etzwane uitte een verstikte kreet en staarde naar de ruïne van hout en snaren. De wagenvoerder greep hem bij de arm en nam hem mee naar het depot waar vier mannen om een tafel met een dobbelbord zaten. Drie van hen waren wagenvoerders, de vierde was een Seam met zijn puntig toelopende strohoed achterover op zijn ronde rode gezicht.

"Een vagebond in mijn wagen," zei de man die Etzwane gegrepen had. "Ziet er slim en levendig uit, geen halsband, zie je wel? Wat zou ik kunnen doen om hem te helpen?"

Zwijgend keken de vier naar Etzwane.

Een van de wagenvoerders bromde en boog zich weer over het dobbelbord. "Laat de knaap toch lopen. Hij heeft jouw hulp niet nodig."

"Daar heb je ongelijk aan! Elke burger van Shant moet arbeiden, vraag het de werkmakelaar maar. Wat zeg jij ervan, werkmakelaar?"

De Seam leunde achterover in zijn stoel en duwde zijn hoed gevaarlijk ver naar achteren. "Hij is niet al te groot van stuk en ziet er brutaal uit. Maar ik zal toch wel een baan voor hem kunnen vinden. Misschien in Angwin. Twintig florijnen?"

"Ik heb een hekel aan sjacheren. Twintig florijnen, akkoord." De Seam kwam moeizaam overeind. Hij wenkte Etzwane. "Kom mee."

Etzwane werd het grootste deel van de rest van de dag opgesloten in een klein kamertje, toen op een platte wagen gezet en naar het station van de ballonroute gereden, dat anderhalve kilometer ten zuiden van Carbade lag. Een half uur later kwam de *Misran* in zicht, op weg naar het zuiden. Van ver kon Etzwane de glijschoen tegen de rand van de gleuf horen zingen. De windstuurman zag de stand van de semafoorarmen en liet de kabels aan de voorkant vieren zodat de *Misran* dwars op de wind kwam te staan en vaart verloor. Vierhonderd meter van het station haakte de katrolman een sleepanker aan de achterste drager. Zodra hij stillag, pende hij die vast met een ankerbout. De balk tussen de beide dragers werd losgemaakt en de glijschoen werd door de gleuf naar het zuiden gesleept waardoor de ballon naar de grond werd getrokken.

Etzwane werd naar de gondel gebracht en toevertrouwd aan de windstuurman. De glijschoen werd teruggesleept langs de gleuf en weer vastgemaakt aan de tussenbalk, waardoor de ballon weer tot zijn normale hoogte opsteeg. De ankerbout werd losgetrokken; de *Misran* was weer vrij. De stuurman trok met de lier de kabels aan de voorkant strak, de ballon kwam weer op de wind te staan, weg gierde de glijschoen, sneller en sneller, en Carbade lag achter hen.* Voor Etzwane was de wereld van zijn dagdromen vervlogen, voorgoed verdwenen, als de bloemen van het vorige jaar. Hij wist iets af van de werkploegen langs het ballonspoor, hun leven was hard en eentonig. Theoretisch waren het vrije mensen, maar in de praktijk wisten maar weinigen hun contract in te lossen. En Etzwane was er nog slechter aan toe: zonder halsband had hij geen status en kon hij op niemand een beroep doen. De werkmeester kon zijn contract zo hoog stellen als hij wilde. Als

---

* De meeste ballons konden tussen de vier en de acht passagiers en een windstuurman vervoeren. Een ballon bestond uit een semi-flexibele plaat die één maateenheid breed was, acht eenheden lang en vier eenheden hoog. Het skelet kon bestaan uit bamboe, geharde glazen buizen, of staven aan elkaar gelijmde glasvezel. Het membraan was de rughuid van een enorme coëlenteraat die geforceerd werd gevoed tot hij een grote ondiepe tank volkomen vulde, waarna de huid werd verwijderd en geprepareerd. Waterstof hield de ballon in de lucht.

De gleuven waar de glijschoenen doorheen liepen waren voorgespannen blokken beton, versterkt met glasvezel en bevestigd aan verzonken bielzen. Een glijschoen bestond meestal uit twee dragers, met daartussen een tien meter lange balk. Aan het eind van de beide dragers waren de ballonkabels bevestigd. De windstuurman gebruikte trimlieren om de kabels langer of korter te maken en zo de wind te regelen, en een kantellier om de kabels voor en achter langer of korter te maken en zo de stand van de gondel ten opzichte van de grond te wijzigen.

Onder optimale omstandigheden kon een ballon een snelheid van tegen de honderd kilometer per uur bereiken. De trajecten maakten gebruik van de richting waaruit de wind meestal waaide. Op plekken waar men rekening had te houden met voortdurende tegenwind of windstilte werden de glijschoenen op grondniveau voortbewogen door middel van een kabel zonder einde die werd aangedreven door schepraderen of een werkploeg aan een zware lier, soms door een zwaartekrachtkar met stenen, of door spannen lopers. Ballonnen passeerden elkaar bij zijgleuven of door van glijschoen te ruilen.

Wanneer de gleuf een ravijn moest oversteken, zoals bij Angwin-Wissel, of op ander ongunstig terrein stuitte, waren de gleuven aan weerszijden van het moeilijke stuk met elkaar verbonden door een kabel van ijzerweb.

hij eenmaal een halsband om had zou de Man zonder Gezicht ervoor zorgen dat hij zijn contract naleefde. Een somber voorgevoel lag als een steen in zijn maag, hij voelde zich verward, maar halfbewust van wat er met hem gebeurd was.

Diep in zijn geest begon een stem te schreeuwen. Hij zou weglopen! Hij was aan de Chilieten ontsnapt, hij zou ook de werkploeg zien te vermijden. Wat had zijn moeder hem gezegd? "Versla tegenslagen, aanvaard ze niet." Nooit zou hij zich bij de situatie neerleggen! Als ze een halsband om zijn nek hadden gelegd zou hij zorgen dat hij in Garwiy kwam en daar zijn zaak voorleggen aan de Man zonder Gezicht, voor zichzelf en voor zijn moeder. Hij zou om een verschrikkelijke straf vragen voor de wagenvoerder die zijn khitan had gebroken. Hij had dan wel nagelaten om de halsband van de man in zijn geheugen te prenten, maar dat bleke gezicht met die zwarte baard zou hij nooit vergeten!

Weer wat tot leven gewekt door zijn haat en vastbeslotenheid begon hij geïnteresseerd te raken in de ballon en het landschap: lage golvende heuvels, begroeid met wuivend graan, ronde stenen boerderijen, gedrongen graantorens en af en toe een brouwerij met zijn vreemde bolle tanks.

Halverwege de middag kromp de wind naar het noorden. De wind-stuurman haalde de kabels aan de voorkant wat strakker aan om de ballon scherper bij de wind te laten glijden, en toen hij daardoor wat lager werd gedrukt verstelde hij de meerkabels om weer wat hoger te komen en de *Misran* in een gunstige luchtstroom te brengen.

De golvende graanvelden maakten plaats voor rotsachtige heuvels, met hier en daar blauwe en donkeroranje vlekken: de woekerstruiken waarvan de eerste ahulfs hun wapens hadden gesneden. Meer naar het zuiden lag de Hwan, de ruggengraat van Shant, waar de Grote Kruislijn overheen liep. Laat in de middag schoot de *Misran* door de laatste vijftien kilometer van de sleuf, steil naar boven, en stopte in het Angwin-Noordstation, waar een werkploeg de kabels bevestigde aan een schoen die weer vastzat aan een anderhalve kilometer lange eindeloze kabel over een kloof. De werkploeg draaide aan een lier en de *Misran* gleed statig naar Angwin-Wissel, waar de zuidelijke vertakking op de Grote Kruislijn uitkwam. Daar werden de kabels vastgemaakt aan weer een eindeloze kabel die over een nog indrukwekkender ravijn naar Angwin zelf leidde en daar daalde de *Misran*. De stuurman ging met Etzwane naar de ballonmeester van Angwin, die gromde: "Wat voor kleuters en onvolgroeide knapen sturen ze me nu weer? Waar kan ik hem gebruiken? Hij is te licht om een windas te bedienen, en ik hou ook niet zo van de blik in zijn ogen."

De windstuurman haalde zijn schouders op en keek even naar Etzwane. "Hij is een beetje onder de maat, maar daar heb ik niets mee te maken. Als u hem niet wilt, neem ik hem wel mee terug naar Pertzel."

"Hmmmf. Niet zo vlug. Wat vraagt hij ervoor?"

"Tweehonderd."

"Voor zoiets? Ik geef honderd voor hem."

"Zo luiden mijn instructies niet."

"Naar de bliksem met je instructies. Pertzel houdt ons allebei voor dwazen. Laat hem maar hier. Als Pertzel honderd niet genoeg vindt kun je hem op de volgende reis weer mee terug nemen. Ik zal hem zolang geen halsband omleggen."

"Honderd is goedkoop. Hij groeit nog wel, en hij is vlug. Hij kan evenveel schoenen verwisselen als een volwassen man."

"Dat begrijp ik ook wel. Hij gaat naar Wissel, en ik haal de topman van daar hierheen voor de windas."

De windstuurman lachte. "Dus u krijgt een windasman voor de prijs van een knaap van honderd florijnen."

De ballonmeester grinnikte. "Zeg dat maar niet tegen Pertzel."

"Nee. Het is tussen u tweeën."

"Goed. Neem hem maar mee terug naar Wissel, ik zal een bericht overflitsen." Hij keek fronsend naar Etzwane. "Wat er van je verwacht wordt, jongen, is vlot en accuraat werk. Als je goed je best doet is het nog niet zo slecht bij het ballonspoor. Als je je drukt of hoog van de toren blaast, zul je ontdekken dat ik zo hard als een haakstruik kan zijn."

Etzwane ging met de *Misran* terug naar Angwin-Wissel. De ballon werd naar beneden getrokken met een lier, bediend door een stevig gebouwde blonde jongen die niet veel ouder was dan hij zelf.

Etzwane werd afgezet; de *Misran* steeg weer op in de vallende schemering en werd over het ravijn getrokken naar Noordstation, op de noordelijke vertakking.

De blonde jongen nam Etzwane mee naar een lage stenen schuur waar twee jonge mannen aan een tafel een maal van bonen en thee zaten te nuttigen. "Hier is de nieuwe hulp," zei de blonde jongen bij wijze van introductie. "Hoe heet je, jongen?"

"Ik ben Gastel Etzwane."

"Gastel Etzwane, goed. Ik ben Finnerack, daar zit Ishiel de Bergdichter, en die daar met het lange gezicht is Dickon. Wil je wat eten? Ons voedsel is niet het beste wat er is, brood en bonen en thee, maar het is altijd beter dan hongerlijden."

Etzwane schepte zijn bord vol met bonen, die nog maar net warm waren. Finnerack wees met zijn duim naar het oosten. "De ouwe Dagbolt geeft ons mondjesmaat brandstof, om maar niet te spreken van water, voedsel en alle andere nuttige dingen."

Nors zei Dickon: "Nu moet ik gaan sloven aan de windas, onder de ogen van Dagbolt zelf. Geen gepraat, geen vrije tijd meer; rustig, ordelijk werken, daar houdt Dagbolt van. Hier kun je tenminste spuwen waar je wilt."

"Dat geldt voor ons allemaal," zei Ishiel. "Over een jaar of twee ga ik de kloof over, en dan is het Finneracks beurt. En binnen vijf of zes jaar Gastel Etzwane, en dan zijn we weer bij elkaar."

"Niet als het anders kan," zei Dickon. "Ik zal vragen of ik sleuven mag gaan schoonmaken, dan kom ik tenminste ergens. En als Dagbolt nee zegt dan word ik de eerste gokker van de Wissel. Wees maar niet bang, jongens, voor er tien jaar voorbij zijn ben ik onder mijn contract uit."

"Mijn beste wensen vergezellen je," merkte Finnerack op. "Je hebt al mijn geld gewonnen, ik hoop dat je er wat aan hebt."

De volgende ochtend wees Finnerack Etzwane wat hij moest doen. Hij zou om de beurt dienst hebben met Finnerack en Ishiel. Als een ballon de Grote Kruislijn afkwam moest hij de klem losmaken en de kabel om de bolder gooien. Als er een ballon over de noordelijke vertakking kwam, of de andere kant op, moest de man die dienst had een klauwgreep bedienen die in de grond verankerd was en daarmee de kabels beetpakken en de ballon aan een andere sleepklem vastmaken. Als de jongste van de drie moest Etzwane ook de katrolschijven oliën, de hut aanvegen en de ochtendgruwel koken. Het werk was niet zwaar en heel eenvoudig en ze hadden meer dan genoeg vrije tijd die ze besteedden aan het haken van kunstige vesten die ze in de stad verkochten en aan gokken met wat de vesten opbrachten, om te proberen genoeg te verdienen om van hun contract af te komen. "In Angwin verbiedt Dagbolt zijn mensen om te gokken. Hij zegt dat hij zo een eind wil maken aan het vechten. Poeh. Af en toe wint een fortuinlijke kerel genoeg om zich vrij te kopen en dat is het laatste wat Dagbolt wil."

Etzwane keek de plek eens rond. Ze stonden op een kale sombere rand van vijftig meter breed, recht onder de indrukwekkende massa van Mont Mish en tussen twee ravijnen. De wind floot om hen heen. "Hoelang ben jij hier al?" vroeg Etzwane.

"Twee jaar," zei Finnerack. "Dickon al acht."

Etzwane keek naar Mont Mish. Het uitzicht maakte hem mismoedig. Het was onmogelijk om tegen de over het station hangende rotswand op te klimmen. De afgronden naar beneden, links en rechts van waar ze stonden, waren al even onheilspellend steil. Finnerack lachte vreugdeloos, vermoedend wat er in Etzwane omging. "Wil je proberen naar beneden te komen?"

"Ja, natuurlijk."

Finnerack gaf geen blijk van verbazing of afkeuring. "Dit is het beste ogenblik om het te doen, voor je een band om je nek krijgt. Ik heb er heus ook wel over gedacht, halsband of geen halsband."

Bij de rand van de afgrond keken ze naar beneden, de kloof in. "Uren heb ik hier gestaan," zei Finnerack triest, "terwijl ik bekeek hoe ik het beste naar het dal zou kunnen klimmen. Van hier naar de rode granietpunt zou je een stuk touw moeten hebben, of je zou langs die spleet kunnen klauteren als je lef genoeg had. Daarna zou je langs dat steile stuk daar moeten. Ik denk dat het er moeilijker uitziet dan het is. Daar vandaan naar die hoop steenslag daar, dat zou te doen moeten zijn, en voor de rest is het alleen nog maar zwaar werk. Maar als je beneden bent, wat dan? Je bent honderdvijftig kilometer van het dichtstbijzijnde dorp, en op dat hele stuk vind je nergens voedsel of water. En weet je wat je onderweg tegenkomt?"

"Wilde ahulfs."

"Daar dacht ik niet eens aan, maar die zul je ook wel zien, van het gemene Phag-soort." Finnerack keek speurend over het dal beneden hen. "Ik heb er pas nog een gezien." Hij wees. "Kijk, daar! Naast die zwarte rotspunt, die scherpe. Ik denk dat er daar een hol is of een plek waar ze zich verschuilen. Daar zag ik de andere ook."

Etzwane tuurde naar de plek die Finnerack had aangewezen en hij dacht dat hij iets zag bewegen. "Wat is dat voor iets?

"Een Roguskhoi. Weet je wat dat is?"

"Een soort wilde uit de bergen die je alleen maar in de hand kunt houden door in te spelen op zijn verlangen naar sterkedrank."

"Gek op vrouwen, dat ook. Ik heb er nog nooit een van dichtbij gezien, en ik hoop dat het nooit zal gebeuren ook. Wat zou er gebeuren als ze het in hun hoofd haalden om naar boven te klimmen? Ze zouden ons in mootjes hakken!"

"Dagbolt zou erin blijven van ontzetting," zei Etzwane met een glimlach.

"Nou en of! Hij zou drie nieuwe contracten moeten kopen. Hij heeft liever dat we doodgaan aan te veel werk of van ouderdom."

Etzwane keek verdrietig omlaag. "Ik was van plan om musicus te worden. Verdient iemand hier ooit genoeg om zijn contract af te kopen?"

"Dagbolt doet zijn best om er een stokje voor te steken," zei Finnerack. "Hij heeft een winkeltje waar hij Seamsbier, fruit, suikerwerk en dergelijke verkoopt. En als de mannen gokken schijnt altijd een van de beroepsmensen met de winst te gaan strijken, en niemand weet hoe het mogelijk is dat ze zo veel geluk hebben. Maar het is toch niet zo kwaad hier. Misschien word ik zelf wel beroeps. Beneden komen altijd baantjes vrij, aan de lier, of je kunt gleuven schoonmaken of aan de trekkabel werken. Zelf zou ik het liefst stuurman willen worden. Stel je eens voor!" Finnerack gooide zijn hoofd achterover en keek op naar de hemel. "Daar, hoog in de lucht in een ballon, terwijl de glijschoen door de gleuf giert. Dat is nog eens leven! En de ene dag ben je in Pagane en Amaze en de dag daarop in Garwiy, en de volgende dag over de Grote Kruislijn naar Oog van het Oosten en de Blauwe Oceaan."

"Het zal wel niet zo'n slecht leven zijn," zei Etzwane aarzelend. "Maar toch..." Hij kon er zich niet toe brengen de zin af te maken.

Finnerack haalde zijn schouders op. "Tot ze je een halsband omdoen, staat het je vrij om weg te lopen. Je kunt ervan op aan dat ik je niet zal tegenhouden, en Ishiel ook niet. We zullen je zelfs langs de rotsen laten zakken, als je dat wilt. Maar het land beneden is een verschrikking en je gaat je dood tegemoet. Maar toch, als ik jou was, zonder halsband, zou ik het misschien wel wagen." Hij keek op toen het geluid van een hoorn tot hen doordrong. "Kom mee; er komt een ballon van Angwin."

Ze liepen terug naar de hut. Technisch gesproken was het overzetten Etzwane's werk en hield Finnerack een oogje in het zeil. De ballon hing rukkend en op en neer duikend schuin tegen de wind terwijl de kabel hem langzaam dichterbij trok. De touwen waren voor en achter aan een ijzeren ring bevestigd, die op zijn beurt weer vastzat aan een klem op de treklijn. De ring was voorzien van een zwart merkteken, wat betekende dat de ballon naar de noordelijke uitloper moest worden overgezet. De klem gleed tegen de katrol op en was er al half om, toen Finnerack een elektrisch sein doorgaf aan de liermeester in Angwin en een pal omgooide waardoor de treklijn stil kwam te liggen. Hij haakte een klauwgreep in de ring, gaf er een ruk aan zodat de ring naar beneden werd getrokken en de verbinding met de klem werd verbroken. Etzwane zette de klem over op de treklijn van de noordelijke uitloper. Finnerack maakte de klauwgreep los, en de ballon zat nu aan de noordlijn vast. Toen gaf hij een elektrisch sein naar de lier in Noordstation, de treklijn kwam strak te staan en de ballon gleed weg op de zuidenwind.

Een half uur later kwam een ballon uit het oosten, rukkend en bokkend tegen de bries vanaf Mont Mish. De klem gleed langs de katrol zonder dat Finnerack of Etzwane iets hoefden te doen en de ballon zweefde over de kloof heen in de richting van Angwin, en vandaar verder naar Garwiy.

Niet lang daarna kwam er weer een ballon uit het westen die evenals de eerste moest worden overgezet op de noordvertakking. "Laat mij dit keer het hele overzetten doen," zei Etzwane tegen Finnerack. "Blijf jij maar in de buurt en kijk of ik alles wel goed doe."

"Net zo je wilt," zei Finnerack. "Ik moet zeggen dat je er wel zin in schijnt te hebben."

"Ja," zei Etzwane. "Ik heb er heel veel zin in. Ik ben van plan om jouw raad op te volgen."

"O ja? Carrière maken bij het ballonspoor?"

"Daar moet ik nog eens over nadenken," zei Etzwane. "Zoals je hebt opgemerkt, heb ik nog geen halsband en ben ik nog niet gebonden."

"Vertel dat maar aan Dagbolt," zei Finnerack. "Daar komt de klem, zorg dat je op het goede ogenblik remt en seint."

De klem klom tegen de katrol op, en toen hij bijna de katrol rond was, drukte Etzwane op de seinknop en gooide de rempal over.

"Goed zo," zei Finnerack.

Etzwane sleepte de klauwgreep naar voren, haakte hem vast aan de ring en maakte de klem los.

"Zo moet het," zei Finnerack. "Je hebt het al helemaal door, geen twijfel aan."

Etzwane stapte in de ijzeren ring en schopte de klauwgreep los. Stomverbaasd keek Finnerack naar wat hij deed. "Wat ben je aan het doen?" stotterde hij. "Je hebt de ballon losgemaakt!"

"Precies," riep Etzwane. "Doe de groeten aan Dagbolt. Vaarwel, Finnerack."

De ballon voerde hem mee op de wind van Mont Mish terwijl Finnerack, diep beneden hem, hem met open mond na stond te kijken. Etzwane ging met één voet in de ring staan, greep de touwen stevig beet en wuifde naar hem. Finnerack, omhoogkijkend, met zijn hoofd ver naar achteren, hief een arm op voor een weifelend vaarwel. Etzwane voelde even een steek van spijt. Hij had nog nooit iemand ontmoet die hij zo aardig vond als Finnerack. Misschien dat ze elkaar op een dag weer tegen zouden komen.

In de ballon besefte de windstuurman dat er iets misgegaan was, maar hij wist ook geen oplossing voor de problemen. "Attentie, allemaal," riep hij tegen de passagiers. "De kabels zijn losgegleden en we drijven nu vrij in de lucht naar het noordwesten. Er is geen gevaar! Wil iedereen alstublieft rustig blijven? Als we aan de andere kant van de Wilde Landen bij een dorp of stad komen zal ik gas laten ontsnappen en ons zo aan de grond zetten. Voor de onvermijdelijke wijziging in reisduur en aansluitingen bied ik u officieel de verontschuldigingen van het ballonspoor aan."

HOOFDSTUK V

DE BALLON DREEF van de Hwan naar beneden in luchtstromen die hoog boven de grond kalm waren en Etzwane's tocht niet onveiliger maakten dan hij al was. Om hem heen hing een lavendel-witte glans en alles was zo onwerkelijk, zo vredig, dat hij geen vrees kende. Onder hem gleden de grote wouden van Kanton Trestevan voorbij: parasoldaraba's, donkerbruin en paars, zo zacht lijkend als veren stoffers, golfden in vonkende groenbronzen rimpels met de wind mee. In de vochtige lager gelegen dalen stonden roodstammen, ruige reuzen van bijna tweehonderd meter, half zo oud als het mensenras op Durdane. Nog lager, langs de voet van de berg, stonden beulsbomen, zwarte eiken en groene iepen, en de unieke syndicusbomen, waarvan de zaadbussen op poten stonden en giftige angels hadden. Nadat hij naar een plek was gelopen die hem beviel, vergiftigde elke zaadbus binnen een straal van drie meter alle andere vegetatie, maakte dan een gat en begroef zichzelf.

Het woud liep door tot in Kanton Sable, maar ruimde toen het veld voor een gebied met kleine boerderijen en duizend kleine vijvers waar rivierkreeftjes, aal, witworm en wel tien andere soorten vis werden gekweekt, verpakt, ingevroren en naar de markten van de grote steden Garwiy, Brassei en Maschein vervoerd. De dorpjes waren groepen speelgoedhuisjes waar minuscule kringeltjes rook uitkwamen, en over de wegen reden oneindig kleine wagens en rijtuigen, getrokken door ossen en lopers, als insecten zo groot. Etzwane zou van het landschap genoten hebben als hij niet zo oncomfortabel gehangen had. Hij had eerst zijn ene voet in de ring, en toen de andere, en toen de ene bovenop de andere. Hij probeerde op het kruispunt van twee kabels te gaan zitten, maar het touw sneed in zijn heupen. Hij kwam met de minuut ongemakkelijker te zitten. Zijn voeten deden overal pijn, zijn armen en schouders deden zeer doordat hij zich voortdurend stevig aan de kabels vast moest klemmen. Maar zijn opwinding en vreugde bleven onverminderd en hij had weinig aandacht voor de onprettige omstandigheden waarin hij verkeerde.

De wind was bijna helemaal gaan liggen. Langzaam en statig dreef de ballon Kanton Frill binnen, een groen, donkerblauw, bruin, wit en paars dambord van akkers en boomgaarden. Een meanderende rivier, de Lurne, stak uit naam van de natuur de draak met de menselijke afbakening in rechthoekige vlakken, met heggen en wegen. Tien kilometer naar het westen liep de rivier door een marktstad. De plaats was in de typische stijl van Kanton Frill gebouwd: tabaksbruine platen van geperste gombladeren tussen palen van gepolijst iban, soms met één of zelfs twee verdiepingen. Boven de stad uit rees een compleet woud van stokken met gelukswimpels, bidvlaggetjes, geheime voortekenen, tedere en af en toe verboden boodschappen tussen geliefden. Toen hij over het land uitkeek, dacht Etzwane dat Frill een aangename plaats zou zijn om in te wonen en hij hoopte dat de ballon hier zou landen, al was het alleen maar om het zijn pijnlijke lichaam wat gemakkelijker te kunnen maken.

De windstuurman daarentegen had gehoopt dat hij naar Kanton Cathriy kon zweven, waar de passaatwinden uit de Schelpbloembaai hem naar het zuidwesten zouden voeren. Daar zou hij weer bij de Grote Kruislijn komen, ergens in Kanton Maiy. Maar hij moest rekening houden met wat zijn passagiers wilden. Die waren in twee groepen uiteengevallen. De eerste groep was ongeduldig geworden doordat ze al zo lang bijna roerloos in de lucht hingen en eiste dat de ballon naar de grond zou worden gebracht. De andere groep daarentegen vreesde dat de wind op zou steken en hen mee zou slepen over de Groene Oceaan, hun ondergang tegemoet, en eisten met nog veel grotere aandrang dat de ballon aan de grond zou worden gezet.

Ten slotte wierp de stuurman met een geërgerd gebaar zijn armen omhoog en liet een hoeveelheid gas ontsnappen, tot zijn hoogtemeter aangaf dat hij langzaam daalde. Hij opende zijn vloerpaneel om het land onder hem wat beter te kunnen bekijken en zag toen voor het eerst Etzwane. Hij keek de jongen stomverbaasd en wantrouwig aan, maar ergens zeker van zijn kon hij niet. En hij was toch niet in staat om iets te doen, tenzij hij verkoos om zich langs een van de kabels te laten glijden om een hartig woordje te wisselen met de illegale passagier, en daar voelde hij niet veel voor.

De kabels begonnen over het dichte blauwe gras te slepen en Etzwane sprong opgelucht uit de ring; de ballon, bevrijd van zijn gewicht, schoot weer omhoog. Als een wildeman rende Etzwane naar de heg om de weide waarin hij terechtgekomen was. Zonder aandacht te schenken aan schrammen en krassen baande hij zich een weg door een doornhaag en kwam uit op een weggetje dat hij halsoverkop afrende tot een groepje yapnootbomen. Hij dook de schaduwen in en bleef daar staan tot hij weer een beetje op adem was.

Hij zag alleen maar bladeren. Hij keek om zich heen welke boom het hoogst was en klom erin tot hij boven de heg was en het weiland kon overzien.

De ballon was gedaald en hing een paar meter boven de grond, vastgelegd aan een boomstronk. De passagiers waren uitgestapt en stonden nu ruzie te maken met de stuurman. Ze wilden hun geld terug en genoeg geld om de dichtstbijzijnde stad te bereiken en vandaar naar een station van de ballonroute te gaan. Maar dat weigerde de stuurman, omdat hij heel goed besefte dat de administrateurs in zijn hoofdkantoor hem dat geld niet zonder meer zouden vergoeden, behalve wanneer hij nauwgezet uitgeschreven rekeningen, reçu's en bewijsjes zou kunnen laten zien.

De passagiers begonnen agressief te worden en de stuurman loste de hele zaak op door het anker los te gooien en haastig in de gondel te klauteren. De ballon, nu ook bevrijd van het gewicht van de andere passagiers, steeg snel op en dreef weg, en de passagiers bleven in een troosteloos groepje staan.

Drie weken lang zwierf Etzwane over het land, een magere jongen met een hard gezicht, gekleed in de vodden van de mantel van een Zuivere Knaap. Middenin de groep yapnootbomen bouwde hij een schuilplaats van takken en bladeren waar hij een klein vuurtje gaande hield dat hij had gemaakt met een gloeiend kooltje dat hij uit de haard van een boerderij had gestolen. Hij stal nog meer dingen: een oud jasje van zelfgesponnen groene zijde, een stuk zwarte worst, een rol grof touw en een bos hooi waar hij een leger van wilde maken. De bos was niet groot genoeg en hij ging terug om een tweede te halen. Hij stal ook een oude aardewerken bak waar de boer het graan voor zijn kippen in deed. Maar toen hij met zijn buit uit het achterraam van de schuur sprong werd hij gezien door de jongens van de boerderij die hem achtervolgden en hem het hele bos door op de hielen zaten tot hij zich ten slotte wist te verstoppen in een dichte haag van struiken. Hij hoorde ze zijn schuilplaats kapottrappen en uitroepen van woede slaken toen ze al de gestolen dingen zagen. "Yodels ahulfs zullen hem wel vinden. Ze mogen hem meenemen naar hun hol voor hun moeite." Koude rillingen kropen over Etzwane's rug. Toen de jongens weggingen klom hij in de hoge boom en zag ze teruglopen naar de boerderij. "Ze halen er vast geen ahulfs bij," zei hij tegen zichzelf, maar zijn stem klonk hol. "Morgen zijn ze me helemaal vergeten. Per slot van rekening was het maar een klein beetje hooi… Een oude jas…"

De volgende dag hield Etzwane de boerderij nauwlettend in het oog. Toen hij zag dat de mensen aan hun gewone dagelijkse bezigheden waren, nam zijn angst wat af.

Toen hij de volgende ochtend in de boom klom zag hij tot zijn grote schrik drie ahulfs naast de schuur. Ze waren van het soort dat in de Murtrebergen voorkomt, klein en gedrongen. In paniek sprong Etzwane uit de boom en rende het bos door, in de richting van de Lurne. Als het geluk met hem was zou hij een boot of een vlot vinden, want zwemmen kon hij niet.

Hij liep het bos uit en stak een veld purpermoy over. Toen hij omkeek zag hij zijn ergste vrees bewaarheid worden: de ahulfs zaten achter hem aan.

Ze hadden hem nog niet gezien, maar renden over zijn spoor, met hun ogen en voetneuzen op de grond. Met zijn hart bonkend in zijn keel holde Etzwane het veld af en de weg op die parallel aan de rivier liep.

Op de weg reed een kar op hoge wielen, getrokken door een prachtige rasloper, het resultaat van negenduizend jaar gericht fokken. Het dier was in staat om een heel behoorlijke snelheid te ontwikkelen, maar liep kalm voort, alsof de berijder van de wagen niet veel haast had om op zijn plaats van bestemming aan te komen. Etzwane trok het oude jasje hoog op om zijn blote hals te verbergen en riep naar de man op de bok: "Alstublieft, heer, mag ik een eindje met u meerijden?"

De man bracht de loper tot staan en keek Etzwane kalm en onderzoekend aan. Etzwane keek terug en zag een magere man wiens leeftijd niet goed te schatten viel. Zijn huid was bleek, en de witte haardos boven het hoge voorhoofd en de strenge neus was keurig kortgeknipt. Hij was gekleed in een mantel van kostbare grijze stof. De verticale kleuren van zijn halsband waren purper en groen, de horizontale kleuren wit en zwart. Etzwane kon geen van beide combinaties thuisbrengen. De man leek heel oud, ervaren en elegant, en toch maakte hij aan de andere kant weer helemaal geen oude indruk. Met een neutraal gebaar van beleefdheid zei hij: "Klim maar op de wagen. Hoe ver wil je mee?"

"Ik weet het niet," zei Etzwane. "Zo ver mogelijk. De ahulfs zitten achter me aan, om heel eerlijk te zijn."

"Zo? Wat heb je misdaan?"

"Niets van belang. De jongens van een boerderij daar denken dat ik een vagebond ben en zijn me nu aan het opjagen."

"Ik kan moeilijk mensen gaan helpen die ergens voor op de vlucht zijn," zei de man, "maar je mag wel een eindje met me meerijden."

"Dank u."

De wagen reed verder de weg af. Etzwane hield de plek in de gaten waar het veld purpermoy ophield. Toonloos vroeg de man: "Waar woon je?"

Etzwane kon zijn geheim aan niemand toevertrouwen. "Ik woon nergens."

"En waarheen ben je op weg?"

"Naar Garwiy. Ik wil de Man zonder Gezicht een petitie aanbieden om mijn moeder te helpen."

"En hoe zou hij dat moeten doen?"

Etzwane keek over zijn schouder, maar de ahulfs waren nog niet in zicht. "Ze is gebonden aan een onrechtvaardig contract en moet nu werken in de looierij. De Man zonder Gezicht zou haar contract vervallen verklaren. Ik weet zeker dat ze het bedrag bijeen heeft gewerkt, en meer dan dat, maar waar zij woont, houden ze geen bedragen bij."

"Het is niet erg waarschijnlijk dat de Man zonder Gezicht tussenbeide komt in een kwestie die onder de wetten van een kanton valt."

"Dat is me al eens gezegd. Maar misschien luistert hij toch."

De man glimlachte flauwtjes. "De Man zonder Gezicht is maar al te blij dat de wetten van de kantons worden nageleefd. Geloof je werkelijk dat hij oude gebruiken zal negeren en alles op zijn kop zal zetten, zelfs in Bashon?"

Verbaasd keek Etzwane hem aan. "Hoe wist u dat?"

"Je mantel. De manier waarop je spreekt. En je had het over een looierij."

Etzwane wist daar niets op te zeggen. Weer keek hij om, en wenste dat de man wat sneller zou rijden.

Terwijl hij keek sprongen de ahulfs de weg op. Etzwane dook in elkaar en keek zwetend en gespannen naar wat er zou gebeuren. Ahulfs raakten door een bepaalde kronkel in hun hersens in verwarring als ze de lucht van iets kwijtraakten en hoeveel moeite hun meesters er ook voor deden, de wezens konden er niet toe worden gebracht om hun prooi met de ogen op te sporen. Etzwane keek naar de man, die meer afzijdig en ongeïnteresseerd leek dan ooit. De man zei: "Ik zal je niet kunnen beschermen. Je moet jezelf zien te redden."

Etzwane keerde zich weer om, en zag de jongens van de boerderij over de heg springen. De ahulfs maakten grijnzend duidelijk dat ze het spoor bijster waren, en renden behulpzaam de weg op en af. De jongens slaakten kreten van woede toen ze de ahulfs zo hulpeloos bezig zagen. Toen zag een van hen de wagen en wees. Het volgende ogenblik kwamen ze allemaal achter hem aanrennen.

Angstig zei Etzwane: "Kunt u niet wat sneller rijden? Anders vermoorden ze me."

De man keek onbewogen voor zich uit, alsof hij hem niet gehoord had. Wanhopig keek Etzwane achterom en zag dat zijn achtervolgers snel op hem inliepen. Zijn leven naderde zijn eind. De ahulfs hadden permissie gekregen om hem te doden en zouden hem meteen aan stukken scheuren, die netjes opbinden en dan op weg naar huis ruzie maken wie het beste stuk kreeg. Etzwane dook van de wagen af en rolde de weg op. Geschramd en gehavend, maar daar in zijn paniek niets van voelend sprong hij naar beneden, stortte zich door wat berkjes en stond tot halverwege zijn knieën in het snelstromende gele water van de Lurne. Wat nu? Hij had nooit van zijn leven een slag gezwommen. Hij klemde zich aan de takken vast en begon onbeheerst te trillen, verscheurd tussen angst voor het water en het verlangen zich erin te laten glijden en zich zo onzichtbaar te maken. De ahulfs kwamen onder veel geraas de oever afzoeken en probeerden hun harige snuiten door de bomen te steken waarachter hij zich verborgen hield. Etzwane liet zich in het water glijden terwijl hij zich stevig aan de takken vasthield. Het groene jasje trok hem naar beneden, en hij deed het uit. Een luchtbel bleef onder de stof zitten en het jasje dreef de stroom af en trok de aandacht van de boerenjongens die de rivier door het struikgewas niet al te goed konden zien. Schreeuwend renden ze de oever af. Etzwane wachtte. Vijftig meter stroomafwaarts ontdekten ze hun fout en bleven opgewonden pratend staan. Waar was hun prooi? Ze bevalen een van de ahulfs om naar de overkant te zwemmen en de oever daar af te zoeken, maar het dier protesteerde jammerend. Etzwane dreef in het water en hoopte dat ze hem voorbij zouden lopen zonder hem te zien. Later kon hij zich dan wel weer aan land hijsen.

Stilte. Niets roerde zich langs de oever. Etzwane's benen begonnen te slapen en hij probeerde zich behoedzaam weer tussen de berken te verschuilen. Maar het bewegen van de bomen trok de aandacht van een van de jongens die meteen de anderen riep. Etzwane viel terug in het water, greep mis toen hij probeerde de takken beet te pakken en werd door de stroom meegevoerd. Wanhopig proberend zijn hoofd boven water te houden, wild met zijn armen en benen om zich heen slaand, dreef hij naar het midden van de rivier. Zijn adem ging gejaagd en er kwam water in zijn mond; hij stikte bijna, voelde dat hij zonk. De andere oever was niet al te ver van hem af, hij deed een laatste wanhopige krachtsinspanning en voelde onder een van zijn voeten vaste grond. Hij zette zich af, werkte zich struikelend en wankelend naar de oever. In het ondiepe water knielde hij neer, liet zijn hoofd hangen en hoestte schor en krampachtig. Aan de andere kant van het water slaakten de jongens spottende kreten en de ahulfs begonnen zich door de struiken te werken. Vermoeid probeerde Etzwane door het struikgewas te komen, maar de oever was te hoog en te steil. Hij waadde met de stroom mee. Een van de ahulfs sprong in het water en zwom recht op

Etzwane af, maar werd door de stroom meegesleept. Met alle kracht die in hem was gooide Etzwane een stuk hout dat zwaar was van het water. Het trof de harige hondespinnekop, en het wezen gilde en kreunde en zwom terug naar de andere kant. Half-wadend, half-struikelend liep Etzwane met de stroom mee, terwijl de jongens en de ahulfs aan de andere kant op gelijke hoogte bleven. Plotseling renden ze met zijn allen stroomafwaarts. Toen Etzwane opkeek zag hij de vijf bogen van een stenen brug, en verderop de stad. Zijn achtervolgers waren van plan om te lopen naar zijn kant. Etzwane keek naar het water. Hij zou het nooit redden als hij nog een keer naar de overkant probeerde te zwemmen. Wild stortte hij zich in de struiken, zonder acht te slaan op takken en doorns die diepe schrammen sneden in zijn huid, en wist ten slotte bij de oever te komen, een steile helling van twee meter hoog begroeid met varens en doorngras. Hij werkte zich er half tegenop, maar viel kreunend terug in de struiken. Weer probeerde hij omhoog te klimmen en klemde zich met vingers, ellebogen, kin, knieën aan de grond vast. Hij haalde het, maar veel had het niet gescheeld. Even bleef hij plat op zijn gezicht naast het pad langs de rivier liggen. Maar rusten mocht hij niet, geen ogenblik. Met een glazige blik in de ogen hees hij zich overeind, eerst op handen en voeten, ging toen rechtop staan.

Vijftig meter verder begon de stad al. Een eindje voorbij het pad zag hij een park met bomen, en daar tussenin stonden een stuk of zes wagens, in vrolijke symbolische kleuren: lichtroze, wit, purper, licht-groen, blauw.

Etzwane wankelde er zwaaiend met zijn armen heen en kwam bij een kleine man met een zuur gezicht die op een kruk van een beker hete soep zat te drinken.

Etzwane probeerde zo kalm mogelijk te spreken, maar zijn stem beefde en klonk hees. "Ik ben Gastel Etzwane, neem me in uw troep op. Kijk maar, ik heb geen halsband. Ik ben musicus."

De kleine man deinsde verbaasd en geïrriteerd achteruit. "Vooruit, verdwijn. Wat denk je wel? Dat we elke zwerver aan onze borst sluiten? Wij zijn meesters in ons vak, geen plaatselijke amateurs. Ga maar dansen op het marktplein."

De ahulfs kwamen op hem afrennen, en achter hen aan kwamen de jongens.

"Ik ben geen zwerver," riep Etzwane. "Mijn vader was Dystar de druithine. Ik kan op de khitan spelen." Hij keek wild om zich heen, zag een instrument liggen en raapte het op. Zijn vingers waren krachteloos en gezwollen van het water, hij probeerde een serie akkoorden aan te slaan, maar wist niet meer dan wat gejank voort te brengen.

Een zwartbehaarde hand greep hem bij zijn schouder beet en trok, een andere hand pakte zijn arm en trok de andere kant op. De ahulfs begonnen te twisten wie hem het eerst had aangeraakt.

De musicus stond op, greep een stuk brandhout en sloeg woest in op de twee ahulfs. "Ga heen, verachtelijke trollen, durven jullie een musicus aan te raken?"

De boerenjongens kwamen naar voren. "Musicus? Dat is een gewone dief, een vagebond. We willen hem doden en zo onze zuurverdiende eigendommen beschermen."

De musicus gooide een handvol munten op de grond.

"Een musicus neemt wat hij nodig heeft, stelen doet hij nooit. Raap het geld op en ga heen."

De jongens maakten norse geluiden en keken woest naar Etzwane. Met tegenzin raapten ze de munten op en liepen weg, terwijl de ahulfs jammerend om ze heen sprongen. Al hun werk was voor niets geweest en ze zouden nu niets krijgen, geen geld en geen vlees.

De musicus ging weer op zijn kruk zitten. "Dystars zoon, zeg je? Dan ben je wel aan lagerwal geraakt, mijn jongen. Maar zo gaat het in het leven. Gooi die vodden maar weg, vraag aan de vrouwen of ze je een jasje willen geven, en een bord met eten. En kom dan hier terug, dan zullen we eens zien wat we met je kunnen doen."

Hoofdstuk VI

Schoon, warm en vol brood en soep kwam Etzwane teruglopen naar Frolitz, er niet helemaal zeker van welke kant het gesprek uit zou gaan. De musicus zat aan een tafel onder de bomen, een flacon likeur onder handbereik. Etzwane ging op een bank zitten en keek hoe Frolitz een nieuw mondstuk aan een waldhoorn zette. Etzwane wachtte. Frolitz was blijkbaar van plan zijn aanwezigheid te negeren.

Ten slotte schoof hij wat naar voren. "Bent u van plan me bij de troep te laten blijven, heer?"

Frolitz hief zijn hoofd op en keek hem aan. "Wij zijn musici, beste jongen. We vragen heel veel van elkaar."

"Ik zou mijn best doen," zei Etzwane.

"Misschien is je best wel niet goed genoeg. Span de snaren eens van de khitan daar."

Etzwane deed wat hem gevraagd werd. Frolitz bromde: "Vertel me nu eens hoe het komt dat Dystars zoon in vodden rondzwerft."

"Ik ben geboren in Bashon, in Kanton Bastern," zei Etzwane. "Een andere musicus, Feld Maijesto, heeft me een khitan gegeven en ik heb er zo goed ik kon op leren spelen. Ik voelde er niets voor om een Chiliet te worden, dus liep ik weg."

"Dat is tenminste een duidelijke uitleg," zei Frolitz. "Ik ken Feld wel, hij springt nogal losjes om met zijn vak. Ik eis veel van mijn mensen, hier verdoen we onze tijd niet. Wat zou je doen als ik je wegstuurde?"

"Dan ga ik naar Garwiy en vraag ik de Man zonder Gezicht of hij me de halsband van een musicus geeft en of hij ook mijn moeder wil helpen."

Frolitz keek omhoog naar de hemel. "Wat koesteren de jonge

mensen vandaag de dag toch voor illusies! Dus nu moet de Man zonder
Gezicht zich voegen naar elke schooier die met een grief naar Garwiy
komt!"

"Maar hij móét grieven wel aanhoren. Hoe kan hij anders regeren?
Hij wil toch zeker dat het volk van Shant tevreden is?"

"Moeilijk te zeggen wat de Man zonder Gezicht wil. Maar het is
niet erg verstandig om zo te praten. Misschien staat hij daar achter die
wagen te luisteren en ze zeggen dat hij lange tenen heeft. Kijk eens naar
die boom daar. Afgelopen nacht nog, terwijl ik vijftien meter verder
lag te slapen, is dat plakkaat daar opgehangen. Je zou er kippenvel van
krijgen."

Etzwane liep naar de boom toe. Het plakkaat luidde als volgt:

❀

De ANOME is Shant!
Shant is de ANOME!
Dat betekent: de ANOME is overal!
Sluw gepraat is dwaasheid.
Gebrek aan eerbied is rebellie.
Met welwillende aandacht! Met brandende ijver!
Met krachtige vastberadenheid!
Werkt de ANOME voor Shant!

❀

Etzwane knikte ernstig. "Dit is volkomen juist. Wie heeft het plakkaat aan de boom bevestigd?"

"Hoe moet ik dat weten?" snauwde Frolitz. "Misschien de Man zonder Gezicht zelf wel. Als ik hem was zou ik het leuk vinden om schuldige
mensen de schrik van hun leven te bezorgen. Maar toch is het niet verstandig om zijn aandacht te trekken door petities in te dienen en eisen
te stellen. Als ze gerechtvaardigd en redelijk zijn is het nog veel erger."

"Hoe bedoelt u?"

"Gebruik je hoofd toch, jongen. Stel je eens voor dat jij en je kanton
met elkaar overhoopliggen en dat je daarin verandering wil brengen. Je
gaat naar Garwiy en biedt een petitie aan, en dat is juist en terecht, en
zo hoort het ook. De Man zonder Gezicht kan dan uit drie mogelijkheden kiezen. Hij kan je verzoek inwilligen zodat het kanton op zijn

achterste benen komt te staan. Hij kan je petitie, hoe gerechtvaardigd die ook is, afwijzen en dan kan hij opstandige woorden verwachten, elke keer dat je je bedrinkt in een taveerne en begint te praten. Of hij kan je kalmpjes je hoofd afnemen."

Etzwane dacht na. "Bedoelt u dat ik niet met mijn grieven naar de Man zonder Gezicht moet gaan?"

"De Man zonder Gezicht is wel de laatste waar je met een grief naartoe zou moeten gaan."

"Maar wat moet ik dan doen?"

"Precies wat je nu doet. Word musicus en leef van het klagen over je smart. Maar denk eraan: klaag alleen over je eigen smart. Niet over de Man zonder Gezicht. Wat speel je nu?"

Etzwane had de khitan gespannen en was een paar akkoorden aan het aanslaan. "Niets bijzonders," zei hij. "Ik ken niet zo veel melodieën. Alleen wat wijsjes die ik van musici heb geleerd die Bashon aandeden op hun tochten."

"Halt, halt, halt!" riep Frolitz, terwijl hij zijn handen over zijn oren sloeg. "Wat zijn dit voor vreemde geluiden en originele dissonanten?"

Etzwane likte langs zijn lippen. "Heer, het is een melodie die ik zelf bedacht heb."

"Maar dat is het toppunt. Vind je de gewone melodieën beneden je waardigheid? En het repertoire dat ik met zo veel moeite heb aangeleerd dan? Wil je nu zeggen dat ik mijn tijd heb verdaan, dat ik van nu af aan alleen nog maar de voortbrengselen van jouw natuurtalent aan moet horen?"

Etzwane wist er eindelijk een woord tussen te krijgen.

"Nee, nee, heer, zeker niet. Ik heb nooit naar de beroemde melodieën kunnen luisteren. Ik moest wel dingen spelen die ik zelf bedacht."

"Nou ja, zolang het maar geen obsessie voor je wordt. Niet zo veel duim daar. En de rateldoos? Zit die er voor niets op?"

"Nee, heer, maar ik heb vandaag mijn elleboog bezeerd."

"Waarom zit je dan doelloos op een khitan te krassen? Laat me eens een wijsje op de waldhoorn horen."

Onzeker keek Etzwane naar het instrument, dat met touw was samengebonden. "Ik heb er nog nooit op gespeeld, heer."

"Wat?" Frolitz' mond viel open van ongeloof en verbazing. "Dan leer je er maar op te spelen. En ook op de tringolet, de klaroen en de pimpel. Wij zijn musici hier, niet theoretiserende dilettanten, zoals Feld en zijn zootje los ongeregeld. Hier, pak aan, ga maar toonladders blazen. Over een poosje kom ik terug om te luisteren hoe je het doet."

Een jaar later liep Meester Frolitz aan het hoofd van zijn troep Garwiy binnen. Etzwane droeg nu de halsband van een musicus. Garwiy was een plek waar de rondzwervende musici maar zelden kwamen, want de elegante bewoners gaven de voorkeur aan nieuwigheden, fraai vervaardigde artefacten en de laatste berichten van buiten de stad, boven muziek. Etzwane sloeg Frolitz' raad in de wind en ging naar het Corporatieplein waar hij zich aansloot bij een rij mensen voor een loket waar men tegen betaling van vijf florijnen een petitie kon indienen bij de Anome. Een plakkaat verzekerde de wachtenden:

❀

Alle petities komen de ANOME onder ogen!

De problemen van eenieder worden even zorgvuldig beoordeeld, of hun petitie nu vijf of vijfhonderd florijnen kost. Wees beknopt en duidelijk, en specificeer nauwkeurig waaruit uw grief of gebrek bestaat, en de oplossing die u voorstaat. Het feit dat u een petitie indient, betekent niet meteen dat uw zaak gerechtvaardigd is. Het is mogelijk dat u ongelijk hebt en uw opposant gelijk. Neem het ter harte en wees niet teleurgesteld wanneer de ANOME een afwijzend antwoord geeft.

De ANOME bedeelt u met rechtvaardigheid,
niet met geld of goed!
❀

Etzwane betaalde zijn vijf florijnen en kreeg een formulier. In de meest zorgvuldige bewoordingen gaf hij een beschrijving van de hele zaak, waarbij hij bijzondere nadruk legde op de cynische houding van de Chilieten ten opzichte van de contracten van de vrouwen. "Vrouwe Eathre heeft aan haar verplichting tegenover de Ecclesiarch Osso

Higajou meer dan voldaan, maar hij heeft haar opgedragen in de looierij te werken. Ik verzoek u te gelasten dat er een einde komt aan deze onrechtvaardige situatie, zodat het vrouwe Eathre vrij zal staan om de rest van haar leven in te delen zoals zij dat wenst, zonder rekening te hoeven houden met de wensen van Ecclesiarch Osso."

Soms duurde het vrij lang voor er antwoord kwam op petities van vijf florijnen. Maar Etzwane kreeg de volgende dag al antwoord. Alle petities en het antwoord erop werden van openbaar belang geacht en in het openbaar op een groot bord bevestigd. Met bevende vingers haalde Etzwane het antwoord eraf, dat herkenbaar was aan de kleuren van zijn halsband.

Het antwoord luidde als volgt:

De ANOME neemt welwillend notie van de bezorgdheid van een zoon voor het welzijn van zijn moeder. De wetten van Kanton Bastern liggen vast. Zij eisen dat, voordat een contract als afbetaald wordt beschouwd, de persoon onder dat contract een ontvangstbewijs moet kunnen overleggen, en een lijst met gelden die door de persoon zijn betaald en schulden die van zijn tegoed zijn afgetrokken. Soms verbruikt iemand voedsel, onderdak, kleding, onderwijs, amusement, geneesmiddelen en dergelijke, waarvan de totaalsom hoger is dan zijn of haar verdiensten. Dit kan het betalen van een contract vertragen. Dit is mogelijkerwijs hier het geval.

Mijn oordeel luidt als volgt: Ik gelast de Ecclesiarch Osso Higajou bij overlegging van dit document om de persoon van vrouwe Eathre te ontslaan van haar contract, mits zij kan aantonen éénduizend vijfhonderd florijnen credit te staan, of wanneer iemand aan Ecclesiarch Osso Higajou de somma van éénduizend vijfhonderd florijnen betaalt, waarbij ervan wordt uitgegaan dat debet- en creditposten elkaar dan in evenwicht houden.

Kortom: ga met dit document en éénduizend vijfhonderd florijnen naar Ecclesiarch Osso en hij moet u uw moeder, vrouwe Eathre, afstaan.

Met een woord van hoop en aanmoediging,
De ANOME

Etzwane werd woedend. Hij kocht onmiddellijk een tweede petitie en schreef: "Waar moet ik éénduizend vijfhonderd florijnen vandaan halen? Ik verdien honderd florijnen per jaar. Eathre heeft Osso meer dan twee keer de prijs van haar contract terugbetaald. Kunt u me éénduizend vijfhonderd florijnen lenen?"

Weer kwam het antwoord meteen de volgende dag. Het luidde:

De ANOME kan tot zijn spijt geen eigen of openbare middelen lenen voor het regelen van contracten. Het vorige oordeel blijft het uiteindelijke oordeel.

Etzwane slenterde terug naar Fontenay's Herberg waar Frolitz in Garwiy altijd zijn tenten opsloeg en vroeg zich af hoe of waar hij de hand kon leggen op éénduizend vijfhonderd florijnen.

Vijf jaar later, in Maschein in Kanton Maseach, langs de zuidelijke hellingen van de Hwan, ontmoette Etzwane zijn vader Dystar. De troep was laat in de stad aangekomen en had die avond vrijaf gekregen. Etzwane en Fordyce, een jongen die een jaar of drie, vier ouder was dan hij — Etzwane was inmiddels achttien — dwaalden door de stad, van de ene taveerne naar de andere, luisterden naar kletspraatjes en geruchten, en met een kritisch oor naar de muziek die er te horen was.

In de Dubbele Vis hoorden ze Meester Rickard Oxtots Grijs-Blauw-Groene Interpolators.* Tijdens een pauze raakte Etzwane in gesprek met de khitanspeler, die heel bescheiden deed over zijn verrichtingen. "Als je de khitan wilt horen bespelen zoals hij bespeeld hoort te worden, moet je de weg oversteken en bij de Oude Caraz binnenlopen. Daar zit de druithine."

Even later liepen Fordyce en Etzwane erheen en bestelden bekers

---

* De taal van Shant maakt een buitengewoon fijn onderscheid tussen kleuren mogelijk. Tegenover *rood, scharlaken, karmozijn, roodbruin, roze, vermiljoen* en *cerise* kan Shant zestig verschillende nuances zetten, en voor elke andere kleur zijn er evenveel. Bij de naam *Grijs-Blauw-Groene* Interpolators was nauwkeurig aangegeven welke nuance van 'grijs', 'blauw' en 'groen' in de naam begrepen was, zodat op symbolische wijze nauwkeurig tot uiting kwam vanuit welk emotioneel standpunt de troep van Meester Oxtot improviseerde.

bruisende groene punch. De druithine zat in een hoek en keek somber naar zijn publiek. Het was een lange man met zwartgrijs haar, een
sterk pezig lichaam, en het gezicht van een dromer die niet tevreden
is over wat hij in zijn dromen ziet. Hij raakte zijn khitan aan, stemde
een van de snaren, sloeg een paar akkoorden aan en luisterde alsof
hij niet tevreden was over wat hij hoorde. Zijn donkere blik dwaalde
door de kamer, bleef even op Etzwane rusten, gleed weer verder. Weer
begon hij te spelen, langzaam, moeizaam om de rand van een melodie
heen, nu eens hier een accent, dan weer daar een akkoord, zoekend,
proberend, als een verstrooid man die in de wind bladeren bijeen staat
te harken. Onmerkbaar werd de muziek losser, zekerder, en de magere
thema's, de ongelijke ritmepatronen vloeiden samen tot een organisme
met een ziel: elke noot die in het begin gespeeld was, was op zijn plaats
geweest, nodig geweest.

Etzwane luisterde met open mond. De muziek was opmerkelijk
goed en werd gespeeld met een koninklijk zelfvertrouwen en zonder
zichtbare inspanning. Bijna losjes sprak de druithine van diep tragische dingen: gouden oceanen en onbereikbare eilanden. Hij vertelde
over de zoete futiliteit van het leven, en gaf toen, met een ironisch
dubbelritme en een elleboog aan de krasdoos oplossingen voor alle
ogenschijnlijke raadsels.

Zijn maaltijd, hete landkrab uit het zuur met gerst, en meloen-
balletjes bestoven met stuifmeel, was exquise geweest, maar niet
overdadig, en al lang betaald.* Hij had al een flacon Gurgels Elixer

---

* In tegenstelling tot de rondreizende troepen vertelden druithines nooit waar
ze heen zouden gaan. Een druithine kwam onaangekondigd, bijna in het
geheim een stad binnen en betrad dan een van de taveernes om een maaltijd
te bestellen, overdadig of uiterst eenvoudig, afhankelijk van zijn stemming
of karakter. Daarna haalde hij zijn khitan tevoorschijn en speelde, maar eten
deed hij niet, tot iemand uit het publiek voor zijn maaltijd betaalde. Het 'niet
opgegeten maal' was een gebruikelijke spottende toespeling. Druithines die op
hun retour waren hadden, zo zei men, vaak iemand in dienst die voor iedereen
duidelijk zichtbaar betaalde zodra het eten op tafel werd gezet. Na de maaltijd
hing de rest van de inkomsten van een druithine af van giften van de mensen
in de taveerne, van de waard, of van optredens bij besloten feestjes of in de
landhuizen van aristocraten. Een talentvolle druithine kon rijk worden, omdat
hij maar weinig uitgaven had.

leeggedronken, een tweede flacon stond naast hem op tafel, maar hij scheen geen belangstelling te hebben voor nog meer drank. De muziek stierf weg en werd stil, als een karavaan die wegtrekt langs de horizon.

Fordyce boog zich voorover en stelde een vraag aan iemand die vlak bij hen zat. "Wat is de naam van de druithine?"

"Hij heet Dystar."

Verrast keek Fordyce Etzwane aan. "Het is je vader!"

Etzwane wist niet wat te zeggen. Hij knikte kort.

Fordyce stond op. "Laat me hem vertellen dat zijn natuurlijke zoon hier is, en zelf ook op de khitan speelt."

"Nee," zei Etzwane. "Ik verzoek je hem niet aan te spreken."

Langzaam ging Fordyce weer zitten. "Maar waarom niet?"

Etzwane slaakte een diepe zucht. "Misschien heeft hij wel een groot aantal natuurlijke zonen. En misschien spelen ook heel wat van zijn zoons op de khitan. Hij zou er best niets voor kunnen voelen om al die kinderen beleefd te bejegenen."

Fordyce haalde zijn schouders op en zweeg verder.

Weer sloeg Dystar zijn khitan aan, en speelde muziek die verhaalde van een man die door de nacht wandelt en af en toe stilstaat om te peinzen over een ster.

Om een onnaspeurbare reden begon Etzwane zich slecht op zijn gemak te voelen. Tussen hemzelf en deze man die hij niet kende bestond een zekere spanning. Hij had geen morele vordering op hem, hij kon hem geen nalatigheid of wanbetaling verwijten. Zijn schuld aan Eathre was precies even groot geweest als die van alle andere mannen die over de Rododendronweg hadden gereisd en haar huisje waren binnengestapt, en net als de anderen had hij betaald wat schuldig was en was daarna zijns weegs gegaan. Etzwane probeerde niet te peilen waarmee zijn geest zich nu bezighield. Hij verontschuldigde zich tegenover Fordyce en liep de Oude Caraz uit. In een aanval van diepe neerslachtigheid dwaalde hij terug naar het kamp, terwijl Eathre's gezicht voor zijn ogen danste. Hij vervloekte zichzelf dat hij haar half vergeten was, dat hij niet genoeg zijn best voor haar deed. Hij had maar weinig geld gespaard, al was het waar dat hij ook maar weinig verdiende. Dit was terecht, en Etzwane had er geen bezwaar tegen. Behalve voedsel en onderdak kreeg hij ook les van Frolitz, en hij kon op zijn khitan spelen. Musici werden bijna nooit rijk, behalve de druithines, wat veel leden van groepen ertoe bracht om hun geluk als druithine te beproeven. Een paar brachten het er goed af, maar de meesten ontdekten dat hun maaltijden onbetaald voor hen bleven staan en probeerden hun optreden aantrekkelijker te maken met allerlei grove effecten, excentriek gedrag, of zongen, als dat allemaal niet wilde lukken, liederen onder begeleiding van de khitan, voor een publiek dat dan meestentijds bestond uit boeren, kinderen en mensen die niets van muziek afwisten.

In het kamp volgde de ene zwartgallige gedachte op de andere. Etzwane maakte zich geen illusies. Met de vaardigheid op zijn instrument die hij nu bezat, met zijn geringe levenservaring, kon hij nooit een druithine worden. En de toekomst? Zijn leven bij de troep van Meester Frolitz gaf hem voldoening, wilde hij meer? Hij liep naar zijn kast en haalde zijn khitan tevoorschijn. Hij ging op het trapje naar de wagen zitten en begon de langzame, weemoedige, melancholieke muziek te spelen waar de mensen van Kanton Ilwiy graag hun pavanes op dansten. De muziek klonk droog, gekunsteld, levenloos. Hij dacht aan de soepele, dringende muziek die uit Dystars khitan gestroomd was, alsof ze een eigen leven leidde, en werd eerst verbeten, toen verdrietig, en toen bitter en woedend. Woedend op Dystar, woedend op zichzelf. Hij legde de khitan weg, ging op zijn slaapbank liggen, probeerde orde te scheppen in zijn wilde jonge geest.

Weer gingen vijf jaar voorbij. Meester Frolitz en zijn Roze-Zwart-Azuur-Donkergroenen, zoals hij zijn troep nu noemde, arriveerden in Brassei in Kanton Elphine, niet ver van Garwiy. Etzwane was een tengere, pezige jongeman geworden, met een somber, hard gezicht. Zijn haar was zwart, zijn huid olijfkleurig. Zijn mondhoeken waren wat naar beneden getrokken, en hij was niet spraakzaam, opgewekt of vrolijk in gezelschap. Zijn stem was zacht, ongeëmotioneerd, en alleen als hij wijn had gedronken leek hij vlot of spontaan te worden. Een aantal musici uit de troep vond hem hooghartig, anderen vonden hem ijdel. Alleen Meester Frolitz trok veel met hem op, en dat verbaasde iedereen, want waar Etzwane koud was, was Frolitz warm, en hartelijk waar Etzwane zich op de vlakte hield. Als Frolitz onderhouden werd over zijn genegenheid voor de jongen reageerde hij altijd wat knorrig. Etzwane was voor hem iemand die goed luisteren kon, een ironisch en zwijgzaam tegenwicht voor zijn eigen uitbundigheid.

Nadat ze op het marktplein van Brassei hun kamp hadden opgeslagen ging Frolitz samen met Etzwane de taveernes en muziektenten van de stad af, om het laatste nieuws te horen en werk te zoeken. Laat in de avond liepen ze Zerkows Herberg binnen, een groot hol gebouw van oud hout en witgepleisterd mergel. Pilaren ondersteunden een dak dat op minstens tien verschillende plaatsen was verzakt en scheefhing, en aan de balken hingen dingen die herinnerden aan al de jaren dat de herberg al bestond: groteske houten gezichten, zwart van het vuil en de rook, stoffige glazen dieren, de schedel van een ahulf, drie gedroogde placenta's, een ijzeren meteoriet, een verzameling heraldieke ballen, en nog veel meer. Op het uur dat ze de herberg binnenstapten, was hij bijna leeg, dankzij de wekelijkse ontzegging die Paraplastus, de plaatselijke Kosmische Schepper van het Heelal aan zijn vereerders oplegde. Frolitz liep naar Loy, de herbergier, en de twee begonnen de voorstellen van de Meester te bespreken. Tijdens het loven en bieden stond Etzwane afwezig naar de plakkaten op de steunberen te kijken. Verzonken in gedachten las hij geen woord van wat er stond. Die ochtend had hij een groot geldbedrag gekregen, een onverwachte gift, die een aanzienlijke vermeerdering van zijn spaargeld had betekend. Was het genoeg? Voor de twintigste keer begon hij te rekenen, en voor de twintigste keer kwam hij uit op een bedrag dat net tussen genoeg en niet-genoeg in lag. Maar waar kon hij meer geld vandaan halen? Zeker niet van Frolitz, dat zou nog wel een maand of langer op zich laten wachten. Maar de tijd gleed voorbij, en nu zijn doel zo vlakbij was popelde hij van ongeduld. Zijn ogen vielen op de plakkaten. Het waren voor het merendeel de gebruikelijke aansporingen tot een eerlijke en oprechte levenswandel:

❀

Het LEGE heeft geen gezicht en ziet er dus voor eenieder hetzelfde uit. Hij die niemand kent, kan ook door niemand tot onwettige daden gebracht worden.
Gehoorzaam alle edicten bereidwillig! De man naast u kan de ONBEKENDE MACHT zijn!

Gelukkig volk van Shant! Prijs hem in tweeënzestig kantons! Hoe kan het kwaad tieren wanneer iedere daad valt
onder het speurend oog van de GLORIERIJKE ANOME?

❀

De plakkaten waren grijzig roze, de kleur van almacht, en de letters
helder karmozijn, om de grandeur van de Anome aan te geven.

Aan de muur hing een wat groter plakkaat in bruin en zwart, de kleuren die bij rampen en voor heel dringende berichten werden gebruikt:

**Waarschuwing! Oplettendheid is geboden! Verscheidene grote
bendes Roguskhoi zijn gesignaleerd op de hellingen van de Hwan!
Deze creaturen zijn levensgevaarlijk! Houdt u verre van hen!**

Frolitz en Loy kwamen tot een voor beide partijen bevredigende
overeenkomst: de volgende avond zou Frolitz in de herberg beginnen.
De Roze-Zwart-Azuur-Donkergroenen zouden twee of drie weken
blijven spelen. Ter ere van de overeenkomst bracht Loy Etzwane een
kroes groene cider. "Wanneer is dat zwartbruine plakkaat opgehangen?" vroeg Etzwane.

"Over de Roguskhoi? Twee of drie dagen geleden. Ze hebben een
strooptocht gehouden, Kanton Shalloran in, en een stuk of tien vrouwen meegevoerd."

"De Man zonder Gezicht zou moeten optreden," zei Etzwane.
"Het minste wat hij kan doen is ons beschermen. Is dat niet zijn taak?
Waarvoor dragen we anders halsbanden?"

Frolitz was in gesprek met een vreemdeling in reiskleding die net
de taveerne was binnengestapt, maar onderbrak die conversatie even
om over zijn schouder te zeggen: "Besteed maar geen aandacht aan de
jongen; hij kent de wereld niet."

Loy blies zijn dikke wangen bol en besteedde op zijn beurt geen
aandacht aan wat Frolitz had gezegd. "Het is geen geheim dat er iets
moet gebeuren. Ik heb onrustbarende dingen horen vertellen over
de creaturen. Het schijnt dat ze de Hwan bedekken als sprinkhanen
een akker. Er zijn geen vrouwelijke Roguskhoi, wist je dat? Alleen
mannelijke."

"Hoe planten ze zich dan voort?" zei Etzwane verbaasd. "Dat is iets dat ik niet kan begrijpen."

"Ze gebruiken gewone vrouwen, en heel enthousiast ook, heb ik gehoord. De nakomelingen zijn altijd mannelijk."

"Merkwaardig. Waar zouden zulke schepsels vandaan komen?"

"Uit Palasedra," zei Loy wijs. "Je zou toch moeten weten waar de Palasedraanse wetenschap zich mee bezighoudt. Altijd fokken ze maar, altijd forceren ze de dingen, nooit zijn ze tevreden met de beesten zoals ze zijn. Volgens mij, en anderen zijn het met mij eens, is een wilde variëteit uit de forceerhuizen van de Palasedranen ontsnapt, het Grote Zoutmoeras overgestoken en toen Shant binnengevallen. Tot ons grote ongeluk."

"Behalve wanneer ze voor hun florijnen wijn en bier komen kopen in Zerkows Herberg!" riep Frolitz aan de toog. "Het zijn grote drinkers, en zo moet je ze ook aanpakken: zorgen dat ze dronken en bij je in de schuld blijven."

Twijfelend schudde Loy zijn hoofd. "Ze zouden mijn andere klanten wegjagen. Wie wil er nu een kroes heffen, samen met een moorddadige duivel met een rood gezicht die een halve meter groter is dan hijzelf? Gelast ze zonder uitstel naar Palasedra terug te gaan, dat zeg ik ervan."

"Dat is misschien wel het beste," zei Frolitz. "Maar is het een praktische oplossing? Wie zal het bevel geven?"

"Daar is een antwoord op," zei Etzwane. "De Man zonder Gezicht moet zich laten gelden. Is hij niet almachtig? Is hij niet alomtegenwoordig?" Hij wees met zijn duim naar de rozerood gekleurde plakkaten. "Dat zegt hij tenminste van zichzelf."

Op hese fluistertoon zei Frolitz tegen de vreemdeling: "Etzwane wil dat de Man zonder Gezicht de Hwan ingaat en alle Roguskhoi een halsband omdoet."

"Dat is misschien niet eens de slechtste manier," zei Etzwane met een zure grijns.

Een jonge man kwam de taveerne inrennen, een piccolo die er werkte. "Hebben jullie het gehoord? In Makkaby's pakhuis is nog geen half uur geleden een inbreker zijn hoofd afgenomen. De Man zonder Gezicht is in de buurt!"

Iedereen in het vertrek keek op. "Ben je daar wel zeker van?" vroeg Loy. "Misschien was het wel een klapval."

"Nee, geen twijfel mogelijk: de halsband nam hem zijn hoofd af. De Man zonder Gezicht heeft hem op heterdaad betrapt."

"Stel je voor," mompelde Loy. "Het pakhuis is hier maar een steenworp vandaan."

Frolitz draaide zich om en leunde tegen de toog. "Daar heb je je antwoord," zei hij tegen Etzwane. "Je klaagt waarom de Man zonder Gezicht niets doet. En bijna terwijl je nog spreekt, doet hij iets. Is dat niet afdoende antwoord op je vraag?"

"Niet helemaal."

Frolitz sloeg een halve kroes van de koppige groene cider achterover en knipoogde naar de vreemdeling: een lange, magere man met een zachte witte haardos en een strenge gelaatsuitdrukking die aangaf dat hij aanvaardde wat het leven aan wisselvalligheden bood. Zijn leeftijd was moeilijk te bepalen, hij kon zowel oud als jong zijn. "De inbreker heeft een harde straf gekregen," zei Frolitz tegen Etzwane. "De lering die hieruit te trekken valt is deze: doe nooit iets dat tegen de wet is. En wat je vooral niet moet doen is stelen. Door diefstal stel je je leven in de waagschaal, dat is zojuist aangetoond."

Loy wreef over zijn kin, slecht op zijn gemak. "In zekere zin is de strafmaat wel wat extreem. De inbreker stal dingen, en stierf. Zo luiden de wetten van Elphine, en de Man zonder Gezicht voerde ze juist uit, maar zouden een zak gestolen waar en het leven van een mens elkaar wel zo precies in evenwicht moeten houden op de weegschaal?"

De vreemdeling met het witte haar gaf zijn mening. "Waarom zou het anders moeten zijn? U ziet een uiterst belangrijk aspect van de zaak over het hoofd. Bezit en leven zijn geen ongelijke grootheden als men bezit afmeet naar de hoeveelheid werk die nodig is geweest om het te verkrijgen. Op de keper beschouwd is bezit dus leven: dat deel van iemands leven dat hij gebruikt heeft ter verwerving van het bezit. Wanneer een dief bezit steelt, steelt hij dus leven. Elke daad waarbij iets wordt ontvreemd, wordt dan een kleine moord."

Frolitz sloeg met zijn vuist op de toog. "Dat zijn nog eens verstandige woorden! Loy, zet deze wijze vreemdeling een beker voor, op mijn kosten. Heer, hoe mag ik u aanspreken?"

"Een beker van die groene cider, alstublieft," zei de vreemdeling tegen Loy. Hij draaide zich een halve slag om naar Frolitz en Etzwane. "Mijn naam is Ifness. Ik ben marskramer."

Etzwane keek hem zuur aan. Zijn wrevel jegens de man in de wagen met de loper was er door de jaren niet minder op geworden. Een marskramer? Etzwane had zo zijn twijfels. Frolitz niet. "Vreemd om zulke verstandige theorieën te horen uit de mond van een marskramer!" zei hij verwonderd.

"De gesprekken van zulk soort mensen bestaan maar al te vaak uit gemeenplaatsen," stemde Loy in. "Voor een echt genoeglijke conversatie moet je volgens mij bij de waard van een herberg zijn."

Ifness tuitte nadenkend zijn lippen. "Iedereen, of hij nu marskramer, herbergier of musicus is, probeert zijn werk te relateren aan een abstract universum. Wij marskramers zijn heel gevoelig voor diefstal: dat doet een aanslag op de grond van ons bestaan. Stelen is een manier om zich op eenvoudige, informele en goedkope wijze goederen te verwerven. Dezelfde goederen kopen kost veel tijd, en is lastig en duur. Is het dan zo verbazingwekkend dat diefstal zo populair is? Niettegenstaande dat betekent diefstal het vernietigen van onze reden van bestaan. Wij bezien dieven met dezelfde afschuw die musici zouden kunnen voelen voor een fanatieke troep lieden die op bellen en gongs slaan wanneer musici spelen."

Frolitz smoorde een kreet.

Ifness nam een teug van de groene cider die Loy voor hem neer had gezet. "Nogmaals: wanneer een dief bezit steelt, steelt hij leven. Voor een marskramer ben ik verdraagzaam jegens menselijke zwakheden, en ik zou niet heftig reageren als mij een dag ontstolen werd. Maar een week zou mij toornig maken, en ik zou de dief doden die mij een jaar van mijn leven ontstal."

"Goed zo, goed zo!" riep Frolitz. "Dat zijn nog eens woorden om dieven af te schrikken. Etzwane, heb je gehoord wat deze heer zei?"

"U hoeft niet zo de aandacht op me te vestigen," zei Etzwane. "Ik ben geen dief."

Frolitz, wat licht in het hoofd van de cider, zei tegen Ifness: "Dat is waar, dat is zeker waar! Hij is geen dief, hij is musicus! Dankzij de kwaliteit van mijn lessen is hij een vaardig speler geworden! Nergens heeft hij tijd voor, alleen om te studeren. Hij beheerst zes instrumenten perfect, hij kent tweeduizend composities. Wanneer ik een akkoord vergeet, kan hij me altijd waarschuwen. Vanochtend, en luister goed, heb ik hem een bonus van driehonderd florijnen uit de instrumentenkas van de troep gegeven."

Ifness knikte goedkeurend. "Een musicus waar eenieder een voorbeeld aan kan nemen."

"Tot op zekere hoogte," zei Frolitz. "Aan de andere kant zegt hij weinig en is hij koppig. Hij koestert elke florijn die hij ooit heeft gezien, hij zou er mee gaan fokken als hij kon. Dit alles maakt hem een saaie piet bij een drinkgelag. En wat die driehonderd florijnen betreft, ik had hem lang geleden al vijfhonderd beloofd en heb hem de andere tweehonderd onthouden als straf voor zijn sombere gedrag."

"Maar zult u het op die manier niet nog erger maken?"

"Integendeel, zo zorg ik dat hij op zijn tenen blijft lopen. Als musicus moet hij blij zijn met elk klein beetje dat hij krijgt. Ik heb hem gemaakt tot wat hij is. De goede dingen zijn mijn werk. De minder goede dingen, daar moet u een zekere Chiliet op aankijken, Osso, die volgens Etzwane zijn 'zielvader' is geweest."

"Op weg naar het oosten kom ik door Kanton Bastern," zei Ifness beleefd. "Als ik Osso tegenkom, zal ik hem uw groeten overbrengen."

"Doe geen moeite," zei Etzwane. "Ik ga zelf naar Bashon."

Frolitz draaide zich met een ruk om en keek Etzwane aan. "Heb ik dat goed gehoord? Daar heb je het tegen mij nooit over gehad.'

"Als ik het er wel over had gehad, had u me vanochtend nooit driehonderd florijnen gegeven. En bovendien heb ik het besluit om naar Bashon te gaan pas tien seconden geleden genomen."

"Maar de troep dan? En onze engagementen? Alles loopt in het honderd!"

"Ik blijf niet lang weg. Na mijn terugkeer mag u me meer geld geven als ik zo onmisbaar ben."

Frolitz' borstelige wenkbrauwen gingen de hoogte in. "Niemand is onmisbaar, alleen ik. Ik speel khitan en waldhoorn tegelijk, als ik daar zin in heb, en dan klinkt mijn muziek nog beter dan wat vier balsturige leerjongens samen voortbrengen!" Frolitz sloeg met zijn beker op de toog om zijn woorden kracht bij te zetten. "Maar om mijn vriend Loy hier tevreden te houden moet ik een vervanger in dienst nemen. Nog meer uitgaven, nog meer zorgen. Hoelang blijf je weg?"

"Drie weken, denk ik."

"Drie weken?" brulde Frolitz. "Wat ben je van plan? Een rustkuur op het strand van Ilwiy soms? Drie dagen naar Bashon, twintig minuten om je zaken daar af te handelen, en drie dagen terug naar Brassei, dat is genoeg."

"Meer dan genoeg, als ik met een ballon zou gaan," zei Etzwane. "Maar ik moet lopen, of meerijden met een wagen."

"Wat! Nog meer zuinigheid? Waarom ga je niet met een ballon? Hoeveel scheelt dat eigenlijk?"

"Dertig florijnen heen, en dertig terug, schat ik."

"Nou? Waar is je trots gebleven? Reist een Roze-Zwart-Azuur-Donkergroene als een hondenscheerder?" Hij wendde zich tot Loy. "Geef deze man zestig florijnen op voorschot, en teken het op mijn rekening aan."

Na enige aarzeling liep Loy naar zijn geldlade. Frolitz nam het geld van hem aan en sloeg de munten kletsend op de toog, voor Etzwane. "Hier, en verdwijn nu. En laat je bovenal niet verleiden door meesters van andere troepen. Misschien bieden ze wel meer geld dan ik je betaal, maar wees gerust, er zouden allerlei verborgen nadelen aan vastzitten."

Etzwane lachte. "Wees maar niet bang, over een week of misschien tien dagen ben ik terug. Ik ga met de eerstvolgende ballon mee. Wat ik in Bashon moet doen zal me niet veel tijd kosten, en dan neem ik de eerste ballon terug naar Brassei."

Frolitz draaide zich om om Ifness om zijn mening te vragen, maar hij zag alleen een lege stoel. Ifness had de taveerne verlaten.

HOOFDSTUK VII

UIT DE GROENE OCEAAN was een storm komen opzetten, en er waren overstromingen geweest in de Kantons Maiy en Erevan. Een stuk van de Grote Kruislijn was weggespoeld en er was een vertraging van twee dagen voor er een noodlijn kon worden gelegd.

Etzwane wist een plaatsje te veroveren op de eerste ballon die uit Brassei vertrok, de *Asper*. Hij klom de gondel in en ging zitten. Andere passagiers kwamen de gondel in; de laatste was Ifness.

Etzwane bleef zitten waar hij zat en maakte geen gebaar van herkenning. Ifness zag hem, aarzelde heel even, knikte toen en ging naast hem zitten. "Het lijkt erop dat we samen reizen."

"Het zal me een genoegen zijn," antwoordde Etzwane koeltjes.

De deur werd gesloten en er werden staven neergelaten om de passagiers houvast te geven voor wanneer de ballon zou rukken en overhellen. De stuurman ging op zijn plaats zitten en controleerde de katrollen, de gaskleppen en de ballast. Hij gaf een teken aan het bedienend personeel op de grond. De glijschoen werd naar de ballon gesleept en de *Asper* steeg op. De haak werd losgegooid en de ballon danste en bokte in de wind tot de stuurman de kabels straktrok, waarna de *Asper* rustiger werd en vooruitschoot, met de kabels gespannen en de glijschoen gonzend in de gleuf.

"U lijkt helemaal niet gespannen," zei Ifness. "Hebt u weleens meer met een ballon gereisd?"

"Vele jaren geleden."

"Een geweldige ervaring voor een kind."

"Zeker."

"Ik voel me nooit helemaal op mijn gemak in een ballon," zei Ifness.

"Ze lijken zo zwak en kwetsbaar. Een paar stokken, een vliesdun membraan, en het vluchtigste gas dat er is. Maar de Palasedraanse zwevers lijken me nog riskanter. Ongetwijfeld past hun manier van vervoer bij hun temperament. U bent op weg naar Bashon, heb ik begrepen."

"Ik ben van plan mijn moeders contract in te lossen."

Ifness dacht even na. "Misschien had u dat beter aan een werkmakelaar kunnen toevertrouwen. De Chilieten zijn een slim en niet altijd even betrouwbaar volk, en misschien proberen ze u wel het vel over de oren te halen."

"Dat zullen ze zonder twijfel proberen. Maar het zal ze niet lukken. Ik heb een verordening van de Man zonder Gezicht bij me, en daar zullen ze zich naar moeten voegen."

"Hm. Ik zou toch maar oppassen. De Chilieten mogen dan niet erg werelds zijn, ze laten zich ook niet gauw beetnemen."

Na een ogenblik zei Etzwane: "U schijnt nogal veel van de Chilieten af te weten."

Ifness stond zich een flauw glimlachje toe. "Het is een fascinerende cultus. De Chilitische theorieën en hun fysieke projectie vormen samen een hoogst elegant patroon. Volgt u me niet? Denk dan eens goed na: een groep die zich iedere nacht bedwelmt tot koortsachtige erotische hallucinaties onder het mom godsdienstige ascese te beoefenen. Is dat niet het toppunt van zorgeloos leven? Een bepaalde sociale machinerie is nodig om de situatie te houden zoals hij is: die kent u. Hoe wordt nu voor nakomelingen gezorgd in een groep waar mannen en vrouwen geen omgang met elkaar hebben? Door het inlijven van de kinderen van andere mannen, door een voortdurende toevloed van nieuw bloed. Hoe komt men aan wat andere mannen gemeenlijk met hun leven beschermen? Door die vernuftige instelling, de Rododendronweg, die bovendien een mooie winst oplevert. Wat een prachtige schaamteloosheid! Ik heb er bijna bewondering voor!"

Etzwane was verbaasd dat Ifness zo enthousiast kon zijn. Koud zei hij: "Ik ben naast de Rododendronweg geboren en een Zuivere Knaap geworden. Ik vind de Chilieten weerzinwekkend."

Ifness keek geamuseerd. Hij zei: "De Chilieten hebben zich op opmerkelijke wijze aan het leven aangepast, al zijn ze misschien wel wat overgespecialiseerd. Wat zou er bijvoorbeeld gebeuren als ze geen galga meer konden krijgen? Binnen een generatie of minder zou de opbouw van hun gemeenschap zich in een aantal andere richtingen kunnen ontwikkelen."

Etzwane vroeg zich af hoe een marskramer zo goed thuis kon zijn in het abstract analyseren van een maatschappijvorm. "Wat voor dingen verkoopt u? Ik neem aan dat een marskramer zoals u goederen verkoopt."

"Niet helemaal," zei Ifness. "Ik ben in dienst van een organisatie van handelaars om heel Shant af te reizen om nieuwe afzetmarkten voor hun producten te zoeken."

"Dat lijkt me interessant werk," zei Etzwane.

"Heel interessant."

Etzwane keek naar de halsband van de man. "Uit het purper-groen leid ik af dat u in Garwiy woont."

"Dat is juist." Ifness haalde een boek uit zijn reistas, *De koninkrijken van Oud Caraz*, en begon te lezen.

Etzwane keek naar het voorbijglijdende landschap. De *Asper* hield op een zijlijn stil om twee ballons te laten passeren die op weg naar het westen waren. Met strakke kabels en zingende glijschoenen schoten ze langs.

Toen de zonnen op hun hoogst stonden, verkocht de windstuurman thee, plakken vruchtengelei, broodjes en vleesstaven aan de mensen die wat wilden eten. Ifness legde zijn boek ter zijde en at wat, Etzwane gaf er de voorkeur aan om zuinig met zijn geld om te springen; wat hij bij zich droeg was maar nauwelijks voldoende. Na de maaltijd borstelde Ifness uiterst zorgvuldig zijn handen af en verdiepte zich weer in zijn lectuur.

Een uur later kwam de *Asper* bij Brassei-Wissel in Kanton Fairlea en werd overgezet op de Grote Kruislijn. De wind wakkerde wat aan, maar kwam van pal bakboord, zodat de ballon niet sneller ging dan de wind. Toen de zonnen onder de kim verdwenen ging de wind helemaal liggen en de *Asper* bleef boven een hooggelegen moeras in Kanton Shade hangen.

De hemel laaide violet op achter vier strepen appelgroene wolken. De duisternis viel stil. Een briesje stak op, nog steeds aan bakboord, en de *Asper* gleed langzaam verder, niet sneller dan een man kon lopen.

De stuurman serveerde een maaltijd van kaas, wijn en hard brood, en installeerde hangmatten. De passagiers hadden niets beters te doen dan te slapen.

Laat in de middag van de volgende dag kwam de *Asper* aan in Angwin, bij de Grote Kloof. Hier was het einde van de gleuf en in twee grote witte lussen leidde de kabel naar Angwin-Wissel, waar Etzwane jaren geleden — het leek nu wel een droom — heen was gebracht uit Carbade om leerjongen te worden. Hij vroeg zich af of Finnerack er nog werkte.

De route van de *Asper* liep verder langs de Grote Kruislijn, naar de zuidelijke hellingen van de Hwan. In Angwin werd de ballon naar beneden getrokken om passagiers uit te laten stappen die over de noordelijke uitloper verder moesten. Er waren er vier: Etzwane, twee handelaars die op weg waren naar Dublay, op de punt van Kanton Kaap, en Ifness.

De aansluitende ballon had klaar moeten staan, maar was vertraagd door zwakke wind, en de vier passagiers moesten de nacht doorbrengen in de Angwin Herberg.

De *Asper* ging weer de lucht in, met de kabels nu bevestigd aan de treklijn. In het wielhuis onder de herberg zette de werkmeester zijn mannen aan de lier. Langzaam gleed de ballon over de Kloof, Wissel in. Etzwane kon er zich niet toe brengen om naar het bedienen van de lier te kijken, zoals de twee handelaren deden.

Later zaten Etzwane en de handelaren in de salon die uitzicht gaf op de Grote Kloof. Ifness was een eindje gaan wandelen langs de rand van de afgrond.

De zonnen doken achter elkaar achter de bergen. Mont Mish en de verre toppen er voorbij baadden in het bloedrode licht. De kloof begon snel donker te worden. Etzwane en de handelaren dronken gekruide cider. Toen de bediende een schaal geconserveerd fruit bracht, vroeg een van de handelaren: "Ziet u veel Roguskhoi beneden?"

"Niet zo vaak," zei de bediende. "De mensen bij Wissel zagen er weleens een paar, maar ik heb gehoord dat ze naar het oosten zijn getrokken, de Wilde Landen in."

"Ze hebben Shalloran afgestroopt, en niet zo lang geleden ook," zei de tweede handelaar. "Dat ligt meer naar het westen."

"Ja, dat is zo. Niet dat ik er veel van begrijp. Wat we zouden moeten doen als een troep Angwin aanviel…"

"De kloof beschermt de stad toch wel wat?" zei de eerste handelaar.

Somber staarde de bediende het blauwe duister van de afgrond in. "Niet voldoende naar mijn zin, als wat ik van de duivels gehoord heb op waarheid berust. Als we hier vrouwen hadden zou ik de hele nacht geen oog dicht durven doen. Ze doen nooit erg veel moeite om een man te vermoorden, behalve als ze een verzetje willen, maar als ze een vrouw ruiken dan klimmen ze door vuur en water. Volgens mij zou er iets aan gedaan moeten worden."

"De Man zonder Gezicht zou moeten worden gewaarschuwd en zou ervan doordrongen moeten worden hoe groot het gevaar is, dat vind ik. Leg een cordon om de hele Hwan, roep desnoods alle mannen van Shant op, en begin dan de kring kleiner te maken, en dood ze onder het gaan. Als mannen uit het noorden, oosten, zuiden en westen elkaar bij de piek van Mont Skarack aankijken, dan weten we dat we van het ongedierte verlost zijn."

Een van de handelaren maakte bezwaar. "Te gecompliceerd, het zou nooit werken. Ze zouden zich in holen of tunnels verschuilen. Ik denk dat het beter is om vergif te gebruiken."

De andere handelaar deed een grove suggestie over wat goed zou werken als lokaas.

"Nou, en waarom niet," zei zijn collega. "Als ze erdoor aangetrokken worden? Maar vergif is het antwoord, let op mijn woorden."

"Wees daar maar niet al te zeker van!" zei de ander. "Het zijn geen beesten, weet je. Het zijn mensen, afwijkende mensen van de andere kant van het Grote Zoutmoeras. De Palasedranen hebben zich te lang koest gehouden. Onnatuurlijk lang, een nu sturen ze de Roguskhoi op ons af."

"Het kan me niet schelen waar ze vandaan komen," zei de bediende. "Laten we ze verjagen, bij voorkeur Palasedra in. Volgens het middagnieuws dat net over de radio kwam, is er een troep bij Mont Hekshoofd de Hwan uit komen zetten en heeft een dorp aan de Ochtendkust overvallen. Mannen vermoord, vrouwen verkracht en weggeroofd. Het dorp is één puinhoop."

"Zo ver naar het oosten?" mompelde Ifness.

"Dat zei de radio, ja. Eerst Shalloran in het westen, nu de Ochtend-kust. De Hwan moet krioelen van de monsters."

"Dat hoeft niet," zei Etzwane.

Plechtig zei de eerste handelaar: "We kunnen er zeker van zijn dat de Man zonder Gezicht op het punt staat om in te grijpen. Hij heeft geen andere keus."

De bediende zei honend: "Hij is ver weg, in Garwiy. Wat kan het hem schelen of wij veilig zijn of niet?"

De handelaren tuitten hun lippen. "Wel," zei de ene, "dat zou ik u niet willen nazeggen. De Man zonder Gezicht vertegenwoordigt ons allemaal! Door de bank genomen brengt hij het er niet slecht af."

"Maar toch is de tijd nu wel gekomen," zei de ander. "Hij zou maat-regelen moeten nemen."

"Willen de heren nog iets drinken voor de maaltijd?" informeerde de bediende. "Dan moet u dat nu zeggen, voor de kok op de gong slaat."

"Is Dagbolt nog ballonmeester?" vroeg Etzwane.

"Nee, de oude Dagbolt is vijf jaar geleden gestorven aan keelkanker. Ik heb hem maar drie maanden meegemaakt, en dat was me lang genoeg. Dickon Defonso is nu ballonmeester, en de zaken marcheren redelijk."

"Werkt een zekere Finnerack in Angwin?"

"Finnerack? Ik heb die naam weleens gehoord. Maar hier is hij niet."

"Misschien op Wissel dan?"

"Nee, daar is hij ook niet. Finnerack… Een schandaal of iets derge-lijks. Was hij de misdadiger die een ballon heeft laten vliegen?"

"Ik zou het niet kunnen zeggen."

Halverwege de ochtend arriveerde de *Jano* in Angwin. De vier gingen aan boord, de *Jano* steeg op zover de kabels toelieten, en werd terug de kloof overgetrokken naar Wissel. Gefascineerd staarde Etzwane naar het eilandje in de lucht. Daar waren de drie wielen van de katrol, en daar de stenen hut met de houten deur en de schuur, half over de kloof. Bij de katrol zag hij de man die die dag dienst had; de ballon schokte toen de kabelring met de klauw naar beneden werd getrokken en de klem werd overgezet op de treklijn van de noordelijke vertakking, en nog eens toen de klauw werd losgegooid. Etzwane glimlachte toen hij aan een andere ballon dacht, nu zo lang geleden…

De *Jano* werd naar Noordstation getrokken, de kabelring werd overgezet op een glijschoen en de ballon gleed Kanton Seamus in, voor een stevige bries aan stuurboord uit. Nadat de stuurman de kabels zo gunstig mogelijk had gesteld liep hij naar achteren, de gondel in. "Allemaal naar Oswiy zeker?"

"Ik niet," zei Etzwane. "Ik moet in station Bastern zijn, in Carbade."

"Station Bastern? Ik zal u afzetten als de werkploeg er is. Ze zijn tijdens de rooftocht naar Carbade gevlucht."

"Wat voor rooftocht?"

"O, dat weet u natuurlijk nog niet. De Roguskhoi zijn uit de Wilde Landen gekomen, een troep van vijftig, zestig man sterk, en hebben de Murk afgestroopt."

"Tot hoever?"

"Dat weet ik niet. Als ze verder zijn gegaan, naar Seamus, dan staat er geen werkploeg klaar bij station Bastern. Waarom reist u niet door naar Ascalon? Daar bent u veiliger."

"Ik moet er bij station Bastern uit, al moet ik me langs de kabels naar beneden laten glijden."

Toen de *Jano* bij het station kwam bleek de werkploeg weer op zijn post te zijn, en de *Jano* werd rukkerig naar beneden getrokken: de mannen waren blijkbaar nog steeds zenuwachtig. Etzwane sprong op de grond. Ifness volgde hem. "U zult wel naar het oosten reizen," zei de marskramer.

"Ja, naar Bashon."

"Dan stel ik voor dat we samen een voertuig nemen."

Etzwane rekende uit hoeveel hij daarvoor waarschijnlijk kwijt zou zijn. Vijftienhonderd florijnen voor het contract, honderd om met Eathre naar Brassei terug te reizen, nog eens vijftig voor onvoorziene omstandigheden. Zestienhonderdvijftig. Hij had zestienhonderdvijfenzestig bij zich. "Ik kan me niets duurs veroorloven," zei hij, een beetje nors. Van alle mensen in Shant wilde hij wel het minst aan Ifness verplichtingen hebben. Behalve misschien aan zijn zielvader Osso.

"In de herberg huurde Ifness een snelle kar, getrokken door twee prachtige lopers. "Ik moet u tweehonderd florijnen vragen," zei de herbergier. "Dat is de waarborgsom. De kar en de dieren kosten twintig florijnen per dag."

"Dat kan ik niet betalen," zei Etzwane vlak. Ifness maakte een onverschillig gebaar. "Dit is de manier waarop ik reizen wil. Betaal maar wat u kunt en ik ben er tevreden mee."

"Veel is het niet," zei Etzwane. "Vijftien florijnen, om precies te zijn. Als de Roguskhoi niet in de buurt waren, zou ik gaan lopen."

"Geef me vijftien florijnen of helemaal niets," zei Ifness. "Het maakt me niets uit."

Geërgerd door de minzaamheid van de ander, des te irriterender omdat deze zijn aanbod zo nonchalant deed, haalde Etzwane vijftien florijnen tevoorschijn. "Als u hiermee tevreden bent, rijd ik mee. Anders ga ik wel lopen."

"Best, best, maar laat ons nu vertrekken, want ik wil graag de Roguskhoi van nabij bekijken, en de omstandigheden zijn gunstig."

De lopers, hoge, gespierde beesten met een smalle diepe borstkas en lange smalle poten, schoten de weg af, en de kar slingerde achter ze aan.

Vanuit zijn ooghoeken keek Etzwane somber naar de ander. Ifness was een vreemde man, dat was wel zeker. Etzwane had nog nooit iemand zoals hij ontmoet. Waarom zou hij zo graag de Roguskhoi van dichtbij willen bekijken? Er scheen geen redelijke verklaring te bestaan voor die belangstelling. Als een Roguskhoi dood of stervend aan de kant van de weg lag, zou Etzwane stilhouden om het lichaam te bekijken. Dat was een heel natuurlijke belangstelling. Maar om zo weloverwogen achter de monsters aan te gaan leek wel pure dwaasheid.

Etzwane dacht na over de mogelijkheid dat Ifness werkelijk krankzinnig was. Zijn afwezige kalmte, de bizarre voorkeuren waarvan hij blijk had gegeven, alles wees erop dat de man niet bij zijn volle verstand was. Maar toch had Ifness zich voortreffelijk in de hand: zijn voorkomen, streng, eenvoudig, verder niet goed te beschrijven, behalve zijn korte witte haar en het oud-jonge gezicht, leek wel een toonbeeld van gezond verstand. Etzwane verloor zijn belangstelling voor het onderwerp: hij had andere zorgen en die lagen hem nader aan het hart.

Vijftien kilometer reden ze zo voort, over de golvende heuvels van Seamus. Vanuit het oosten kwam een man op een stootfiets op hen af. Hij had de rode muts van onzichtbaarheid op. Hij reed zo snel hij kon, languit op de bak, en zijn billen schokten heen en weer terwijl hij het kamwiel rondtrapte.

Ifness trok aan de teugels en wachtte tot de man bij hen was. Onbeleefd, dacht Etzwane: de man droeg rood. De fietser zwenkte om om hen heen te rijden. Ifness riep hem aan en verzocht hem te stoppen. De man was geërgerd.

"Waarom hindert u mij? Hebt u geen ogen in uw hoofd?"

Ifness negeerde zijn agitatie. "Wat is er voor nieuws?"

"Verschrikkelijk nieuws. Houd mij niet tegen, ik ben op weg naar Kanton Sable, of nog verder." Hij maakte aanstalten weer op zijn rijwiel te springen. Beleefd riep Ifness: "Nog één ogenblik alstublieft. Er is geen gevaar te zien. Waar vlucht u voor?"

"Voor de Roguskhoi, wat dacht u dan? Ze hebben het dorp Salubra in brand gestoken en een tweede bende heeft de Chilieten overvallen. Ze kunnen me wel vlak op de hielen zitten, wie zal het zeggen. Houd mij niet langer op. Als u verstandig bent keert u om en vlucht u zo snel u kunt naar het westen!" De man zette zijn rijwiel in beweging en reed verder naar Carbade.

Ifness keek Etzwane aan. "Wat nu?"

"Ik moet naar Bashon."

Ifness knikte en legde zonder iets te zeggen de zweep over de lopers.

Etzwane leunde voorover. Het hart klopte hem in de keel. Visioenen gleden voor zijn ogen langs. Hij dacht aan de florijnen die hij had weggegooid aan drank, aan giften voor liefjes, onnodige nieuwe kleren, zijn kostbare met zilver beslagen waldhoorn. Frolitz vond hem gierig, zelf vond hij zich een verkwister. IJdele spijt. Het geld was besteed, de tijd was verloren. De lopers, prachtige beesten, draafden onvermoeibaar voort, en de kilometers gleden onder de wielen door. Ze reden Bastern binnen. Voor zich uit zagen ze de schaduw van de Rododendronweg. Achter de heuvel steeg een rookzuil op. Ifness ging wat langzamer rijden en tuurde naar de schaduwen onder de bomen, de bessenstruiken en de hellingen. Etzwane had hem nog nooit zo oplettend zien kijken. Alles leek normaal, alleen hing er een doodse stilte. Het lavendel-witte licht van de zonnen lag in onregelmatige vlekken op het witte stof, en in de tuin van het eerste huisje bloeiden purperen en felrode geraniums tussen pijlen van geelgroene ki. De deur van het huisje hing scheef in zijn hengsels. Dwars over de drempel lag het lijk van een man, zijn gezicht onherkenbaar verminkt door een verschrikkelijke slag. Het meisje dat in het huisje had gewoond, was verdwenen.

Tussen de bomen was een opening en ze konden de tempel zien. Een paar Chilieten liepen langzaam, aarzelend over de bovenste omloop, alsof ze zich ervan probeerden te overtuigen dat ze nog leefden. Ifness zette de lopers weer in draf en de kar schoot de heuvel op, in de richting van de tempel. Uit de verbrande resten van de looierij en de slaapzaal van de vrouwen steeg de rookzuil op die ze van ver al hadden gezien. De tempel en de bijgebouwen schenen nog intact te zijn. Etzwane ging rechtop in de wagen staan en keek om zich heen. Hij zag geen vrouwen, jong of oud.

Voor de voorhof van de tempel bracht Ifness de kar tot staan. Op de bovenste omloop keek een groep Chilieten onzeker naar beneden.

"Wat is er gebeurd?" riep Ifness omhoog.

De Chilieten in hun witte mantels bleven als spoken staan. "Hallo daarboven!" riep Ifness weer. Er klonk ongeduld in zijn stem door. "Kunt u mij horen?"

Langzaam verdwenen de Chilieten van de balustrade, alsof ze achterovervielen, dacht Etzwane.

Een paar minuten gingen voorbij. De drie zonnen dansten majestueus langs de hemel. De stenen muren lagen te blakeren in het schelle licht. Ifness bleef roerloos zitten. Opnieuw vroeg Etzwane zich af waarom Ifness zich zo veel moeite gaf.

De ijzeren poorten werden op een kier opengezet. Erachter stond een groep Chilieten. De Chiliet die de poort had geopend was een jonge man met een rond gezicht, wat gezet. Hij had dun zandkleurig haar en een volle baard van dezelfde kleur. Etzwane herkende hem meteen: Geacles Vonoble. Achter hem stonden zes andere Chilieten, en een van hen was Osso Higajou.

Scherp zei Ifness: "Wat is hier gebeurd?"

Osso's stem klonk alsof bitter slijm zijn keel verstikte. "Wij zijn het slachtoffer geworden van de Roguskhoi. Zij hebben ons leeggeplunderd. Zij hebben ons grote schade berokkend."

"Hoe groot was de troep?"

"Het waren er minstens vijftig. Ze stortten zich op ons als wilde beesten. Ze beukten op onze deuren, zwaaiden met wapens, staken onze gebouwen in brand!"

"Bij het verdedigen van uw vrouwen en uw bezit hebt u hen onge-twijfeld zware verliezen toegebracht?" informeerde Ifness droog.

De Chilieten keken hem verontwaardigd aan. Geacles lachte minachtend. Afgemeten zei Osso: "Wij gebruiken geen geweld. Wij prediken vrede."

"Hebben de ontvoerde vrouwen zich verweerd?" vroeg Ifness.

"Ja, een groot aantal van hen. Het haalde niets uit, en ze bezwaarden hun geweten door zo te handelen."

"Dan moet u tweemaal zo zwaar getroffen zijn," stemde Ifness in. "Waarom hebt u hun geen onderdak verschaft in de tempel?"

De Chilieten keken hem kalm en zwijgend aan, en antwoordden niet.

"Wat voor wapens droegen de Roguskhoi?" vroeg Ifness weer.

Geacles trok aan zijn baard, keek naar de heuvels. Toen antwoordde hij zacht: "Ze hadden knuppels met scherpe punten op de knop. Aan hun riem droegen ze ook kromzwaarden, maar daarvan maakten ze geen gebruik."

"Hoelang geleden zijn ze vertrokken?"

"Een uur geleden slechts. De vrouwen, oud en jong, hebben ze mee-gevoerd, alleen de heel jonge kinderen niet, die werden in de vaten van de looierij geworpen. Wij zijn zwaar getroffen."

Etzwane kon zich niet langer inhouden. "Waar zijn ze heengegaan?"

Geacles staarde hem aan, draaide zich om en mompelde wat tegen Osso, die snel drie stappen naar voren kwam.

Op koud-beleefde toon stelde Ifness de vraag opnieuw: "Waar zijn ze heengegaan?"

"Terug de Murkvallei in, de weg die ze gekomen waren," zei Geacles.

Osso wees naar Etzwane. "Jij bent de Zuivere Knaap Faman Bougo-zonie, die wandaden heeft bedreven en toen is gevlucht."

"Mijn naam is Gastel Etzwane. Ik ben de zoon van Dystar de drui-thine. Mijn moeder is vrouwe Eathre."

Dreigend zei Osso: "Waarom ben je hierheen gekomen?"

"Om mijn moeders contract in te lossen."

Osso glimlachte. "Met zulke luchthartige zaken houden wij ons niet bezig."

"Ik heb een lastbrief van de Man zonder Gezicht bij me."

Osso gromde. Glad zei Geacles: "Waarom niet? Geef ons het geld, dan laten wij de vrouw gaan."

Etzwane antwoordde niet. Hij draaide zich om en keek naar de Murkvallei, waar hij uit angst voor ahulfs nooit heen had durven gaan. De vrouwen zouden nog geen vijf kilometer per uur kunnen afleggen. De Roguskhoi waren pas een uur weg. Koortsachtig dacht hij na. Hij keek naar de looierij, naar de puinhopen en de tot de grond toe afgebrande schuren. De verste bijgebouwen waar de chemicaliën en de verfstoffen waren opgeslagen stonden nog overeind. Hij keek Ifness aan en zei zacht: "Wilt u me de kar en de lopers lenen? Als ik ze kwijtraak, zal ik u terugbetalen, ik heb zestienhonderd florijnen bij me."

"Waarom hebt u de kar nodig?"

"Om mijn moeder te kunnen redden."

"Hoe?"

"Dat hangt van Osso af."

"Ik ben bereid u de kar te lenen. Wat zijn per slot van rekening twee lopers?"

"De Roguskhoi zijn grote wijndrinkers," zei Etzwane tegen Osso. "Geef mij twee grote vaten wijn. Ik zal ermee naar de vallei gaan en ze aan de Roguskhoi geven."

Verbaasd knipperde Osso met zijn ogen. "Ben je van plan hen in hun brasserijen bij te staan?"

"Ik ben van plan ze te vergiftigen."

"Wat?" riep Geacles. "En zo een tweede aanval uitlokken?"

Etzwane keek naar Osso. "Wat zegt u?"

"Ben je van plan de wijn er met de kar heen te brengen?" zei Osso met een berekenende blik in zijn ogen.

"Ja."

"Wat betaal je voor de wijn? Het is onze ceremoniële drank, en het is alles wat we hebben."

Etzwane aarzelde. Zijn tijd was te kostbaar om te gaan loven en bieden, maar als hij een te hoog bod deed zou Osso nog meer vragen. "Ik kan niet meer bieden dan wat de wijn waard is," zei hij. "Dertig florijnen per vat."

Osso keek hem koud aan. Ifness leunde onverschillig tegen de kar. Osso zei: "Dat is niet genoeg."

"Het is meer dan genoeg," zei Ifness. "Haal de vaten hier." Osso keek Ifness onderzoekend aan. "Wie bent u?"

Ifness keek met een strak gezicht naar de Murkvallei. Ten slotte zei hij: "Als het ogenblik daartoe gekomen is, zal de Anome optreden tegen de Roguskhoi. Ik zal hem ervan in kennis stellen dat u uw medewerking geweigerd hebt."

"Ik heb niets geweigerd," zei Osso met verstikte stem. "Geef me uw zestig florijnen en ga dan naar de deur van de voorraadkamer."

Etzwane gaf hem het geld. Twee vaten wijn werden uit de voorraadkamer gerold en achterin de kar geladen. Etzwane rende naar het gebouw waar de chemicaliën lagen opgeslagen en keek naar de rijen kruiken en pakjes. Waar zou hij het meest aan hebben? Hij wist het niet.

Ifness liep de schuur binnen. Hij zocht even en pakte toen een platte fles. "We kunnen het beste dit gebruiken. Het heeft geen sterke smaak en is bijzonder giftig."

"Goed." Ze liepen terug naar de kar.

"Ik blijf minstens zes uur weg," zei Etzwane. "Als ik kan zal ik de kar terugbrengen, maar ik ben er niet zeker van dat..."

"Ik heb een hoge waarborgsom betaald voor de kar," zei Ifness. "Het is een waardevol voertuig."

Etzwane klemde zijn lippen op elkaar en haalde zijn beurs tevoorschijn. "Is tweehonderd florijnen genoeg? Of zo veel als u maar wilt, tot zestienhonderd toe."

Ifness klom op de bok. "Steek uw beurs in uw zak. Ik ga met u mee om zelf mijn belangen te behartigen."

Zonder verder iets te zeggen ging Etzwane naast hem zitten, en de kar reed weg in de richting van de Murkvallei. Op de bovenloop van de tempel bleven de Chilieten hen nakijken tot een heuvel de kar aan het gezicht onttrok.

Hoofdstuk VIII

DE WEG WAS WEINIG MEER dan een karrenspoor langs het water van de Murk. Aan weerszijden van de rivier waren de lage oevers begroeid met goudgele bandoks, die uitliepen in een blauwe vork die naar voorbij-vliegende insecten sloeg. Langs het water zelf stonden wilgen, berken en statige donkerblauwe mijterplanten. Aan allerlei dingen was te zien dat de Roguskhoi hierlangs getrokken waren. Her en der verspreid lagen kledingstukken van de geroofde vrouwen, tot drie keer toe zagen ze de lijken van oude vrouwen, voortgejaagd tot ze waren bezweken, en in een trieste hoop de lijkjes van zes baby's, uit de armen van de moeders gerukt en tegen de grond te pletter geslagen.

Ifness reed zo snel als de weg het toeliet. De kar zwaaide heen en weer, bonkte over oneffenheden in de weg, maar ging toch drie keer zo snel als de Roguskhoi en de vrouwen.

Tien minuten na hun vertrek vroeg Ifness: "Waar leidt deze weg heen?"

"Naar de Weide van Gargamet. Zo noemen de Chilieten het ten-minste. Daar groeien hun galgastruiken."

"En hoever is het nog naar de Weide van Gargamet?"

"Tussen de acht en de tien kilometer, denk ik. Ik vermoed dat de Roguskhoi daar de nacht wel zullen doorbrengen."

Ifness hield de lopers wat in. "We mogen hen niet in dit smalle dal inhalen. Hebt u de wijn vergiftigd?"

"Dat zal ik nu meteen doen." Etzwane klauterde naar achteren en goot de helft van de fles in elk van beide vaten.

De zonnen zakten achter de westelijke helling en het dal begon donkerder te worden. Etzwane kreeg een drukkend gevoel: het kon nu niet lang meer duren, de Roguskhoi moesten vlak vooruit zijn. Ifness reed zo voorzichtig hij kon. Ze zouden er weinig aan hebben als ze opeens tussen de achterhoede van de Roguskhoi kwamen. Voor hen liep de weg tussen twee scherp tegen de hemel afgetekende koraalbomen door. Ifness bracht de kar tot staan, en Etzwane rende vooruit om de zaak te verkennen. De weg liep tussen de koraalbomen door, maakte daarna een bocht om een groepje purperperenbomen heen en kwam vervolgens uit op een vlak stuk land. Links daarvan stond het hoge silhouet van een grote protbessenstruik, en aan de rechterkant de galga, bijna dertig hectare met de grootste zorg omringde planten. Naast de protbessenstruik weerkaatste een poel de lavendelkleurige hemel. De Roguskhoi hadden hun gevangenen vlak naast de poel bijeengedreven. Ze waren er nog maar net, en de vrouwen liepen naar de hun toegewezen plek, terwijl de Roguskhoi met luide brulstemmen aanwijzingen gaven en met hun geweldige armen zwaaiden.

Etzwane gebaarde naar Ifness, die de kar naar voren reed tot de perenbomen. Met samengeknepen neusvleugels keek Ifness uit over het vlakke stuk. "We mogen niet al te duidelijk laten merken wat we van plan zijn," zei hij tegen Etzwane. "We moeten proberen zo natuurlijk mogelijk te doen."

Etzwane's zenuwen waren tot brekens toe gespannen. Zijn stem klonk hoog en rauw toen hij zei: "Ze kunnen ieder ogenblik aan de vrouwen beginnen! Ze kunnen zich maar met moeite in bedwang houden."

Dat was waar: de Roguskhoi verdrongen zich nu om de trillende en bevende vrouwen, schoten op de dicht op elkaar gedrongen groep af en trokken zich weer terug.

"Kunt u op een loper rijden?" informeerde Ifness.

"Dat zal wel gaan," zei Etzwane. "Ik heb het nog nooit geprobeerd."

"We zullen zo stil mogelijk over de weide rijden, alsof we hopen niet door de Roguskhoi te worden gezien. Maar zodra ze ons in de gaten hebben, moet u snel zijn. En ik ook."

Etzwane, half verlamd van angst, maar vastbesloten alles te doen wat in zijn vermogen lag, knikte toen Ifness hem zei wat hij moest doen. "Alles is goed, alles is goed. We moeten vlug zijn."

"Haast heeft maar al te vaak een ramp tot resultaat," zei Ifness bestraffend. "We zijn hier nog maar net. We moeten met alle omstandig-heden rekening houden." Hij bleef nog tien seconden kijken, reed toen de weide op, in de richting van de galga, zodat ze de protbessenstruik links lieten liggen. Als de Roguskhoi hun blik afwendden van de doods-bleke vrouwen zouden ze hen meteen zien.

Ze reden honderd meter zonder de aandacht te trekken. Ifness knikte tevreden. "Het lijkt er nu op dat we proberen ongezien langs hen heen te komen."

"Wat gebeurt er als ze ons niet zien?" vroeg Etzwane met een be-nepen stem die hij nauwelijks als de zijne herkende.

Ifness gaf geen antwoord. Ze reden nog vijftig meter verder. Toen slaakten de Roguskhoi een kreet, hees en wild. Er lag een waanzinnige klank in, die de haren in Etzwane's nek recht overeind joeg.

"Ze hebben ons gezien," zei Ifness vlak. "Snel nu." Haastig sprong hij van de kar af en maakte het tuig van een van de lopers los. Etzwane worstelde met de andere. "Hier," zei Ifness. "Neem deze loper hier. Klim op zijn rug en houd de teugels goed vast."

De loper bewoog zich onrustig toen hij het gewicht van Etzwane op zijn rug voelde en liet zijn kop zakken.

"Naar de weg toe," zei Ifness. "Rijd niet te snel."

Twintig Roguskhoi kwamen op hen afstormen, hun ogen wijd opengesperd en woest zwaaiend met hun armen. Een angstaanjagend gezicht. Ifness deed alsof ze niet bestonden. Hij maakte het tuig van de tweede loper los, sneed een stuk van de teugels af, legde de uiteinden in een knoop en sprong op de loper. Toen schopte hij het beest in de ribben en reed Etzwane achterna.

Toen de Roguskhoi de vaten zagen, vergaten ze de twee vluchten-den. Bijna zonder de pas in te houden grepen ze de bomen van de kar beet, maakten een paar groteske sprongen en trokken de kar naar hun kamp aan de andere kant van de weide.

In de schaduw van de purperperen hielden Ifness en Etzwane de lopers in. "En nu," zei Ifness, "moeten we wachten."

Etzwane gaf geen antwoord. De Roguskhoi lieten de vrouwen voor wat ze waren en verdrongen zich om de kar. De vaten werden open-geslagen en de Roguskhoi begonnen onder hees, goedkeurend gebrul te drinken.

Met halfverstikte stem vroeg Etzwane: "Hoelang voor het gif begint te werken?"

"Zo veel vergif zou een mens binnen een paar minuten doden. Ik hoop dat het lichaam van een Roguskhoi op dezelfde manier in elkaar zit als dat van een mens."

Zwijgend keken de twee naar het kamp. De wijn was helemaal op. Zonder er blijk van te geven dat ze dronken waren of zich niet goed voelden, renden de Roguskhoi nu naar de kermende groep vrouwen toe, grepen er een uit, zonder erop te letten hoe oud ze was of hoe ze eraan toe was en begonnen haar de kleren van het lijf te scheuren.

"Het gif begint te werken," zei Ifness.

Een paar Roguskhoi hielden op met wat ze aan het doen waren en keken niet-begrijpend naar de grond. Langzaam raakten ze hun buik en hun keel aan en streken met hun vingers over hun naakte rode schedels. Andere Roguskhoi deden soortgelijke dingen. De vrouwen kropen hijgend en snikkend naar alle kanten weg, zoals wanneer een fles met insecten wordt leeggeschud. De Roguskhoi begonnen te kronkelen, dansten een vreemd, langzaam ballet: ze hieven een gebogen been op, drukten de knie tegen hun buik, hinkten, en deden toen hetzelfde met het andere been. Hun gezicht verloor alle uitdrukking, de kaak hing er slap bij.

Plotseling riep een van hen in een aanval van verschrikkelijke woede een woord dat Etzwane niet verstond. Grotesk-wanhopig schreeuwden de anderen hetzelfde woord. Een van de Roguskhoi zakte op zijn knieën in elkaar en viel toen tegen de grond. Hij begon met zijn armen en benen te trappelen, als een op zijn rug gewentelde kever. Een paar vrouwen die bijna bij de protbessenstruik waren gekomen begonnen te rennen. Dit dreef de Roguskhoi tot wilde woede. Wankelend op hun benen renden ze de vrouwen achterna, zwaaiend met hun knuppels. Gillend en snikkend renden de vrouwen alle kanten op, de Roguskhoi sprongen tussen hen in, grepen ze vast en sloegen ze tegen de grond.

De een na de ander begonnen de Roguskhoi nu om te vallen. Ifness en Etzwane liepen de weide op. De laatste Roguskhoi die nog rechtop stond zag hen, griste zijn kromzwaard uit zijn gordel en wierp het met kracht in hun richting. "Pas op!" riep Ifness en deed snel een sprong achteruit. Het kromzwaard suisde vervaarlijk door de lucht, maar boog toen opeens af en boorde zich in de grond. Ifness stapte met hervonden waardigheid verder terwijl de laatste Roguskhoi ter aarde stortte.

Ifness zei: "De kar is zo te zien niet beschadigd. Laten we er de lopers weer voorspannen."

Etzwane keek hem aan, zijn gezicht dof van ontzetting. Hij maakte een geluid in zijn keel, deed een stap naar voren, bleef toen staan. De gezichten van de vrouwen waren bijna niet te zien geweest, omdat ze niet stil stonden, omdat ze ver van hem af waren. Hij had hen bijna allemaal gekend. Een paar waren er aardig geweest, anderen mooi, weer anderen hadden gelachen, en er waren er ook die bedroefd hadden gekeken. Met zijn vergif had hij meegeholpen aan de slachting onder hen. Maar wat had hij anders kunnen doen? Wat had hij anders kunnen doen?

"Kom mee," zei Ifness kort. "Neem je loper mee." Hij liep de weide over, nam niet eens de moeite om over zijn schouder te kijken of Etzwane hem wel volgde.

Die liep langzaam achter hem aan, terwijl hij zijn voeten moest dwingen zich te bewegen.

Toen ze bij het kamp van de Roguskhoi aankwamen, inspecteerde Ifness de lichamen zorgvuldig. De Roguskhoi bewogen af en toe nog wat: hun benen trokken, hun armen schoven heen en weer, hun vingers groeven zich in de grond. Etzwane dwong zichzelf om zich heen te kijken. Hij zag het lijk van zijn zusje Delamber. Haar gezicht was bijna onherkenbaar verminkt door de knuppel van een Roguskhoi. Etzwane herkende haar eerst aan de roodgouden gloed van haar haar. Hij dwaalde over het veld. Daar was Eathre. Hij viel op zijn knieën naast haar neer en nam haar handen in de zijne. Hij dacht dat ze nog leefde, al liep er bloed uit allebei haar oren. Hij zei: "Ik ben Etzwane: je zoon Mur. Hier ben ik. Ik heb geprobeerd je te redden, maar het is me niet gelukt."

Eathre's lippen bewogen. "Nee," dacht hij haar te horen zeggen, "het is je wel gelukt. Je hebt me wel gered... Dank je, Mur..."

Etzwane sleepte takken en twijgen aan uit de protbessenstruiken en maakte er een hoge stapel van, want hij had geen spade om een graf mee te delven. Hij legde de lijken van Eathre en Delamber op de brandstapel en legde er dikke takken overheen, en daarna nog meer takken er tegenaan. Hij had veel hout nodig en moest heel wat keren op en neer lopen.

Ifness was met iets anders bezig geweest. Hij spande de onrustige lopers weer voor de kar en repareerde de teugels. Toen begon hij aan de Roguskhoi. Hij onderzocht ze nauwgezet met een frons van concentratie op zijn voorhoofd. Etzwane vond dat ze er allemaal bijna hetzelfde uitzagen: gespierde massieve wezens, een hoofd groter dan de gemiddelde man, met een huid die hard en glad was en glansde als koper. Hun gezicht, dat met een bijl uitgehouwen had kunnen zijn, was verkrampt en verwrongen, en leek wel op het masker van een duivel, waarschijnlijk ten gevolge van het vergif. Hun hoofd en lichaam waren onbehaard, en hun kleding was bijna zielig primitief: een zwartleren schaamstuk, en een riem waaraan hun knuppel en hun kromzwaard hingen. Ifness raapte een van de kromzwaarden op en keek met belangstelling naar het glanzende metaal. "Dit is niet gemaakt in Shant," zei hij peinzend. "Wie heeft dit metaal dan gesmeed?"

Etzwane wist geen antwoord op die vraag. Ifness legde het kromzwaard achterin de kar. Ook de knuppels interesseerden hem. De greep was van taai hardhout, en bijna veertig centimeter lang; de knop was een ijzeren bal, bezet met ijzeren punten, vijf centimeter lang. Een verschrikkelijk wapen.

Ten slotte was de brandstapel dan toch klaar en Etzwane zette er aan vier kanten de brand in. Hoog laaiden de vlammen op.

Ifness was met een weerzinwekkend onderzoek begonnen. Met zijn mes had hij de buik van een van de Roguskhoi opengesneden. Zwartigrode darmen gleden het lijk uit. Met dichtgeknepen neus schoof hij ze met een stok ter zijde en ging verder met het onderzoeken van de organen van het wezen.

De schemering was gevallen en de weide werd langzaam in duisternis gehuld. De vlammen van de brandstapel flakkerden hoog op. Etzwane voelde er niets voor om nog langer te blijven. Hij riep naar Ifness: "Bent u klaar om te vertrekken?"

"Ja," zei Ifness. "Ik moet even nog iets doen."

Terwijl Etzwane stomverbaasd toekeek zocht Ifness de lijken van zes vrouwen uit, sneed netjes de verpletterde hoofden eraf, en verwijderde de halsbanden. Daarna liep hij naar de poel, waste de halsbanden, het mes en zijn handen af in het water en liep terug naar waar Etzwane stond, naast de kar, twijfelend aan Ifness' verstand en aan dat van hemzelf.

Ifness maakte een vlotte, opgewekte indruk. Hij bleef even tegen de kar staan om naar de hoge vlammen van de brandstapel te kijken. Toen zei hij: "Het is tijd om te gaan."

Etzwane klom op de bok van de kar, en Ifness stuurde de lopers naar de andere kant van de weide. Plotseling gebaarde Etzwane dat hij de lopers in moest houden. Ifness trok aan de teugels. Etzwane sprong op de grond, rende terug naar de brandstapel en trok een brandende stok uit de vlammen. Hiermee rende hij naar de galga-aanplant en stak de bladeren in brand. De planten stonden dicht op elkaar, waren volkomen uitgedroogd, en zwaar van de hars. Door wolken zwarte rook loeiden rode vlammen. Etzwane deed een stap naar achteren en zag in bittere vreugde toe; toen rende hij terug naar de kar.

Ifness had geen commentaar. Etzwane kon in hem geen goedkeuring of afkeuring ontdekken; bovendien gaf hij er niet zoveel om wat de ander dacht.

Aan de rand van de weide hielden ze stil en keken om naar de twee vuren. De galga vlamde hoog op, de brandstapel gloeide met een dieprode kleur. Etzwane draaide zich om. Zijn ogen prikten. Die twee vuren waren het verleden. Als ze tot as waren vergaan, was dat verleden voorbij.

In het licht van de Skiaffarilla reed de kar het dal uit. Het klepperen van de hoeven, het kraken van het leer, het zachte geknars van de wielen waren de enige geluiden, en ze schenen de stilte van de nacht nog te verdiepen. Een paar keer keek Etzwane om en zag de rode gloed langzaam zwakker worden. Ten slotte kon hij niets meer zien; de hemel was donker. Hij draaide zich om en keek somber voor zich uit.

Kalm en formeel vroeg Ifness: "Nu u de Roguskhoi van nabij hebt gezien, wat is nu uw mening?"

"Ze moeten krankzinnig zijn of door een duivel bezeten," zei Etzwane. "In zekere zin zijn ze meelijwekkend. Maar ze moeten worden vernietigd."

Nadenkend zei Ifness: "Daarin ben ik het met u eens. De kantons van Shant zijn buitengewoon kwetsbaar. De Chilieten moeten nu zó veranderen dat ze onherkenbaar worden, of verdwijnen."

Etzwane probeerde in het licht van de sterren Ifness' gezicht te zien. "U gelooft toch niet dat dit jammer is?"

"Ik betreur het ondergaan van elk uniek organisme, en in de geschiedenis van het ras is er nog nooit zo'n voorbeeld van menselijk aanpassingsvermogen geweest, en misschien komt er ook nooit meer zo een."

"En de Roguskhoi dan? Het zou u zeker spijten als zij vernietigd werden?"

Ifness lachte kort, kalm. "Ik vrees niet zozeer de Roguskhoi als datgene wat zij wellicht vertegenwoordigen. En mijn vrees gaat zo ver dat ik mij gedwongen heb gezien te schipperen met mijn principes."

"Ik begrijp u niet," zei Etzwane kortaf.

"Zoals u weet reis ik nu eens hierheen dan weer daarheen, al naar waar mijn bezigheden mij leiden," zei Ifness ernstig. "Ik zie vele dingen, soms gelukkig, soms ook smartelijk, maar de aard van de zaken waarmee ik mij bezighoud, verbiedt mij me ermee te bemoeien."

In Etzwane's geest kwam de herinnering aan de eerste ontmoeting met Ifness boven. "Mag u zelfs geen klein jongetje helpen te ontkomen aan ahulfs?"

Ifness draaide zich om en keek hem door het duister aan. "Was u dat jongetje?"

"Ja."

Een paar minuten lang zweeg Ifness. Toen zei hij: "Uw geest heeft duistere, sombere trekken, die u doen ingaan tegen waar uw belangen liggen. Door een voorval op te halen dat tien jaar achter ons ligt, loopt u het risico mij te beledigen, en welk voordeel zal dat opleveren?"

Kalm, neutraal zei Etzwane: "Lange tijd voel ik al weerzin tegen de man die me rustig had laten sterven. Het is een opluchting en een genoegen om nu vrijuit te kunnen spreken. Dat zal het voordeel dan wel zijn waarover u zojuist sprak. Ik geef er niets om of u al dan niet beledigd bent." Nu hij eenmaal begonnen was te praten ontdekte hij dat hij niet op kon houden. "Alles waar ik op gehoopt en voor gewerkt heb is weg. Wiens schuld is dat? Van de Roguskhoi. Van mezelf. Van de Man zonder Gezicht. Van de Chilieten. Het is de schuld van ons allemaal. Ik had eerder moeten komen. Ik probeer mijzelf te verontschuldigen: ik had niet genoeg geld, ik kon de rooftocht van de Roguskhoi niet voorzien. Toch had ik eerder moeten komen. De Roguskhoi zijn krankzinnige monsters, en ik ben blij dat ik hen heb vergiftigd, ik zou geen ogenblik aarzelen om ze allemaal te vergiftigen. U treurt over de Chilieten, ik geef om hen ook niets. De Man zonder Gezicht, dat is iets heel anders! We hebben op hem vertrouwd om ons te beschermen. We betalen de belastingen die hij ons oplegt, we dragen zijn halsband, we volgen zijn geboden op. En waartoe? Waarom heeft hij niets gedaan tegen de Roguskhoi? Het is op zijn minst ontmoedigend!"

"En op zijn meest?"

Etzwane schudde zijn hoofd. "Waarom hebt u de Roguskhoi opengesneden?"

"Ik was benieuwd naar hoe hun lichaam in elkaar zat."

In Etzwane's lach klonk een schrille ondertoon van hysterie door. Abrupt hield hij op. Een poos zwegen ze allebei. De kar reed door het dal, met het licht van de sterren boven hen. Etzwane had er geen idee van hoe ver ze al waren en welke afstand ze nog moesten afleggen. "Waarom hebt u de halsbanden meegenomen?"

Ifness zuchtte. "Ik hoopte dat u die vraag niet zou stellen. Ik kan u geen antwoord geven waarmee u tevreden zou zijn."

"U hebt een groot aantal geheimen," zei Etzwane.

"Allemaal houden we zekere gebieden van onszelf verborgen," zei Ifness. "U zelf bijvoorbeeld: u hebt er blijk van gegeven dat u niet tevreden bent over de Man zonder Gezicht, maar u hebt het niet gehad over wat u nu verder gaat doen."

"Dat is geen geheim," zei Etzwane. "Ik ga naar Garwiy om een purperen petitie te kopen. Ik zal zo duidelijk mogelijk mijn ideeën uiteenzetten. Onder de gegeven omstandigheden zou de Man zonder Gezicht er toch goede nota van moeten nemen."

"Dat is wel waarschijnlijk," stemde Ifness in. "Maar laten we er eens van uitgaan dat dat niet het geval is. Wat dan?"

Etzwane keek zijdelings naar het stijve en toch losse silhouet tegen de gloed van de Skiaffarilla. "Waarom zou ik mij bezighouden met dingen die hoogstwaarschijnlijk toch niet zullen gebeuren?"

"Ik ben het met u eens dat een teveel aan plannen maken soms een belemmering is voor spontaniteit," zei Ifness. "Maar als er slechts twee mogelijkheden zijn, en de kans dat het een of het ander gebeurt is even groot, dan is het verstandig om na te denken over wat er in beide gevallen zou kunnen gebeuren."

"Ik heb meer dan genoeg tijd om plannen te maken," zei Etzwane kortaf.

HOOFDSTUK IX

ROND MIDDERNACHT REDEN ZE het Murkdal uit. Op de bovenloop van de tempel flakkerden een paar kleine lichtjes, en de wind voerde de bitterzoete geur van galga met zich mee, en ook de weerzinwekkende stank van verkoold hout en verbrande huiden.

"De Chilieten zullen Galexis vereren tot ze geen galga meer hebben," merkte Ifness op. "Dan zullen ze een nieuwe god moeten gaan aanroepen."

Ze reden de Rododendronweg op, een doodstille donkere laan, beklemmend door de geluiden die hier ooit geklonken hadden. Boven hen wiegden zwarte bladeren, onder hen was de weg een witte vlek. De deuren van de huisjes stonden op een kier en boden onderdak en rust, maar geen van tweeën stelde voor om stil te houden. Ze reden verder, de nacht in.

De dageraad kwam als een schitterende cascade van oranje en violet in het oosten. De kar reed net Carbade binnen toen Sasetta de hemel in danste. De lopers lieten hun koppen hangen en kwamen nog maar langzaam vooruit.

Ifness reed rechtstreeks naar de herberg en gaf terug wat hij gehuurd had. De halsbanden en de wapens wikkelde hij in een lap die hij onder zijn jas stopte.

Etzwane wilde terug naar het westen. In Brassei had Ifness gezegd dat hij in het oosten moest zijn. Op wat plechtige toon zei Etzwane: "Hier scheiden zich onze wegen. Ik kan niet ontkennen dat u me zeer behulpzaam bent geweest. Daarvoor dank ik u, en ik moet zeggen dat ik u met een opgewekter hart verlaat dan bij een vorige gelegenheid. En dus, Ifness, vaarwel."

Ifness boog beleefd. "Vaarwel."

Etzwane draaide zich om en liep naar de andere kant van het plein waar het station van het ballonspoor was. Ifness liep wat langzamer achter hem aan.

Bij het loket zei Etzwane: "Een plaats op de eerste ballon naar Garwiy." Terwijl hij betaalde merkte hij dat Ifness achter hem stond en hij knikte hem kort toe. Ifness knikte terug, stapte naar voren en reserveerde ook een plaats op een ballon.

Het zou nog een uur duren voor de ballon naar Wissel in het zuiden zou aankomen. Etzwane drentelde heen en weer en liep toen naar de overkant van het plein, een voedselverkoperij binnen. Daar vond hij Ifness, die aan zijn tafel ging zitten na het mompelen van een conventionele verontschuldiging.

De twee aten zwijgend. Etzwane liep na de maaltijd meteen terug naar het depot. Even later volgde Ifness zijn voorbeeld.

De gleuf begon te zingen: een zacht, hoog gesnor dat betekende dat de glijschoen niet ver meer was. Vijf minuten later zakte de ballon trillend en zwaaiend naar beneden op het laadperron. Etzwane stond op, terwijl Ifness peinzend uit het raam van het station bleef kijken. Hij klom de gondel in en ging op de bank zitten. Ifness kwam achter hem aan de gondel in en nam tegenover hem plaats. Etzwane kon de aanwezigheid van de ander niet langer negeren. "Ik dacht dat u verder naar het oosten zou reizen."

"Urgente zaken maken het noodzakelijk dat ik me naar elders begeef," zei Ifness.

"Naar Garwiy?"

"Naar Garwiy."

De ballon rees omhoog in de lucht, en met een frisse ochtendbries achter zich gleed hij door de gleuf naar Wissel.

Frolitz was sinds Etzwane bij hem in dienst was slechts enkele keren met zijn troep naar Garwiy gegaan en hij was er altijd maar kort gebleven. De inwoners van Garwiy gaven de voorkeur aan vermaak dat dramatischer was, frivoler, meer afgestemd op de smaak van de stedeling. Toch vond Etzwane Garwiy een fascinerende stad, al was het alleen maar vanwege de schittering en de pracht van wat er te zien was.

In heel het menselijk heelal was er geen stad als Garwiy. Garwiy was gebouwd van glasblokken, platen, driehoeken, cilinders van glas, en in alle kleuren: purper, groen-lavendel, blauw, roze, donker scharlaken.

Van de groep bannelingen van de oude Aarde hadden ook twintigduizend Chama Reya deel uitgemaakt. De Chama Reya, aanhangers van een cultus die op esthetiek berustte, hadden op Durdane de gelofte afgelegd de prachtigste stad te bouwen die het mensenras ooit gezien had, en daar hadden ze zich ook met de grootste toewijding op toegelegd. Het eerste Garwiy bestond zevenduizend jaar, achtereenvolgens geregeerd door de Chama Reya, de Architectonische Corporatie, de Dynastieën van Directeuren, de Hoofddirecteuren (een overgangsperiode) en ten slotte de Purperkoningen. Elke eeuw voegde nieuwe pracht toe aan Garwiy, en het leek wel of elke Purperkoning zich ten doel stelde om de herinnering aan het verleden te doen verbleken en de toekomst te vervullen van ontzag. Koning Cluay Pandamon richtte een galerij op van negenhonderd kristallen zuilen, elk twintig meter hoog, die een dak droegen dat uit één groot prisma bestond. Koning Pharay Pandamon gelastte de bouw van een marktpaviljoen dat zijn geweldige vernuft eer aandeed. In een rond meer werden gebogen glazen platen aan elkaar bevestigd, zó dat er twaalf drijvende concentrische ringen ontstonden. Elke ring was zeven meter breed en werd van de ringen ter linker- en ter rechterzijde gescheiden door flexibele staven, zodat hij vrij in het water dreef. Op deze drijvende ringen zetten kooplui en leerbewerkers, timmerlieden en dergelijke hun kraampjes neer. Elke kraam was van zijn buren gescheiden door platen gekleurd glas. In een tunnel onder het meer trokken honderd ossen aan kabels die de buitenste ring langzaam rond lieten draaien. Deze draaiing deelde zich via het water mee aan de andere ringen, die traag ook begonnen te draaien. Elke zes uur begonnen de ossen aan de buitenste ring de andere kant op te trekken, zodat na verloop van tijd alle ringen met verschillende snelheden verschillende kanten op draaiden en een bonte schakering van kleuren en schaduw aan het oog van de toeschouwer voorbijgleed. Dit was de drijvende markt van Koning Pharay Pandamon.

Tijdens het bewind van Koning Jorje Shkurkane bereikte Garwiy zijn hoogtepunt. De hellingen van de Ushkadel schitterden van de paleizen, naar de havens langs de Jardeen voerden glazen schepen goederen uit de hele wereld aan: boomzijde, vezels en vliezen uit Noord-Shant, vlees uit Palasedra, zout en oxiden uit de mijnen van Caraz om glas te maken. Alle tweeënzestig kantons leverden hun bijdrage aan de roem en de pracht van Garwiy, en de Landvoogd van Pandamon was iedereen bekend, tot in de verste uithoeken van Shant toe. Tijdens het ongelukkige bewind van Koning Kharene kwam het zuiden in opstand. De Palasedraanse Adelaarshertogen staken het Grote Zoutmoeras over en ontketenden de Vierde Palasedraanse Oorlog, die het einde betekende van de Dynastie der Pandamons.

Tijdens de Zesde Palasedraanse Oorlog vestigden grenadiers uit Palasedra een bruggenhoofd op de Rug van Ushkadel. Vandaar schoten ze met luchtmijnen op de oude stad. De ene fontein van antiek glas na de andere spoot hoog het zonlicht in. Ten slotte lanceerde Krijgsheer Viana Paizifume zijn legendarisch geworden aanval op de versterkingen van de Palasedranen. Met zijn catafracten vernietigd, zijn Elite Piekeniers verdwaasd en zonder aanvoerder, en zijn Glazen Pijlen klemgezet aan de voet van de steile helling wist Paizifume het leger van de Palasedranen te vernietigen met een horde dolle ahulfs die eerst met teer werden bestreken, toen in brand werden gestoken en de Ushkadel opgejaagd. De overwinning was een slechte ruil voor een vernietigd Garwiy, en hun wandaad bezorgde de Palasedranen een permanente erfenis van wantrouwen en bitterheid.

Viana Paizifume, afkomstig uit Kanton Glirris aan de oostkust, weigerde de Purperen Troon opnieuw door een Pandamon te laten bestijgen en riep de kantons in conclaaf bijeen om een nieuwe regeringsvorm te kiezen. Na drie weken gekibbel en bekvechten was Paizifume's geduld uitgeput. Hij liep naar de voorkant van de vergaderzaal en wees naar een podium waarop een scherm stond.

"Achter dat scherm," zei Paizifume gedecideerd, "zit uw nieuwe heerser. Ik zal zijn naam niet bekend maken. U zult hem alleen kennen aan zijn besluiten, en ik zal u dwingen ze te gehoorzamen. Ziet u het goede van deze regeling in? Wanneer u niet weet wie het bewind over u voert kunt u ook niet complotteren, bedriegen of omkopen. Eindelijk is gerechtigheid mogelijk."

Stond de eerste Man zonder Gezicht werkelijk achter dat scherm? Of had Viana Paizifume een onzichtbare *alter ego* bedacht? Niemand wist het. Niemand heeft het ooit geweten. Maar toen later Paizifume werd vermoord werden de daders onmiddellijk gearresteerd, in een glazen bal gevat en aan een kabel tussen twee torens gehangen. Duizend jaar hingen die ballen daar, als knikkers aan een draadje, tot ze een voor een door de bliksem werden vernield.

Een tijdlang dwong de Man zonder Gezicht gehoorzaamheid aan zijn bevelen af door middel van een Dwingend Korps, dat zich langzaam voorrechten toe-eigende en ten slotte in opstand kwam. De Conservatieve Raad sloeg de opstand neer, ontbond het Dwingend Korps, en herstelde de orde. De Man zonder Gezicht verscheen voor de Raad in een pantser van zwart glas, met een zwarte glazen helm om zijn identiteit geheim te houden. Hij vroeg, en kreeg, meer macht en meer verantwoordelijkheid. Twintig jaar lang ging alle energie van Shant op aan het vervolmaken van het halsbandsysteem. Het Besluit van Magenta schreef voor dat iedereen een halsband moest dragen. Dit was de aanleiding voor nog meer strijd: de Honderdjarige Oorlog, die pas was afgelopen toen de laatste burger een halsband om zijn nek had.

Garwiy kreeg nooit de pracht terug die het had gehad ten tijde van de Pandamons, maar werd nog steeds beschouwd als het grootste wonder van Durdane. Er waren torens van blauw glas, spitsen van paars glas, groenglazen koepels, prisma's en zuilen, wanden van helder glas die blonken en schitterden in het zonlicht. 's Nachts werd de stad verlicht door gekleurde lampen: groene lampen achter blauw en paars glas, roze lampen achter blauw glas.

De paleizen op de hellingen van de Ushkadel werden nog steeds bewoond door de patriciërs van Garwiy, maar die hadden maar weinig meer weg van de flamboyante adel uit de tijd van de Pandamondynastie. Hun inkomen was afkomstig van landgoederen, de scheepvaart, en uit de laboratoria en de fabrieken waar halsbanden, radio's, gloeibollen en wat andere elektronische apparatuur werd vervaardigd. Daarvoor werd gebruik gemaakt van componenten die elders in Shant werden geproduceerd: monomoleculaire geleiders, semi-organische controleapparatuur, magnetische kernen van gehard ijzerweb, heel kleine hoeveelheden koper, goud, zilver en lood voor het maken van verbindingen en schakelaars. Geen van de technici begreep de circuits die hij gebruikte; hoe hoog het niveau van de theoretische kennis vroeger ook geweest was, het was nu een soort geheime techniek geworden die van generatie op generatie werd overgeleverd, en de mensen in de fabrieken beheersten wel de technieken, maar begrepen niet de ten grondslag liggende principes. De werkplaatsen en fabrieken lagen in de industrievoorstad Shranke langs de oevers van de Jardeen. De mensen woonden in de buurt van hun werk, in aardige huisjes, te midden van tuinen en boomgaarden.

Dit was dus Garwiy: een metropool die een groot oppervlak besloeg maar geen grote massa inwoners herbergde, een plek van betoverende schoonheid, die nog verhoogd werd door de vele antieke gebouwen en het gewicht van de geschiedenis.

De mensen die in Garwiy woonden waren uniek: hyperbeschaafd, gevoelig voor zelfs de geringste nuances in esthetische waardering, maar zelf niet bijzonder creatief. Het Esthetisch Genootschap, dat zijn leden rekruteerde uit de patriciërs op de Ushkadel, bekleedde de openbare ambten. De gewone mensen in Garwiy vonden dat dit juist en passend was. De patriciërs hadden het geld, en het was niet meer dan terecht dat zij ook de verantwoordelijke functies op zich namen. De gemiddelde burger koesterde geen wrevel jegens de patriciërs, en voor de wet was hij hun gelijke. Als hij door een slimme transactie of hard werken een fortuin vergaarde en een paleis kocht werd hij gewoonlijk meteen opgenomen in het Esthetisch Genootschap. Na twee of drie generaties lang parvenu's geweest te zijn, konden zijn nakomelingen zich als echte Estheten beschouwen. De gemiddelde burger was een gecompliceerde persoonlijkheid: glad en beleefd, opgewekt, wispelturig, frivool en wat oppervlakkig. Hij zocht genot, maar was tevens kritisch, boog zich voor gezag, maar vroeg ook veel van zijn meerderen, was zich scherp bewust van modetrends, maar lachte om excentrieke kleding, zocht het gezelschap van anderen, maar was ook introvert, wist bijna alles van elk groen facet en elke purperen spiegel in zijn prachtige stad, was op de hoogte van de laatste vormen van vermaak, en niet geïnteresseerd in de rest van Shant. Hij raakte niet erg onder de indruk van muziek en had niet genoeg geduld om de traditionele liederen van druithines of groepen musici aan te horen. Hij gaf de voorkeur aan grappige ballades, liedjes die gingen over dingen die onlangs gebeurd waren, aan mensen die excentrieke dingen deden om hun publiek te vermaken, kortom, aan al die dingen waar een ware musicus vol minachting op neerzag.

Hij zag zijn halsband als een noodzakelijk kwaad en maakte af en toe een spottende toespeling op de Man zonder Gezicht, voor wie hij een soort half-minachtend ontzag had. Volgens de geruchten woonde de Man zonder Gezicht ergens in de Ushkadel, in een paleis. Proberen achter zijn identiteit te komen was een populaire bron van vermaak voor de inwoners van Garwiy. Ze maakten maar heel zelden gebruik van hun recht hem een petitie aan te bieden, dat lieten ze over aan de uitlanders, die ze graag zagen als botte boerenpummels. Ze hadden anderen weleens over de Roguskhoi horen spreken en dachten af en toe misschien wel na over hun vreemde gewoonten, maar veel verder ging hun belangstelling niet. Voor de mensen in Garwiy waren de wilde landen van de Hwan bijna even ver weg als het hart van Caraz.

De zonnen dansten naar het punt waar ze in de winter altijd even stil leken te staan. Durdane begon het stuk van zijn baan te naderen waarin de zonnen elkaar verduisterden, en dat betekende dat de seizoenen zich scherper aftekenden. Koude lucht uit Nimmir voerde herfststormen aan over het noorden van Shant.

De ballon *Shostrel* verliet Angwin, schoot pijlsnel de Grote Kruislijn af, het wilde land door, toen Shade in, daarna Fairlea, en langs Brassei-Wissel waar Etzwane met een gezicht waarop niets te lezen viel naar het westen staarde, naar de plek waar Frolitz waarschijnlijk zat te wachten tot hij terugkwam, daarna door de Kantons Conduce, Maiy, Wilde Roos, allemaal even trots op hun eigen identiteit, en ten slotte Kanton Garwiy in. Met tachtig kilometer per uur gleden ze slingerend het Dal der Stilte door, langs een serie doorzichtige glazen platen, die allemaal de monumentale beeltenis van een koning uit een van de dynastieën bevatten. De koningen stonden allen in dezelfde houding, met hun rechtervoet iets naar voren, hun wijsvinger naar beneden wijzend, met op hun gezicht een duistere, bijna verbaasde uitdrukking, en ogen die recht vooruit staarden alsof ze een verbazingwekkende toekomst zagen.

De windstuurman begon de kabels te vieren, en de *Shostrel* zeilde wat langzamer door de Jardeenspleet, station Garwiy binnen. De

snelheid van de glijschoen werd met sleepremmen teruggebracht en de
kabels werden zó bekwaam vastgehaakt dat de ballon zonder schokken
naar de grond zakte.

Etzwane stapte uit, gevolgd door Ifness. Met een beleefde knik liep
Ifness het plein voor het station over en sloeg de Kavalesko-passage
in, die onder een toren van donkerblauw glas met waterblauwe zuilen
doorliep en uitkwam op de Kavalesko-avenue.* Etzwane haalde zijn
schouders op en ging zijns weegs.

Frolitz verbleef meestal in Fontenay's Herberg, ten noorden van het
plein aan de oever van de Jardeen, waar zijn troep van de herbergier
een maaltijd kreeg en een bed om in te slapen, in ruil voor een paar
avonden muziek maken. Etzwane begaf zich naar de herberg, vroeg om
papier en een pen en begon meteen aan de petitie te werken die hij de
dag daarop wilde aanbieden.

Twee uur later had hij het document af. Hij las het voor de laatste
keer over en kon er geen fouten in ontdekken. Hij had helder geschreven, zonder te verhullen waarom het hem te doen was, en zonder wilde
of onredelijke dingen te zeggen. De petitie luidde als volgt:

> *Ter attentie van de* ANOME:
>
> *Tijdens mijn recente bezoek aan het laagland van de Hwan,
> in Kanton Bastern, heb ik gezien wat voor effect een rooftocht
> van de Roguskhoi had op de gemeenschap der Chilieten. Een
> aanzienlijk aantal goederen en gebouwen is vernield: een looi-
> erij en een aantal bijgebouwen. Een grote groep vrouwen is
> ontvoerd en later onder tragische omstandigheden vermoord.*
>
> *Het is allen bekend dat de Wilde Landen van de Hwan
> een toevluchtsoord zijn geworden voor deze verderfelijke
> schepselen, wie het volkomen vrij staat om met de Hwan als
> uitvalsbasis roof- en strooptochten te houden. Elk jaar wor-
> den ze numeriek sterker en wordt hun brutaliteit groter. Ik
> ben van mening dat alle Roguskhoi die zich op het ogenblik
> in Shant bevinden met onbuigzame inspanning van alle*

---

* De twaalf avenues die als de spaken van een wiel van het Plein van de
Esthetische Corporatie wegleidden, waren vernoemd naar incarnaties van de
Chama Reya.

*krachten moeten worden vernietigd. Ik beveel de Anome aan
om een goede militie te rekruteren, te trainen en te bewape-
nen. Tegelijkertijd moeten de Roguskhoi, hun gewoonten en
de plaatsen waar ze graag komen, worden bestudeerd. Als
alles gereed is, moet de militie met gebruikmaking van gedisci-
plineerde tactieken de Hwan binnendringen en de Roguskhoi
uitroeien.*

*Zo luidt de kern van mijn petitie. Ik besef dat ik een zeer
ingrijpende maatregel van de regering voorsta, maar naar
mijn mening is dit optreden noodzakelijk.*

Toen hij klaar was was het laat in de middag, te laat om de petitie
aan te bieden. Etzwane stak de Jardeen over en wandelde door het
Pandamonpark, waar de noordenwind de herfstbladeren om zijn
voeten blies. Hij kwam bij de Aeolische Zaal, een muziekinstrument
van parelgrijs glas, honderd meter lang. Wind werd door schoepen
opgevangen en naar een afgesloten ruimte geleid. De bespeler
bediende staven en toetsen om de opgesloten wind een, twee, tien, of
honderd van de tienduizend paren glazen klokken en klokjes heen en
weer te laten bewegen. Iemand die door het vertrek dwaalde ervoer
een soort 'hoorbare dimensie', waarbij het geluid overal vandaan
kwam: rinkelende akkoorden, half-hoorbare flarden melodie, een
dun, glasachtig gehuiver, de kristalzuivere tonen van de gongs in het
midden, snelle klanken die langs het plafond gleden als rimpels over
het oppervlak van een vijver, sombere donkere tonen, doordringend en
droevig als een belboei in de mist. Af en toe leek het of het hele plafond
in geluid uitbarstte.

Op dagen als deze, met een noordenwind die met volle kracht
woei, was de zaal op zijn best. Toen de avondschemering begon te
vallen stak Etzwane de rivier weer over en gebruikte de maaltijd in
een van de mooiste restaurants van Garwiy, onder honderd roze en
lavendelkleurige lampen, een luxe die hij zich daarvoor steeds had
ontzegd. Het geld dat hij in al die jaren bijeen had gespaard, wat moest
hij er nu mee? Het was een symbool van smart en futiliteit, hij zou het
zo snel hij kon uitgeven, weggooien aan frivole dingen. Zijn nuchtere
tweede ik verbood hem al gauw om dat plan uit te voeren. Geld waar

hij zo hard voor had moeten werken mocht niet luchthartig uit het raam worden gesmeten. Maar vanavond zou hij in ieder geval genieten van zijn maaltijd, en hij dwong zich dat ook te doen. De verschillende gerechten werden hem voorgezet door een knap dienstertje. Etzwane keek haar met een somber soort belangstelling aan. Ze zag er lief uit, en haar mond scheen altijd te glimlachen. Hij at, en de schotels bleken volmaakt bereid en opgediend. Na de maaltijd wilde hij met het meisje praten, maar daar voelde hij zich toch te verlegen voor. En bovendien kwam zij uit Garwiy, en was hij een uitlander: ze zou hem boers vinden. Hij vroeg zich af waar Frolitz was, en Ifness, hoe weinig mededeelzaam die ook was. In een onrustige, nerveuze stemming liep hij terug naar de herberg. De gelagkamer was stil, er waren geen musici te zien. Etzwane begaf zich te ruste.

De volgende ochtend bracht hij een bezoek aan een kleermaker die hem in nieuwe kleren stak: een witte tuniek met een hoge puntkraag, een donkergroene broek met een gesp onderaan de enkel, zwarte laarzen van ahulfleer met gespen van zilverhout. Hij had nog nooit zulke modieuze kleren gehad, en het duurde even voor hij zich ervan kon overtuigen dat de gestalte in de kooldampspiegel hemzelf was. Een kapper sneed zijn haar en schoor hem met een glazen scheermes. Plotseling, impulsief, alsof hij het gespot van zijn onderbrein moed-willig wilde trotseren, kocht hij een schelmse pet met een medaillon van gekleurd glas. Het zien van zijn eigen beeltenis in de spiegel maakte een complexe emotie in hem los: weerzin en verbazing over zijn dwaas-heid, vermengd met een spoortje flamboyantie, alsof wat hij van Dystar had geërfd nu probeerde aan de oppervlakte te komen. Etzwane haalde zijn schouders op en trok een grimas. Hij had het geld uitgegeven, nu moest hij de pet wel dragen. Hij stapte naar buiten, het felle lavendel-licht in. Het glas van Garwiy flitste en schitterde.

Langzaam liep Etzwane naar het Corporatieplein. Een petitie van vijfhonderd florijnen kopen, zijn ideeën naar voren brengen, deze twee dingen moesten wel de aandacht van de Man zonder Gezicht op hem vestigen. En wat dan nog? Zijn bezorgdheid was gebaseerd op een wer-kelijk bestaande situatie, zijn petitie was wettelijk toegestaan. Hij gaf uiting aan een oprechte zorg, en de Man zonder Gezicht was volgens zijn eigen zeggen de dienaar van het volk van Shant.

Etzwane liep het plein over naar het lange, lage gebouw van helrood glas, waar hij lang geleden ook was geweest. Aan de voorkant van de wand was een grote lap purper satijn bevestigd, waarop alle petities en het antwoord van de Man zonder Gezicht werden opgehangen. Twintig of dertig mensen stonden in een bonte mengeling van de dracht van hun kantons te wachten voor het vijfflorijnenloket. Ze waren met hun grieven uit de verste uithoeken van Shant naar Garwiy gekomen. Terwijl ze op hun beurt wachtten keken ze uitdagend naar de voorbijgangers. Vlakbij waren gelegenheden waar mensen terecht konden die het zo ernstig meenden met hun petitie dat ze er honderd florijnen voor over hadden. Deze vertrekken waren aanzienlijk luxer uitgevoerd. Aan het eind van het gebouw wees een purperen ster boven een deur de weg naar een vertrek waar de zeer rijken of de zeer onstuimigen petities kochten voor vijfhonderd florijnen.

Door deze deur liep Etzwane, zonder een ogenblik te aarzelen.

Het vertrek was leeg. Hij was de enige die een petitie van vijfhonderd florijnen wilde kopen. Achter de toonbank sprong een man overeind. "U wenst, heer?"

Etzwane haalde het geld tevoorschijn. "Een petitie."

"Uitstekend, heer. Een zaak van het grootste belang, natuurlijk."

"Daarvan ben ik overtuigd."

De man haalde een felrood document uit een lade, en gaf Etzwane ook een pen en een schotel zwarte inkt; terwijl Etzwane schreef telde hij het geld en tekende een reçu.

Toen hij de petitie geschreven had vouwde Etzwane het document in vieren en stopte het in de enveloppe die de man hem gaf. Daarna keek de man oplettend naar zijn halsband en schreef de kleurcode op.

"Uw naam alstublieft, heer."

"Gastel Etzwane."

"En in welk kanton geboren?"

"Bastern."

"Uitstekend, heer, dat is voldoende."

"Wanneer kan ik antwoord verwachten?"

De man spreidde zijn handen. "Hoe kan ik op die vraag antwoord geven? De Anome komt en gaat. Ik weet niet meer van zijn bezigheden dan u. U kunt uw antwoord binnen twee of drie dagen verwachten, vermoed ik. Het moet buiten aan de muur worden bevestigd; niemand mag zeggen dat de Anome aan bepaalde personen bijzondere gunsten verleent."

Etzwane ging iets minder opgewekt heen dan hij gekomen was. Hij had gedaan wat hij had willen doen. Nu moest hij wachten op het besluit van de Man zonder Gezicht. Hij liep een groene glazen trap op naar een tuin waar hij wat te eten en te drinken kon krijgen. De bloemen, planten, takken en bomen waren allemaal nagemaakt in blauw, groen, wit en scharlaken glas. Aan een tafeltje dat uitzag over het plein at hij een schotel fruit en harde kaas. Hij bestelde wijn en kreeg een roemer lichte koele Pelmonte, die zo hoog was dat hij tot zijn lippen reikte. Hij voelde zich dof, leeg. Zelfs wat absurd. Was hij te bombastisch geweest? Natuurlijk begreep de Man zonder Gezicht alle aspecten van het hele probleem, en de petitie zou opdringerig lijken, alsof hij door een knaap was geschreven die nergens van wist. Somber nipte Etzwane aan zijn wijn. Vijfhonderd florijnen weg. En voor wat? Om een gevoel van schuld weer goed te maken? Dat was het dus. Dit weggooien van vijfhonderd florijnen aan een zinloze petitie was de manier waarop hij zich strafte. Vijfhonderd zuurverdiende florijnen!

Etzwane kneep zijn lippen op elkaar. Hij wreef met de toppen van zijn vingers over zijn voorhoofd. Wat gebeurd was was gebeurd. In ieder geval zou het antwoord van de Man zonder Gezicht hem inlichten over maatregelen tegen de Roguskhoi die nu werden getroffen.

Etzwane dronk zijn glas leeg en liep terug naar Fontenay's Herberg. Hij trof de waard in de bierkelder, samen met een drietal vrienden. De man had uitvoerig van zijn eigen koopwaar geproefd, en het viel Etzwane moeilijk een redelijk gesprek met hem aan te knopen.

Beleefd vroeg hij: "Wie speelt hier 's avonds muziek?"

De waard bekeek Etzwane op zijn gemak, en deze kreeg spijt van zijn nieuwe kleren. In zijn oude kleding had hij er als een rondtrekkend musicus uitgezien.

"Op het ogenblik speelt er niemand," zei de waard kortaf.

"In dat geval zou ik graag ervoor in aanmerking komen."

"Zo zo. Wat kunt u?"

"Ik ben musicus en bespeel vaak de khitan."

"Een veelbelovende jonge druithine zeker."

"Ik bied mij niet als zodanig aan," antwoordde Etzwane.

"Een zanger dus, met drie akkoorden en evenveel namaakaccenten?"

"Ik ben musicus, geen zanger."

Een van de anderen zag uit welke hoek de wind woei, hield zijn roemer tegen het licht en keek naar wat erin zat. "Nieuwe wijn is dun, oude wijn is zwaar."

"Daar ben ik het helemaal mee eens," zei de waard. "Een nieuwe musicus weet te weinig, heeft te weinig gevoeld. Weten jullie het nog, van de grote Aladar Szantho? Die heeft veertien jaar in grote afzondering geleefd. Als we je aanleg of je talent even buiten beschouwing laten, hoe kun je dan hopen een gerijpt en ter zake kundig publiek bezig te houden?"

"Dat komt u alleen te weten als u me aanhoort."

"Je weigert je van je voornemen af te laten brengen? Goed dan, je mag spelen. Maar ik betaal je niets, alleen als je ervoor zorgt dat er klandizie komt, en ik betwijfel of je dat kunt."

"Ik verwacht ook niet betaald te worden," zei Etzwane. "Alleen eten en onderdak."

"Zelfs dat kan ik niet beloven voor ik je gehoord heb. Garwiy is niet een stad waar de mensen graag naar uitlandse muziek luisteren. Als je nu padden kon hypnotiseren of pikante rijmpjes opzeggen of liedjes kon zingen over dingen die gisteren gebeurd zijn of je ogen elk een andere kant op kon laten draaien, ja, dat zou wat anders zijn."

"Ik kan alleen maar muziek maken," zei Etzwane. "En hoeveel ik verdien, als ik al iets verdien, laat ik aan uw edelmoedigheid over. Is er een khitan aanwezig?"

"Er liggen er een paar in die kast daar."

Drie dagen gingen voorbij. Etzwane speelde in de gelagkamer, en zijn spel was goed genoeg om de klanten te vermaken en de herbergier tevreden te stellen. Hij haalde geen kunststukjes uit en maakte bescheiden gebruik van de rateldoos.

Laat op de derde avond kwam hij opeens in een bepaalde stemming, en hij sloeg de losse akkoorden aan waarmee de druithine een werk begint. Hij speelde een langzame, nadenkende melodie met een tegenmelodie in mineur. Muziek is gebaseerd op ervaring, dacht hij, en hij had genoeg dingen meegemaakt om muziek te kunnen spelen. Een aantal van die emoties waren nogal rauw geweest, en een aantal akkoorden werd aangeslagen met zijn knie te hard tegen de glansknop. Toen Etzwane het besefte ging hij abrupt over op zachte, rustige tonen. Hij merkte dat het publiek oplettend was gaan luisteren. Tot dan had hij bijna abstract gespeeld, nu werd hij zich opeens van hun aandacht bewust en begon zich verlegen te voelen. Hij ging over op een serie conventionele akkoorden en sloot de melodie af. Hij durfde zijn ogen bijna niet op te slaan. Zouden zijn toehoorders hetzelfde hebben gevoeld als hij? Of glimlachten ze toegeeflijk na het aanhoren van zijn onbezonnen spel? Hij legde het instrument neer en stond op.

En stond oog in oog met Frolitz, die hem met een vreemde, halve glimlach om de mond aankeek. "De jonge druithine met zijn prachtige spel! Die in Fontenay's Herberg zijn fantastische verrassingen ten tonele voert, terwijl zijn meester, de arme oude zieke Frolitz, in Brassei om zijn terugkeer bidt."

"Ik kan alles uitleggen," zei Etzwane.

"Ik hoop dat het goed gaat met je moeder?"

"Die is dood."

"Dood is een zuur woord," zei Frolitz. Hij krabde aan zijn neus, nam een slok wijn uit zijn kroes en keek over zijn schouder. "De rest van de troep is er. Zullen we spelen?"

De volgende ochtend ging Etzwane, weer in zijn nieuwe kleren, naar het Corporatieplein en liep naar de overkant, naar de Dienst voor Petities. Aan zijn linkerhand was op grijze kaarten het antwoord te lezen op de petities van vijf florijnen: beslissingen over kleine onenigheden, verzoeken tot schadevergoeding en klachten over plaatselijke verboden. In het midden gaven lichtgroene bladen perkament, aan het bord bevestigd door middel van klemmetjes van smaragdglas, uitsluitsel over petities van honderd florijnen. Helemaal rechts was op grote stukken vellum, omkaderd met dikke lijnen zwart en purper, het besluit te lezen dat de Anome had genomen over petities van vijfhonderd florijnen. Het waren er maar drie.

Etzwane kon zijn ongeduld nauwelijks bedwingen terwijl hij erheen liep; het laatste stuk rende hij bijna.

Zijn ogen gleden over de documenten met de purperzwarte kaders eromheen. Het eerste document luidde als volgt:

Heer Fiatz Ergold heeft de ANOME verzocht tussenbeide te komen bij het ongewoon harde vonnis dat in Kanton Amaze is geveld over zijn zoon, de Hooggeboren Arlet. Dit is het antwoord: de ANOME heeft verzocht om toezending van een afschrift van de notulen van de rechtszaak en zal het geval bestuderen. De straf voor de overtreding lijkt overdreven zwaar. Heer Fiatz Ergold dient echter te beseffen dat een daad die in het ene kanton slechts vulgair of niet-passend wordt gevonden, in een ander kanton de doodstraf tot gevolg kan hebben. De ANOME voelt mee met Heer Fiatz Ergold, maar mag niet ingaan tegen plaatselijke wetten. Als de omstandigheden daartoe aanleiding geven zal de ANOME om clementie verzoeken.

Het tweede document luidde:

Vrouwe Casueldo Adrio wordt meegedeeld dat niettegenstaande haar woede en bezorgdheid de straf die zij heeft gevraagd de man Andrei Simic op te leggen, geen werkelijke verbetering zal betekenen van de vigerende stand van zaken.

Het derde document luidde:

De ANOME raadt heer Gastel Etzwane en andere weledelgeboren personen die uiting hebben gegeven aan hun bezorgdheid over de Roguskhoibandieten in de Wilde Landen van de Hwan, aan om kalm te blijven. Deze weerzinwekkende wezens zullen zich nooit ver van hun wildernis durven wagen. Het is niet waarschijnlijk dat hun plundertochten overlast zullen opleveren voor diegenen die er zorg voor dragen niet roekeloos zichzelf en hun bezittingen bloot te stellen aan de monsters.

Etzwane boog zich voorover om het document nog een keer te kunnen lezen. Zijn mond was opengevallen van verbazing. Zijn hand gleed naar zijn halsband, het onbewuste gebaar van de mensen van Shant, wanneer ze nadachten over iets dat met de Man zonder Gezicht te maken had. Er stond hetzelfde als de eerste keer. Etzwane stak bevend zijn hand uit om het document van het bord af te scheuren. Hij hield zichzelf tegen. Laat maar hangen. Beter nog…

Hij haalde een pen uit zijn zak en schreef op het perkament:

De Roguskhoi zijn moorddadige beesten! De Man zonder Gezicht zegt dat we geen aandacht moeten schenken aan hun plundertochten en de mensen die ze vermoorden.

De Roguskhoi verbreiden zich als sprinkhanen over ons land. De Man zonder Gezicht zegt dat we ze uit de weg moeten gaan.

Viana Paizifume zou een ander antwoord hebben gegeven.

Etzwane deed een stap achteruit, opeens bijna bang. Wat hij gedaan had, grensde aan rebellie, en de Man zonder Gezicht had daar weinig mee op. Weer werd hij door woede overmand. Rebellie, ongeduld, insubordinatie. Hoe kon het ook anders? Iedereen moest toch wel in woede ontsteken over een politiek die zo achteloos aan belangrijke dingen voorbijging en niet reageerde op wat er in het volk leefde! Beklemd en uitdagend keek hij het plein rond. Niemand van de mensen in de buurt lette op hem. Hij merkte een man op die langzaam over het plein wandelde, zijn hoofd gebogen, alsof hij diep nadacht. Ifness, geen twijfel mogelijk. Hij scheen Etzwane niet te hebben opgemerkt, al was hij maar tien meter van hem vandaan langs het bord gelopen. Etzwane gaf gehoor aan een plotselinge opwelling en rende achter hem aan.

Ifness keek om, zonder blijk te geven van verbazing. Etzwane vond hem er nog onverstoorbaarder uitzien dan anders. Ietwat bars zei hij: "Ik zag u langslopen en wilde u even begroeten."

"Dank u," zei Ifness. "Hoe staan uw zaken?"

"Redelijk. Ik ben terug bij Meester Frolitz, we spelen in Fontenay's Herberg. U zou eens langs moeten komen om ons te horen spelen."

"Een aardig idee, maar ik ben bang dat ik elders bezigheden heb.

U schijnt uw stijl te hebben veranderd." Ifness' blik viel op Etzwane's kleding.

Etzwane fronste zijn voorhoofd. "Die kleren zijn niets. Weggegooid geld."

"En uw petitie aan de Man zonder Gezicht? Hebt u daar al antwoord op gehad?"

Etzwane staarde hem strak aan, en vroeg zich af of Ifness ook stiekem deed als het anders kon: de ander moest hem toch gezien hebben bij het bord. Langzaam zei hij: "Ik heb een petitie gekocht ter waarde van vijfhonderd florijnen. Het antwoord is aan het bord bevestigd, daar achter u."

Hij ging Ifness voor naar de plek waar het stuk vellum hing. Ifness las het antwoord van de Anome zorgvuldig, zijn hoofd wat naar voren. Toen, opeens scherp: "Wie heeft die opmerkingen onderaan het perkament bijgeschreven?"

"Ik."

"*Wat?*" Ifness' stem beefde van opwinding. Etzwane had hem nog nooit zo aangedaan gezien. "Beseft u dat in het gebouw hiertegenover een telescoop op het bord is gericht? U krabbelt uw domme en irrelevante commentaar op dit stuk vellum en komt dan trots op me toestappen om ook mij erbij te betrekken. Beseft wel dat u op het punt staat uw hoofd kwijt te raken? Nu zijn we allebei in gevaar."

Etzwane deed zijn mond open om een woedend antwoord te geven, maar een gebaar van Ifness weerhield hem daarvan. "Doe gewoon, doe niet alsof, maar zoals u anders ook zou doen. Begeef u naar de Granaatappelpoort en loop langzaam verder. Ik moet een aantal zaken wijzigen."

Zijn hoofd duizelend door wat hij had gehoord liep Etzwane het plein over, zijn tred zo natuurlijk als hij kon opbrengen. Hij keek naar het gebouw van de Esthetische Corporatie waar, volgens Ifness dan, iemand achter een telescoop zat die gericht was op het bord. De lens zou best eens die buitengewoon heldere glazen bol kunnen zijn, daar, recht tegenover het bord. Het was nauwelijks aannemelijk dat de Man zonder Gezicht zelf met zijn oog tegen de lens gedrukt zat. Dat liet hij ongetwijfeld aan een ondergeschikte over. Met de telescoop zou hij moeiteloos de kleuren van Etzwane's halsband kunnen zien, en toen hij verder liep zou de nieuwsgierigheid van de man aan het apparaat er wel voor gezorgd hebben dat hij hem bleef volgen. In dat geval zou hij ook het gesprek met Ifness hebben gezien.

Als tenminste alles waar was wat Ifness had gezegd. In ieder geval, dacht Etzwane, had hij ervoor gezorgd dat Ifness zijn hooghartige kalmte kwijt was.

Hij liep de Granaatappelpoort door, zo genoemd naar de grote trossen donkerrode vruchten, en de Serven Airoweg op.

Daar haalde Ifness hem in. "Het is mogelijk dat wat u deed niet is gezien," zei hij. "Maar zelfs een risico van een op tien wil ik nog niet nemen."

Nog steeds nors zei Etzwane: "Ik begrijp niets van wat u doet."

Maar zou u dan liever uw hoofd kwijtraken?" zei Ifness met zijn meest zijige stem.

Etzwane antwoordde met een vaag gebrom.

"Zo liggen de feiten," zei Ifness. "De Man zonder Gezicht hoort binnenkort wat u gedaan hebt. Misschien neemt hij u uw hoofd wel af, dat heeft hij al gedaan bij drie mensen die te sterk hebben aangedrongen op maatregelen in deze zaak. Ik ben van plan dit te verhinderen. Vervolgens heb ik het voornemen achter de identiteit van de Man zonder Gezicht te komen, en er bij hem op aan te dringen zijn beleid te wijzigen."

Etzwane keek hem vol ontzag aan. "Bent u hiertoe in staat?"

"Dat ben ik van plan. Misschien kunt u me helpen."

"Waarom hebt u deze plannen bedacht? Ze zijn waarlijk verbazingwekkend!"

"Waarom hebt u een petitie van vijfhonderd florijnen ingediend?"

"U kent mijn motieven," zei Etzwane stijf.

"Precies," zei Ifness. "En dat maakt dat ik reden heb om erop te vertrouwen dat u mee zult werken. Iets sneller lopen. We worden niet gevolgd. Sla rechtsaf bij de Oude Rotonde."

Ze liepen de stad van glas uit, en vervolgden hun weg naar het noorden, de Laan van de Thasarene Directeuren af, tot ze bij een weggetje kwamen met links en rechts hoge blauwgroene heggen. Dat liepen ze af, en ten slotte zag Etzwane een huisje van lichtblauwe leisteen. Ifness deed de deur van het slot, duwde Etzwane naar binnen. "Doe snel uw jasje uit."

Half-onwillig deed Etzwane wat hem gevraagd was. Ifness wees naar een divan. "Ga daarop liggen, op uw buik."

Opnieuw gehoorzaamde Etzwane. Ifness rolde een tafel naar hem toe waar een aantal tangetjes en ander gereedschap op lag. Etzwane kwam overeind om ze te bekijken, maar Ifness gelastte hem kortaf om weer te gaan liggen. "En beweeg nu niet, als uw leven u lief is."

Ifness knipte een felle lamp aan en klemde Etzwane's halsband in een kleine greep. Hij liet een metalen strook tussen de band en Etzwane's nek glijden, en verbond die strook met een U-vormig apparaat. Hij drukte op een knop en het apparaat begon zacht te zoemen. Etzwane voelde een vage trilling. "De elektronen zijn nu bevroren," zei Ifness. "Uw halsband kan zonder gevaar open."

Met een snel ronddraaiend vlijmscherp wieltje sneed hij door het flexiet van de halsband heen, legde het apparaat terug op tafel, brak de halsband in de lengterichting open en haalde er met een lange tang een reep zacht zwart materiaal uit. "Het dexax is verwijderd." Met een staafje met een gebogen punt aan het eind peuterde hij aan het slot dat de halsband bijeenhield, en even later viel de halsband op het kussen naast Etzwane's hoofd.

"Uw leven is niet langer in de hand van de Man zonder Gezicht," zei Ifness.

Etzwane wreef over zijn nek. Hij voelde zich onzeker, naakt. Hij stond op en keek langzaam eerst naar de halsband en toen naar Ifness. "Hoe hebt u dit leren doen?"

"U weet nog wel dat ik een aantal halsbanden heb meegenomen toen we op de Weide van Gargamet waren. Ik heb die met de grootste zorg bestudeerd." Hij wees naar het binnenwerk van Etzwane's halsband. "Dit zijn de gecodeerde receptoren, dit is het mechanisme voor het dexax. Als de Man zonder Gezicht een sein zendt, beweegt deze draad hier en het dexax ontploft. En weg is je hoofd. Dit is het echomechaniek, dat de Man zonder Gezicht in staat stelt te ontdekken waar je bent. Op het ogenblik werkt het niet. Ik geloof dat die uitsteeksels daar energie-accumulatoren zijn."

Hij stond zo lang met gefronst voorhoofd naar het ding te kijken dat Etzwane onrustig werd en zijn tuniek weer aantrok.

Uiteindelijk zei Ifness: "Als ik de Man zonder Gezicht was, zou ik het bestaan vermoeden van een complot, waarvan Gastel Etzwane niet het belangrijkste lid was. Ik zou niet onmiddellijk Etzwane's hoofd afnemen, maar het echocircuit gebruiken om uit te zoeken waar hij is, en een onderzoek instellen naar zijn activiteiten."

"Dat klinkt redelijk," zei Etzwane na enige aarzeling.

"Daar zullen we dan maar van uitgaan," zei Ifness. "Ik zal een seincircuit aan uw halsband bevestigen, en als de Man zonder Gezicht probeert te ontdekken waar u bent zal het ons waarschuwen." Hij ging aan het werk. "Als hij zelf geen sein ontvangt, zal hij wel moeten geloven dat u het district verlaten hebt, en wij hebben ondertussen vastgesteld dat hij belangstelling heeft voor de persoon Gastel Etzwane. Ik wil hem bovenal niet alarmeren of hem voorzichtig maken."

Etzwane stelde de vraag die hem al geruime tijd voor op de tong gelegen had. "Wat wilt u nu eigenlijk?"

"Dat weet ik nog maar half," mompelde Ifness. "Mijn verbazing is nog veel groter dan de uwe."

Plotseling besefte Etzwane de waarheid. "U bent een Palasedraan! U observeert het werk van de Roguskhoi!"

"Nee." Ifness zette zich neer op een sofa en keek Etzwane aan met een blik waarin alleen kalmte lag. "Net als u verbaas ik mij over de Roguskhoi en over de zorgeloosheid van de Anome. Net als u heb ik mij gedwongen gezien handelend op te treden. En wat ik gedaan heb, is niet minder onwettig dan wat u hebt gedaan."

"Wat bent u nu van plan?" vroeg Etzwane behoedzaam.

"Allereerst moet ik de Man zonder Gezicht identificeren," zei Ifness. "Daarna zal ik mij laten leiden door de loop der gebeurtenissen."

"U ontkent een Palasedraan te zijn," zei Etzwane. "Aan die mogelijkheid doen uw opmerkingen niets af."

"Was mijn gedrag in de Murkvallei het gedrag van een Palasedraan?"

Etzwane dacht na over wat Ifness toen gedaan had. Op geen enkele wijze waren bij die gebeurtenis de belangen van Palasedra gediend, voor zover hij dat kon beoordelen tenminste. En het gereedschap op de tafel: prachtige dingen! Van glanzend metaal, van materialen waar hij de naam niet van kende. Maar niet Palasedraans. "Als u geen Palasedraan bent, wat bent u dan? U komt zeker niet uit Shant."

Ifness leunde achterover op zijn bank met een buitengewoon

verveelde uitdrukking op zijn gezicht. "Met een lomp soort hardnekkig-heid blijft u vragen om antwoorden die ik duidelijk niet wens te geven. Omdat uw medewerking nu nuttig gaat worden zie ik mij gedwongen een aantal zaken te onthullen. U hebt geconcludeerd dat ik niet uit Shant afkomstig ben. Dat is juist. Ik ben afkomstig van de Aarde, en een staflid van het Historisch Instituut. Weet u nu veel meer?"

Etzwane keek hem met een felle blik in zijn ogen aan. "De Aarde bestaat dus echt?"

"Zeker wel."

"Waarom bent u hier in Shant?"

Ifness antwoordde geduldig: "De mensen die negenduizend jaar geleden op Durdane zijn geland waren excentriek en bijzonder gesloten. Ze maakten zich hun terugkeer onmogelijk door hun ruimteschepen in de Purperen Oceaan te laten zinken. Op Aarde is Durdane al lang ver-geten, alleen op het Historisch Instituut niet. Ik ben de laatste van een hele serie stafleden die hun leven op Durdane hebben doorgebracht, en misschien wel de eerste die de Eerste Wet van het Instituut heeft genegeerd: stafleden mogen zich nooit mengen in de aangelegenheden van de wereld die zij bestuderen. Wij zijn een groep mensen die fei-ten verzamelen, en daar beperken we ons toe. Mijn gedrag voor wat de Man zonder Gezicht aangaat is absoluut illegaal; gemeten naar de maatstaven van het Instituut ben ik een misdadiger."

"Maar waarom hebt u dan ingegrepen?" vroeg Etzwane. "Vanwege de strooptochten van de Roguskhoi?"

"Mijn motieven gaan u niet aan. Uw belangen lopen parallel met de mijne, zolang het duurt. Ik ben niet van zins nog meer te zeggen."

Etzwane streek met zijn hand door zijn haar en ging op de sofa zitten waar hij een paar minuten geleden op gelegen had, tegenover de sofa waar Ifness op zat. "Dit zijn zeer verrassende mededelingen." Hij keek Ifness scherp aan. "Zijn er nog meer bewoners van de Aarde op Durdane?"

"Nee," antwoordde Ifness. "Het Historisch Instituut heeft daar niet genoeg mensen voor."

"Hoe reist u van hier naar de Aarde en terug?"

"Dat zijn wederom zaken die ik liever voor mij wil houden."

Voor Etzwane daar geïrriteerd een antwoord op kon geven maakte de halsband een hoog zoemend geluid. Ifness sprong overeind en stond met één grote stap naast de tafel. Het gezoem hield op, en de stilte die erop volgde leek zwaar en dreigend in de kamer te hangen. Ergens, dacht Etzwane, keek de Man zonder Gezicht met een frons op zijn voorhoofd op van zijn instrumenten.

"Uitstekend!" zei Ifness opgewekt. "De Man zonder Gezicht is in u geïnteresseerd. Nu zullen we hem ertoe brengen zijn identiteit te openbaren."

"Dat klinkt allemaal heel mooi," zei Etzwane. "Maar hoe wilt u dat doen?"

"Door tactisch te handelen; daar zullen we het binnenkort nog over hebben. Op dit ogenblik wil ik teruggaan naar waarheen ik op weg was toen uw aanwezigheid op het Plein mijn plannen doorkruiste: ik was op weg naar een restaurant om de maaltijd te gebruiken."

Getweeën liepen ze terug naar het Corporatieplein. Daar aangekomen bleven ze in de arcade die het plein omsloot, buiten het gezichtsveld van de man achter de telescoop. Etzwane keek naar het bord met de petities. Het document met het purper-zwarte kader was niet meer te zien. Hij zei dit tegen Ifness.

"Weer een bewijs van hoe gevoelig de Anome op dit punt is," zei Ifness afwezig. "Ons werk zal er des te gemakkelijker door worden."

"Hoe bedoelt u?" vroeg Etzwane, meer dan ooit geïrriteerd door Ifness' neerbuigendheid.

Ifness' wenkbrauwen gingen omhoog, hij keek Etzwane half aan en zei geduldig: "We moeten de Man zonder Gezicht zover zien te krijgen dat hij zijn identiteit prijsgeeft. De jager kan de kwartel pas zien als die zich roert. Zo is het ook met de Man zonder Gezicht. We moeten een toestand scheppen die hijzelf, in eigen persoon, in ogenschouw wil komen nemen in plaats van zich op zijn Genadebrengers te verlaten. En het feit dat hij zo overgevoelig blijkt op dit punt, maakt het waarschijnlijker dat hij dat zal doen."

Etzwane gromde spottend. "Zo zo. En wat voor toestand gaan we dan wel scheppen?"

"Daar moeten we nog nader over spreken. Maar laten we eerst eten."

Ze gingen aan een tafeltje in de loggia van het Oud-Pagane Restaurant zitten en hun bestellingen werden voor hen neergezet. Ifness keek niet op een florijn. Etzwane wist niet zeker of hij na de maaltijd zelf zijn vertering zou moeten betalen en at wat minder luxueus. Na het eten legde Ifness echter geld voor beide maaltijden op tafel, leunde achterover in zijn stoel en nam een teugje van zijn dessertwijn. "En nu ter zake. De Anome gaf een beleefd antwoord op uw vijfhonderd florijnen en gaf eigenlijk pas blijk van belangstelling toen u te kennen gaf niet tevreden te zijn met zijn antwoord. Dit bepaalt een van de omstandigheden waarmee wij rekening hebben te houden."

Etzwane vroeg zich af waar Ifness heen wilde.

Peinzend zei deze: "We moeten binnen de grenzen van de wetten van Garwiy blijven om de Esthetische Corporatie geen aanleiding te geven tegen ons op te treden. Misschien kunnen we wel aankondigen dat we een instructieve voordracht over de Roguskhoi gaan houden, en beloven verbazingwekkende onthullingen te doen. De Man zonder Gezicht heeft blijk gegeven van zijn belangstelling voor dit onderwerp, en het is heel waarschijnlijk dat hij geïnteresseerd genoeg zal zijn om de voordracht persoonlijk bij te wonen."

Etzwane gaf toe dat dat heel goed mogelijk was. "Maar wie gaat de bewuste voordracht houden?"

"Daar moeten we heel zorgvuldig over nadenken," zei Ifness. "Laten we teruggaan naar het huisje. Ik moet weer aan het werk om uw halsband zó te veranderen dat hij ons niet slechts waarschuwt tegen de Anome, maar het ons mogelijk maakt om krachtig op te treden."

Toen ze terug waren in het huisje werkte Ifness twee uur lang aan het veranderen van Etzwane's halsband. Ten slotte was hij dan toch klaar. Een tweetal onopvallende draadjes liep nu naar een spoel met vijftig wikkelingen, die was bevestigd op een stijf stuk fiberkarton. "Dit is een richtantenne," zei Ifness. "Draag dit onder uw hemd. Een zoemer in de halsband waarschuwt u wanneer er een poging wordt gedaan om te ontdekken waar u bent, of om uw hoofd af te nemen. Door u om te draaien versterkt of verzwakt u het geluid van de zoemer. Op deze wijze valt te bepalen uit welke richting het sein komt. Sta mij nu toe de band weer om uw nek te bevestigen."

Etzwane liet hem zonder al te veel geestdrift begaan. "Het lijkt er veel op dat ik word gebruikt als lokaas," mopperde hij.

Ifness permitteerde zich een kil glimlachje. "Zoiets, ja. Luister nu aandachtig. De trilling die het dexax zou moeten laten ontploffen voelt u achterin uw nek. De locatiepuls zal voelbaar zijn aan de rechterkant van uw nek. Welk van de twee u ook voelt, draai net zolang tot de trilling het sterkst is. De persoon die ze veroorzaakt, staat dan recht voor u."

Etzwane knikte grimmig. "En u?"

"Ik heb eenzelfde apparaat bij me. Als we geluk hebben zouden we een kruispeiling moeten kunnen doen op de persoon die we moeten hebben."

"En als we geen geluk hebben?"

"Om heel eerlijk te zijn verwacht ik dat dit het geval zal zijn. Om zo vlot in onze opzet te slagen, daarop kunnen we niet hopen. Misschien schrikt onze kwartel wel op, maar ook andere kwartels kunnen zich roeren en ons zo van de wijs brengen. Maar ik zal ervoor zorgen dat ik mijn camera bij me heb, zodat we in ieder geval kunnen beschikken over nauwkeurige beelden van wat er gebeurt."

HOOFDSTUK X

In heel Garwiy verschenen op de borden die in de stad waren neergezet voor het aanplakken van openbare mededelingen grote plakkaten in bruin en zwart op wit papier met een geel kader, kleuren die wezen op onheilspellende, hoogst gewichtige zaken, met een ondertoon van sensatie en het macabere.

De ROGUSKHOI ONTMASKERD!

Wie zijn deze afschuwwekkende wilden die ons land vernielen,
onze vrouwen verkrachten, onze bezittingen brandschatten?
Waar komen ze vandaan? Wat zijn ze van plan?

EEN ANONIEME AVONTURIER IS JUIST TERUGGEKEERD UIT DE HWAN. HIJ ZAL VERBAZINGWEKKENDE FEITEN EN NOG VERBAZINGWEKKENDER VERMOEDENS OPENBAREN. WIE HEEFT MEDE SCHULD AAN DEZE ZWEER IN DE ZIJDE VAN SHANT? U ZULT EEN BESCHULDIGING HOREN DIE U DIEP ZAL SCHOKKEN!

KYALISDAG, NAMIDDAG
in het Publiekspaviljoen
Pandamonpark

Op honderd borden werden de plakkaten opgehangen, en zelfs de inwoners van Garwiy besteedden er aandacht aan, lazen de plakkaten twee, drie keer. Ifness was daar heel tevreden over. "De Man zonder

Gezicht zal dit niet negeren. En toch geven we noch hem noch de Corporatie enige reden tot ingrijpen."

Zuur zei Etzwane: "Het zou me liever zijn als u de 'anonieme avonturier' was."

Ifness lachte. Hij scheen geen zorg in de wereld te hebben. "Wat nu? Voelt de talentrijke Gastel Etzwane zich slecht op zijn gemak voor een schare toehoorders? Wat gebeurt er wanneer u op een van uw instrumenten speelt?"

"Dat is iets anders."

"Misschien hebt u gelijk. Maar als de 'anonieme avonturier' kan ik geen gebruik maken van mijn camera. Hebt u de stof uit uw hoofd geleerd?"

"Voor zover dat nodig is," bromde Etzwane. "Om heel eerlijk te zijn heb ik er niets mee op om als lokaas voor uw plannetjes te dienen. Ik voel er weinig voor om door de Discriminatoren* in mijn kraag te worden gepakt en naar Steenbrekerseiland te worden gesleept, terwijl u uw maal doet met makreel en ember-eieren in de Oud-Pagane."

"Onwaarschijnlijk," zei Ifness. "Niet onmogelijk, maar wel onwaarschijnlijk."

Etzwane bromde alleen maar. Als 'anonieme avonturier' droeg hij een zware cape van zwart bont, vierkant gesneden en ruim in de schouders, verder een zandkleurige broek en zwarte laarzen: de kleding van een bergbewoner uit Kanton Shkoriy. Het medaillon van zijn halsband was te zien bij de sluiting van de cape, en 'avonturier' was niet strijdig met 'musicus'. Gastel Etzwane, slank, gespannen, zijn gezicht intelligent en scherpgetekend, sloeg een uitstekend figuur in de Shkoriykleding; zonder dat hij het merkte, beïnvloedde dat zijn manier van lopen, zijn gedrag, zijn manier van denken. Hij was eigenlijk in de huid gekropen van de 'anonieme avonturier'. Ifness droeg het soort kleren dat hij gewoonlijk aanhad: een donkergrijze broek, een los wit hemd en een zacht grijs jasje. Als hij al iets voelde, liet hij er niets van blijken. Etzwane vond het maar moeilijk om zijn nervositeit in bedwang te houden.

"Nog een half uur voor de bel voor de namiddag," zei Ifness, toen ze in het Pandamonpark aangekomen waren. "Er is een behoorlijk aantal

---

* *Avistioi*: letterlijk 'aardige discriminatoren': de politie van de Esthetische Corporatie.

JACK VANCE

mensen op de been, maar dat zullen wel wandelaars zijn die niets met
ons van doen hebben. Niemand in Garwiy is ergens lang van tevoren.
De mensen die naar het schandaal willen luisteren zijn één minuut
voor de bel hier."

"En wat doen we als er helemaal niemand komt?" vroeg Etzwane,
somber hoopvol.

"O, een paar mensen komen er altijd wel," zei Ifness. "En de Man
zonder Gezicht zal er ongetwijfeld bij zijn. Hij zal wel niet reikhalzend
naar u uitzien. Misschien zet hij wel een Discriminator voor het
Paviljoen neer om te proberen uw voordracht te verhinderen. Maar ik
vermoed dat hij wel naar u zal luisteren, en dan zal handelen naar de
omstandigheden hem ingeven. We moeten hem zover zien te krijgen
dat hij op de knop drukt die het dexax moet laten ontploffen."

"En wanneer mijn hoofd op mijn lichaam blijft zitten?"

"De circuits van de halsbanden zullen af en toe weleens weigeren.
Hij zal geloven dat dat het geval is en andere impulsen proberen. Denk
aan het sein dat ik met u heb afgesproken."

"Ja ja," mompelde Etzwane. "Ik hoop maar dat hij me niet met een
pistool doodschiet."

"Dat risico moeten we maar nemen…Nog twintig minuten voor de
bel. Laat ons daarginds in de schaduw gaan staan en repeteren wat u
straks gaat zeggen."

De namiddagbel werd geluid. De 'anonieme avonturier' stapte het
struikgewas uit. Hij blikte niet links of rechts, maar liep een tikje zwierig naar het podium. Hij ging naar de achterkant, beklom de witglazen
treden en liep op het spreekgestoelte af. Toen bleef hij abrupt staan om
het helrood omkaderde bericht te lezen dat bovenop het groenglazen
bovenblad lag.

Het bericht was de reactie van de Man zonder Gezicht, en het luidde
als volgt:

Uw aankondiging heeft de belangstelling van de ANOME
zelf gewekt. Hij verzoekt u discreet te willen zijn, zodat
u niet een aantal bijzonder delicate onderzoeken in de
war stuurt. De mening van de ANOME luidt als volgt:

de Roguskhoi zijn een bron van overlast, een stam van te slechter naam en faam bekend staande lieden, die al in verval is. Een juist geïnformeerd spreker zal de nadruk leggen op de minder belangrijke en tijdelijke aspecten van deze zaak. Misschien wil hij in plaats hiervan zelfs wel spreken over een onderwerp dat een groter aantal mensen raakt.

Etzwane legde het papier terug op de lessenaar. Hij keek oplettend naar de mensen die zich om het podium hadden verzameld. Honderd mensen keken terug; en nog eens honderd zaten op banken om de staande toeschouwers heen. Links van hem stond Ifness. Hij had de kap van de mantel van een koopman over zijn zachte witte haar getrokken, en leek door een onnaspeurbare verandering in zijn houding nu één met de rest van het publiek. Stond de Man zonder Gezicht ergens tussen de mensen tegenover hem? Etzwane nam de gezichten een voor een op. Daar: die man met de holle wangen, sluik zwart haar en brandende ogen. Of die kleine man daar, met dat hoge ronde voorhoofd en de fijngevormde mond. Of die knappe Estheet in de groene mantel, met een keurige zwarte streepbaard langs zijn kaak. Of die strenge man in de pruimkleurige habijt van de Eclectische Godheid. Of anderen, of weer anderen.

Etzwane verdeed nog een paar ogenblikken, staalde zich om onbeweeglijk te blijven staan. Zijn gehoor was nu samengedrongen voor het podium. Etzwane boog zich wat voorover en begon te spreken, en door het felrood omkaderde bericht werden zijn woorden anders dan wat hij eerst had willen zeggen.

"In mijn plakkaten heb ik verbazingwekkende dingen beloofd. Die belofte zal ik gestand doen, en wel nu meteen." Hij liet hun het bericht zien. "De roemrijke Anome zelf heeft blijk gegeven van zijn belangstelling voor wat ik te zeggen heb. Luister naar wat hij mij aanraadt!" Met zachte, plechtige stem las Etzwane het bericht voor. Toen hij opkeek zag hij dat hij de belangstelling van zijn gehoor gewekt had, ze keken verbaasd naar hem op. Hij zag dat Ifness zorgvuldig de menigte bestudeerde. Hij had een onopvallende camera bij zich, waarmee hij een groot aantal foto's maakte.

Etzwane keek fronsend naar het document. "Het verheugt me dat de Anome belangrijk vindt wat ik te zeggen heb, vooral daar de andere mensen van wie hij inlichtingen heeft ingewonnen hem hebben misleid. 'Een minder belangrijke en tijdelijke' overlast? De Anome zou de man die hem zo bedrogen heeft het hoofd moeten afnemen. De Roguskhoi zijn een bedreiging voor iedereen die nu naar mij luistert. Het is geen stam van 'te slechter naam en faam bekend staande lieden', zoals de Anome in zijn onschuld gelooft. De Roguskhoi zijn meedogenloze, goed bewapende krijgers, en het zijn ook seksuele maniakken. Weet u wat ze gewoon zijn te doen? Ze copuleren niet op een normale manier, maar bevruchten een vrouw met twaalf welpen, die worden geboren terwijl ze slaapt, en die vrouw kan daarna nooit meer een menselijk kind dragen, maar wel nog eens twaalf welpen. Elke vrouw die op dit ogenblik binnen de muren van Garwiy woont, zou binnen niet al te lange tijd de moeder kunnen worden van twee nesten Roguskhoijongen.

"De Wilde Landen van de Hwan zijn vergeven van de Roguskhoi. In de kantons die om de Hwan heenliggen, heeft vrijwel overal het idee ingang gevonden dat de Roguskhoi door de Palasedranen naar Shant zijn gestuurd.

"Een vreemde situatie, nietwaar? Te goeder naam en faam bekendstaande lieden hebben de Anome gesmeekt deze verschrikkelijke wezens te vernietigen. En dat weigert hij, hij neemt hen zelfs het hoofd af. Waarom? Stel die vraag eens aan uzelf. Waarom doet de Man zonder Gezicht, onze beschermer, zo geringschattend over dit grote gevaar?"

Trillingen gonsden achterin Etzwane's nek: het explosieve circuit. De Man zonder Gezicht was boos. Snel draaide Etzwane zich om om de trilling zo sterk mogelijk te laten worden, maar die hield op voor hij erachter kon komen waar ze vandaan kwam. Hij balde zijn linkerhand: het sein voor Ifness.

Ifness knikte en keek met nog intensere belangstelling naar de menigte dan tevoren.

Etzwane ging verder: "Waarom veronachtzaamt de Man zonder Gezicht een zo grote dreiging? Waarom schrijft hij een boodschap waarin hij tot 'discretie' maant? Vrienden, ik stel een vraag, ik beantwoord hem niet. Is de Man zonder Gezicht..."

Weer voelde hij de trillingen. Etzwane draaide zich meteen om, maar wist opnieuw niet te bepalen waar het signaal vandaan kwam. Hij keek de man met de koude ogen in zijn groene mantel strak aan, en de man keek terug, met op zijn gezicht een uitdrukking van ernstige belangstelling.

De richtantenne was een mislukking, althans voor wat de signalen betrof die het dexax moesten laten ontploffen. Het had geen enkele zin om de Man zonder Gezicht zover te provoceren dat hij minder subtiele middelen zou gaan gebruiken. Etzwane wijzigde de teneur van zijn betoog. "De vraag die ik stellen wil is de volgende: is de Man zonder Gezicht oud geworden? Is hij zijn vuur kwijtgeraakt? Zou hij zijn verantwoordelijkheden niet beter kunnen overdragen aan een man met meer energie en besluitvaardigheid?"

Etzwane keek de groep rond om te zien wie er op die vraag reageerde. Maar hierin werd hij teleurgesteld: de mensen om hem heen keken ook om zich heen, meer geïnteresseerd in de anderen dan in zichzelf. (Ze wisten wat ze er zelf van dachten; wat was de mening van de anderen?)

Toen hij weer het woord nam klonk zijn stem gemaakt nederig. Hij liet zijn publiek opnieuw het helrood omrande stuk papier zien. "Uit eerbied jegens de Anome zal ik afzien van het onthullen van nog meer geheimen. Ik kan nog wel zeggen dat ik niet alleen sta in mijn bezorgdheid. Ik spreek namens een groep mensen wie de veiligheid van Shant ter harte gaat. Ik ga nu heen om hun rapport uit te brengen. Over een week zal ik een tweede toespraak houden, waarbij ik anderen hoop te overreden zich bij deze groep te voegen."

Etzwane sprong van het podium af en ging er met gezwinde pas vandoor om loze vragen te vermijden. Onder het lopen raakte hij de schakelaar in zijn halsband aan die het echocircuit in werking stelde. Van achter een grote struik keek hij achterom. De Estheet in de groene mantel wandelde zonder al te veel haast achter hem aan. Ifness, al even ontspannen, wandelde weer achter de Estheet aan. Etzwane draaide zich om en liep haastig verder. Hij voelde iets trillen aan de rechterkant van zijn nek: iemand had een zoekstraal gebruikt.

Etzwane ging zonder omwegen naar het huisje van blauwe leisteen ten noorden van Garwiy.

Toen hij over de Elemyra-avenue liep, ten oosten van het Corporatieplein, zoemde zijn halsband weer, nog een keer toen hij de Laan van de Thasarene Directeuren insloeg, en weer toen hij de smalle weg met links en rechts heggen inliep. Toen hij in het huisje was, ontdeed Etzwane zich van zijn onhandige zwarte mantel, maakte de halsband los en legde hem op de tafel. Hij ging de achterdeur uit en begaf zich naar een plek vanwaar hij de weg kon overzien.

Een half uur ging voorbij. Een man in een donkergroene mantel, de kap over zijn hoofd geslagen, kwam de weg aflopen. Zijn ogen gleden voortdurend oplettend naar links en rechts, en af en toe keek hij op iets dat hij in zijn hand hield. Bij het gat in de heg hield hij stil, ongetwijfeld omdat het instrument in zijn hand reageerde op de halsband die Etzwane in het huisje had laten liggen.

Als een dief zo steels tuurde de man het weggetje af, keek over zijn schouder, loerde toen naar het huisje. Hij deed snel een stap naar voren door het gat en verschool zich achter een linde. Aan de andere kant van dezelfde boom stond Etzwane, en hij sprong op de man af. Deze bleek geweldig sterk te zijn. Etzwane klemde zich met twee benen en een arm aan hem vast en sloeg met zijn andere arm de naaldzak die Ifness hem had gegeven tegen de zijkant van de hals van zijn tegenstander.

Bijna op hetzelfde ogenblik werd het geworstel van de man minder heftig, en vlak daarop viel hij op zijn handen en knieën.

Ifness liep het weggetje in en getweeën droegen ze het slappe lichaam het huisje in. Ifness ging meteen aan het werk en verwijderde de halsband van hun gevangene. Etzwane zette het echocircuit van zijn eigen band af.

Ifness slaakte een kreet van misnoegen toen hij een strook zwarte dexax tevoorschijn haalde.

De man was inmiddels weer bij bewustzijn gekomen, en ontdekte dat zijn armen en polsen geboeid waren. "Dus u bent niet de Man zonder Gezicht," zei Ifness.

"Dat heb ik ook nooit beweerd," zei de man koel.

"Wie bent u dan wel?"

"Ik ben de Estheet Garstang, een van de Directeuren van de Corporatie."

"Het lijkt er veel op dat u de Man zonder Gezicht dient."

"Doen wij dat niet allemaal?"

"U doet meer dan de rest, dat blijkt uit uw gedrag en uit dit controlekastje." Ifness pakte het voorwerp op dat hij uit Garstangs mantel had gehaald: een metalen voorwerp, acht centimeter breed, drie centimeter diep en tien centimeter lang. Bovenop het kastje zat een aantal knoppen, allemaal van verschillende kleur. In de tien vakjes van het controlevenster onder de knoppen waren de kleuren van Etzwane's halsband te zien.

Links onder het venster zat een gele knop, het geel van de dood. Aan de andere kant zat een rode knop, het rood van de onzichtbaarheid; in dit geval het rood van de onzichtbare persoon naar wie men op zoek was.

Ifness legde het kastje terug op tafel. "Hoe verklaart u dit?"

"Het voorwerp verklaart zichzelf."

"De gele knop?" zei Ifness met opgetrokken wenkbrauwen.

"Vernietiging."

"En de rode knop?"

"Zoeken."

"En uw precieze positie?"

"Ik ben wat u al weet dat ik ben," zei de man. "Een Genadebrenger van de Man zonder Gezicht."

"Wanneer wordt uw rapport verwacht?"

"Over een uur ongeveer." Garstangs antwoorden kwamen vlot, zijn stem was zonder enige intonatie.

"Moet u persoonlijk rapport uitbrengen?"

Garstang lachte kil. "Nauwelijks. Ik spreek mijn rapport in op een elektrische stemdraad. Ik krijg mijn instructies schriftelijk, of via dezelfde stemdraad."

"Hoeveel Genadebrengers heeft de Anome in dienst?"

"Behalve mij nog één, dat heb ik althans gehoord."

"Dragen de twee Genadebrengers en de Man zonder Gezicht allemaal dezelfde kastjes?"

"Ik weet niet wat de anderen bij zich hebben."

"Bewaken de Man zonder Gezicht en twee Genadebrengers — dus niet meer dan drie personen — heel Shant?"

Onverschillig haalde Garstang zijn schouders op. "De Man zonder Gezicht zou het werk alleen afkunnen, als hij dat wilde."

Een ogenblik lang zwegen ze alle drie. Ifness en Etzwane keken naar de man die ze gevangen genomen hadden, en deze keek minzaam en onbezorgd terug, zijn wenkbrauwen hoog opgetrokken. Etzwane vroeg: "Waarom wil de Man zonder Gezicht geen maatregelen nemen tegen de Roguskhoi?"

"Ik weet niet meer dan u."

"U probeerde mij mijn hoofd af te nemen. Waarom zou ik niet nu met u hetzelfde doen?"

Garstang keek hem verrast aan, zei toen hooghartig: "Ik heb uw hoofd niet proberen af te nemen. Zo luidden mijn orders niet."

Ifness hield dringend zijn hand op om Etzwane's woedende antwoord voor te zijn. "Hoe luidden uw orders dan wel?"

"Ik moest de bijeenkomst in het Pandamonpark bijwonen, de kleurcode van de spreker noteren en hem volgen naar waar hij verbleef. Daar moest ik proberen meer inlichtingen te verzamelen."

"Maar het was niet uw opdracht om de spreker zijn hoofd af te nemen?"

Garstang deed zijn mond open om antwoord te geven. Toen kwam er opeens een sluwe uitdrukking op zijn gezicht. "Waarom wilt u dat weten?" Hij keek eerst naar Etzwane, toen naar Ifness.

"Iemand probeerde mij mijn hoofd af te nemen," zei Etzwane. "Als u het niet was, dan was het de Man zonder Gezicht."

Garstang haalde zijn schouders op, dacht even na. "Dat is heel goed mogelijk. Maar het gaat mij niets aan."

"Misschien niet," zei Ifness beleefd. "Maar nu is er geen tijd meer om dit gesprek nog verder voort te zetten. We moeten ons voorbereiden op de ontmoeting met degene die hierheen zal komen om u te zoeken. Draai u alstublieft om."

Langzaam kwam Garstang overeind. "Wat bent u van plan?"

"Ik ga u verdoven. Binnen niet al te lange tijd zult u worden losgelaten, als alles goed gaat."

Bij wijze van antwoord wierp Garstang zich opzij terwijl hij zijn been grotesk hoog opstak. "Pas op!" gilde Etzwane. "Hij draagt een beenpistool!"

Een helle flits. Een harde knal onder Garstangs elegante broek, het geluid van op de grond kletterend gebroken glas, toen de doffe plof van

Garstangs lichaam dat op het tapijt viel. Ifness, die in elkaar was gedoken, zijn pistool had getrokken en bliksemsnel had geschoten, stond op het lijk neer te kijken. Etzwane had hem nog nooit zo heftig geagiteerd meegemaakt. "Ik heb me bezoedeld," siste Ifness. "Ik heb gedood wat ik had gezworen in leven te zullen laten."

Etzwane snoof minachtend. "Nu huilt u dikke tranen over deze dode moordenaar, maar toen u bij andere gelegenheden iemand kon redden wendde u uw ogen af."

Ifness' gele ogen keken hem even fel aan, maar een ogenblik daarna klonk zijn stem kalm, ongeëmotioneerd. "Wat gebeurd is, is gebeurd. Wat kan hem ertoe gebracht hebben om zoiets desperaats te doen? Hij was hulpeloos." Peinzend keek hij op het lijk neer. "Er zijn nog vele geheimen overgebleven," mompelde hij. "Nog veel is onduidelijk." Hij maakte een gedecideerd gebaar. "Fouilleer het lijk, en sleep het dan naar het schuurtje achter het huis. Ik moet zijn halsband gaan veranderen."

Een uur later bekeek hij het resultaat. "Behalve de explodeer- en echocircuits heb ik ook een eenvoudig vibratorsignaal aangetroffen. Ik heb een apparaatje aangesloten dat ons zal waarschuwen als iemand Garstang zoekt. Dat zou niet al te lang meer moeten duren." Hij liep naar de deur. De zonnen waren achter de Ushkadel gedoken, en de zachte schemering van Garwiy, doorschoten met een miljoen vage kleuren, begon zich over het land uit te breiden. "Het probleem waarmee wij nu te maken hebben is vooral van tactische aard," zei Ifness. "Ten eerste, wat hebben wij bereikt? Dat lijkt me niet gering. Garstang heeft op overtuigende wijze betoogd dat hij niet heeft geprobeerd u uw hoofd af te nemen; we kunnen dus redelijkerwijs aannemen dat de Anome daar achter zat. Dat betekent dat hij onder de aanwezigen in het Pandamonpark is geweest en dat wij over een foto van hem beschikken. Als we dat wilden zouden we kunnen trachten alle tweehonderd personen die bij uw voordracht aanwezig waren te identificeren en te onderzoeken, maar dat lijkt mij een lang en vervelend werk.

"Ten tweede: wat zal de Man zonder Gezicht nu doen? Hij wacht op Garstangs rapport. Gezien het mislukken van zijn voornemen om de 'anonieme avonturier' zijn hoofd af te nemen zal hij nieuwsgierig zijn naar wat Garstang heeft mee te delen, en dat is nog zacht gezegd. Als dat nieuws niet komt, zal hij eerst boos worden, en daarna zal hij zich zorgen gaan maken. Ik vermoed dat Garstang een uur geleden rapport had moeten uitbrengen, het zou dus niet lang meer moeten duren voor Garstangs halsband een sein doorkrijgt. Garstang zal daar natuurlijk niet op reageren. De Man zonder Gezicht moet er dan een tweede Genadebrenger op uit sturen of zelf op zoek gaan naar Garstang, met gebruikmaking van het locatiecircuit.

"De toestand op het ogenblik valt te vergelijken met die van vanochtend. In plaats van de 'anonieme avonturier' en de rebellie die hij zou kunnen prediken, gebruiken we nu Garstangs band om onze kwartel op te doen schrikken."

Met enige tegenzin gaf Etzwane toe dat dit redelijk leek.

Plotseling kwam er uit Garstangs halsband een hoog, ijl geluid, dat op een griezelige manier de stilte verbrak. Na het lang aangehouden hoge geluid kwamen vier staccato brommende tonen.

Ifness knikte bedachtzaam. "Juist: dat is het sein voor Garstang om onmiddellijk rapport uit te brengen. We moeten hier nu weg. We hebben er niets aan om in het huisje te blijven." Hij stopte Garstangs halsband in een zachte tas van zwart leer, dacht even na, en deed er toen een aantal van zijn prachtige stukken gereedschap bij.

"Als we niet voortmaken, hebben we zo de Discriminatoren op ons dak," mopperde Etzwane.

"Ja, we moeten voortmaken. Schakel het echocircuit van uw halsband uit als u dat nog niet gedaan hebt."

"Dat heb ik al gedaan, uren geleden."

Ze liepen het huisje uit en begaven zich op weg naar waar de vele grote of vreemde gebouwen van Garwiy zich tegen de nu bijna donkere lucht aftekenden. Een eindje verder schitterden en vonkten de duizend paleizen op de hellingen van de Ushkadel. Terwijl hij zo naast Ifness door het duister liep voelde Etzwane zich een geest in het gezelschap van een tweede geest. Twee wezens op weg naar een ondoorgrondelijke soort afspraak, vervreemd van alle andere mensen in Shant. "Waar gaan we heen?"

"Naar een restaurant of een taveerne of zoiets," zei Ifness kalm. "Daar leggen we Garstangs halsband neer op een plek waar weinig mensen komen, en dan zien we wel wie er een onderzoek naar komt instellen."

Etzwane kon geen fouten in Ifness' plan ontdekken. "Daar, bij de rivier, is Fontenay's Herberg. Frolitz en de rest van de troep zijn er vast aan het spelen."

"De ene plek is even goed als de andere. In ieder geval verschaft de herberg u de camouflage van uw instrument."

HOOFDSTUK XI

DOOR DE OPENSTAANDE DEUR van Fontenay's Herberg kwam muziek naar buiten. Etzwane herkende de vloeiende tonen van Frolitz' wald-hoorn, de sierlijke akkoorden van Fordyce's khitan, de sonore bas van Mielke, en hij voelde een zó diep gemis dat de tranen hem in de ogen sprongen. Wat leek zijn leven bij de troep nu vredig, onbezorgd, hoe hij ook had beknibbeld, elke florijn had weggesloten in de geldkist!

Ze traden binnen, maar bleven in de schaduw van de deur staan. Ifness liet zijn blik over het interieur van de herberg gaan. "Wat is dat voor een deur?"

"Die leidt naar Fontenay's privévertrekken."

"En die hoge gang daar?"

"Die komt uit op de trap naar boven, en een achteruitgang."

"En die deur achter Frolitz?"

"Die komt uit op een opslagruimte waar de musici hun instrumen-ten hebben liggen."

"Dat is wat we nodig hebben. Ga met Garstangs halsband naar de opslagruimte om uw instrument te halen en hang de halsband ergens in de buurt van de deur. Als u de deur weer uitkomt…" In de zwartleren tas hoorden ze het hoge geluid van het locatiecircuit. "Het zal niet lang meer duren voor iemand hier komt. Als u de deur weer uitkomt, moet u dicht bij de deur van de opslagkamer gaan zitten. Ik blijf hier in deze hoek. Als u iets bijzonders opmerkt, kijk dan naar mij en draai uw linker-oor naar wat u is opgevallen. Doe dit een aantal keren achter elkaar voor het geval dat ik het de eerste keer niet zie, want ik zal ook met andere dingen bezig zijn… Kunt u mij zeggen waar de achterdeur is?"

"De gang in, dan langs de trap, aan uw rechterhand."

Ifness knikte. "U bent nu musicus, en u maakt deel uit van een troep musici. Vergeet de halsband niet."

Etzwane pakte Garstangs halsband aan en stopte hem in de binnenzak van zijn jasje. Toen liep hij naar Frolitz, die hem onverschillig toeknikte. Etzwane herinnerde zich dat hij maar één dag van de troep was weggeweest. Het leek wel of er een maand voorbij was. Hij liep de opslagruimte in, hing de halsband aan een haakje naast de deur en gooide er een oud jasje overheen. Hij pakte zijn khitan, zijn tringolet en zijn prachtige waldhoorn met zilverbeslag, en liep ermee naar het podium waar de troep zat te spelen. Hij pakte een stoel en ging op een meter afstand van de deur zitten. Ifness zat in een hoek van de gelagkamer. Met zijn goedaardige gezicht kon hij best de boekhouder van een koopman zijn; niemand keek hem twee keer aan. Etzwane, meespelend met de rest van de troep, ging nog meer op in zijn omgeving. Hij glimlachte zuur. De jacht op de Man zonder Gezicht had zo ook zijn lachwekkende aspecten.

Toen Etzwane het toneel opkwam legde Fordyce zijn khitan ter zijde en pakte zijn basklaroen. Frolitz knikte tevreden.

Etzwane was maar met een kwart van zijn geest bij het spel. Het leek wel of zijn zintuigen een grotere reikwijdte hadden, overgevoelig waren. Elk geluid in het vertrek drong tot hem door: elke noot, elk vibreren van een snaar, het gerinkel van glaswerk, de klap als er een mok op een tafel werd gezet, het gelach en gepraat. En vanuit de opslagruimte het bijna dreinerige geluid van Garstangs halsband. Etzwane keek naar de hoek waar Ifness zat, wist diens aandacht te trekken, stak zijn hand op, alsof hij de khitan wilde stemmen, en wees met zijn duim naar de opslagkamer. Ifness knikte dat hij het gebaar begreep.

De muziek hield op. Frolitz draaide zich om. "We gaan dat oude stuk van Anatoly doen. Etzwane, jij moet..." Frolitz legde zijn troep een variant op de harmonie uit. Twee mannen van achter de toog brachten kroezen bier, en de musici lesten hun dorst. Dit is een leven dat waard is om geleefd te worden, dacht Etzwane. Gemakkelijk, zonder zorgen, geen problemen, nergens mee. Behalve dan de Roguskhoi en de Man zonder Gezicht. Hij pakte zijn kroes op en nam een diepe teug. Frolitz gaf een teken en ze begonnen te spelen. Etzwane liet zijn vingers een eigen leven leiden, zijn ogen dwaalden het vertrek rond. Fontenay

deed deze avond goede zaken: alle tafels waren bezet. De cyclaam-
rode glazen bollen hoog in de donkerblauwe glazen muur dempten de
schitterende lichten buiten tot een gloed. Boven de toog hingen twee
zachtwitte gloeibollen. Etzwane keek overal, speurde overal of hij iets
zag: de mensen die door de deur naar binnen kwamen, Aljamo, die
met zijn vingers op de zijkant van de marimba trommelde, het mooie
meisje dat vlak bij hem aan een tafel was komen zitten. Frolitz, die nu
op een tepijn streek, Ifness. Wie van al deze mensen zou hem nu herkennen als de 'anonieme avonturier' wiens woorden en daden de Man
zonder Gezicht zo verontrust hadden?

Etzwane dacht aan het verleden. Hij had veel verdriet gekend, en
zijn enige plezier had hij in de muziek gevonden. Zijn ogen dwaalden
naar het knappe meisje dat hem al eerder was opgevallen: een Esthete,
uit de Ushkadel, dat nam hij tenminste aan. Ze droeg dingen die eenvoudig waren en toch elegant: een toga van donker scharlakenrood
met roze, een haarband waaraan ter hoogte van haar oren een paar rots-
kristallen hingen, een merkwaardige gordel met juwelen, sloffen van
roze satijn met roze glas. Ze had donker haar, en haar gezicht was ernstig en intelligent. Etzwane had nog nooit iemand gezien die hem zo
boeide. Ze voelde zijn blik en keek hem aan. Etzwane wendde zijn ogen
af, maar nu speelde hij voor haar met hernieuwde concentratie. Nog
nooit had hij zo prachtig gespeeld, zo vloeiend melodieus, met zulke
ontroerende akkoorden. Frolitz keek hem half-spottend aan, alsof hij
wilde zeggen: "Wat bezielt jou opeens?" Het meisje boog zich voorover om wat tegen haar metgezel te zeggen, een man van halverwege de
dertig, zo te zien ook een Estheet. Etzwane had hem nauwelijks enige
aandacht geschonken. Achter Etzwane produceerde de halsband een ijl
gepiep. Het geluid deed hem weer aan zijn taak denken.

De Esthete en haar metgezel liepen naar een tafeltje vlak voor de
plek waar Etzwane zat te spelen. De man keek nors en verveeld.

De muziek hield op. Het meisje zei: "U speelt heel goed."

"Ja," zei Etzwane met een bescheiden glimlach. "Het ging wel aardig." Hij keek naar Ifness en zag dat die afkeurend zijn voorhoofd
fronste. Ifness had dat tafeltje bij de opslagkamer vrij willen houden.
Weer maakte Etzwane met zijn duim een snel gebaar naar de deur achter hem. Ifness knikte afwezig.

Frolitz zei over zijn schouder: "De Brouwerspolka." Hij bewoog zijn hoofd om het tempo aan te geven, en de muziek barstte los, een snelle, vlotte melodie, op en neer, met onverwachte pauzes en tegen-ritmes. Etzwane's aandeel bestond voornamelijk uit een aantal hard aangeslagen, stuwende akkoorden, en hij had tijd genoeg om naar het meisje te kijken. Nu hij haar van dichtbij zag, vond hij haar nog mooier. Er hing een subtiele geur om haar heen; er lag een fraaie gloed over haar huid, en ze wist even goed wat ze met schoonheid kon doen als Etzwane wist wat hij met muziek kon bereiken. Met een plotseling opkomende wilde emotie dacht hij: "Ik wil haar. Ik wil dat ze de mijne wordt." Hij keek haar aan, en zijn voornemen was duidelijk in zijn ogen te lezen. Haar wenkbrauwen gingen omhoog en ze draaide zich om om wat tegen haar metgezel te zeggen.

De laatste akkoorden van de polka verstierven. Het meisje schonk geen aandacht meer aan Etzwane. Ze leek slecht op haar gemak. Eerst verschoof ze haar haarband, toen rommelde ze aan haar gordel. Achter Etzwane klonk opeens het jankende geluid van het locatiecircuit. Het meisje ging met een ruk overeind zitten en staarde naar de deur. "Wat is dat?" vroeg ze aan Etzwane.

Etzwane deed alsof hij luisterde. "Ik hoor niets."

"Is daar achter die deur iemand vreemde geluiden aan het maken?"

"Misschien is er wel een musicus aan het repeteren."

"U schertst." Op haar gezicht was te lezen…Ja, wat? Humor? Ironie?

"Er is vast iemand ziek," zei ze. "U moet maar een onderzoek instellen naar dat geluid."

"Als u met me meegaat."

"Nee, dank u." Ze zei wat tegen haar metgezel, die Etzwane hoog-hartig-waarschuwend aankeek. Etzwane keek naar Ifness, wachtte tot die hem zag, en keek toen strak naar Frolitz die rechts van hem stond. Zijn linkeroor wees naar de tafel vlak voor hem.

Ifness knikte, zonder al te veel belangstelling, vond Etzwane.

Vier mannen in paars met grijze uniformen kwamen de taveerne bin-nen: Discriminatoren. Een van hen zei luid: "Uw aandacht alstublieft! In dit gebouw vindt volgens onze inlichtingen een ordeverstoring plaats. In naam van de Corporatie gelast ik u allen te blijven waar u bent."

Etzwane zag Ifness' hand bewegen. Twee harde geluiden, twee

flitsen, en de twee gloeibollen spatten uit elkaar. In Fontenay's taveerne heersten opeens duisternis en tomeloze verwarring. Etzwane dook naar voren. Hij voelde het meisje, greep haar beet en droeg haar voor Frolitz langs de gelagkamer in. Ze probeerde te gillen. Etzwane sloeg zijn hand voor haar mond. "Geen geluid of het loopt slecht met je af!" Ze trapte tegen zijn benen en sloeg hem; het geluid dat ze maakte, verdronk in het rauwe geschreeuw in de taveerne zelf.

Etzwane wankelde naar de achteruitgang. Hij tastte naar de klink, deed de deur open, droeg het worstelende meisje naar buiten, de nacht in. Hier bleef hij staan en liet haar met haar voeten op de grond zakken. Ze probeerde hem te schoppen. Etzwane wrong haar armen op haar rug, en gromde: "Stil!" in haar oor. "Wat doet u eigenlijk met me?" riep ze.

"Ik heb u behoed voor de inval. Dat soort zaken zijn alleen maar ongemak."

"Bent u de musicus?"

"Precies."

"Laat me teruggaan. Ik ben niet bang voor de Discriminatoren."

"Wat een waanzin!" riep Etzwane uit. "Nu u bevrijd bent van die vervelende man met wie u aan een tafeltje zat, kunnen we ergens anders heengaan."

"Nee, nee, nee!" In haar stem klonk nu wat meer zelfvertrouwen door, zelfs wat geamuseerdheid. "U bent galant, u bent brutaal, maar ik moet terug naar de taveerne."

"Dat mag u niet," zei Etzwane. "Kom mee, en maak alstublieft geen moeilijkheden."

Weer raakte het meisje in paniek. "Waar brengt u me heen?"

"Dat zult u wel zien."

"Nee, nee! Ik..." Iemand kwam hen achteropgelopen. Etzwane draaide zich om, klaar om het meisje los te laten en zich te verdedigen. De stem van Ifness zei: "Bent u daar?"

"Ja. Met een gevangene."

Ifness kwam op hem toelopen. In het halfduister van de steeg tuurde hij naar het meisje. "Wie hebt u daar?"

"Dat weet ik niet zeker. Ze heeft een eigenaardige gordel om. Ik denk dat u die beter onder uw hoede kunt nemen."

"Nee!" riep het meisje verrast.

Ifness maakte de gesp van de gordel los. "We moeten ervandoor, en wel zo snel mogelijk." Tegen het meisje zei hij: "Maak geen scène, en gil niet of probeer anderszins de aandacht van omstanders te trekken of we zullen u ruw behandelen. Begrijpt u dat, en zult u gehoorzamen?"

"Ja," zei ze dof.

Ze namen allebei het meisje bij een arm, gingen op weg, en kwamen na verloop van tijd aan bij het blauwe leistenen huisje. Ifness deed de deur van het slot en ze traden binnen.

Ifness wees naar een divan. "Gaat u zitten."

Zwijgend deed het meisje wat haar gezegd werd. Ifness inspecteerde de gordel. "Vreemd, heel vreemd."

"Dat vond ik ook. Ik zag haar de rode knop aanraken, telkens als ik het locatiecircuit hoorde zoemen."

"U let scherp op," zei Ifness. "Ik dacht dat u om een andere reden in haar geïnteresseerd was. Wees voorzichtig: denk aan het beenpistool van Garstang."

Etzwane ging naast het meisje staan. "Geen Man zonder Gezicht dus, maar een Vrouw zonder Gezicht."

Het meisje snoof minachtend. "U bent gek!"

Kalm zei Ifness: "Wilt u zich omdraaien en met uw gezicht naar beneden op de sofa gaan liggen? Mijn excuses, maar ik moet u onderzoeken op wapens." Dat deed hij, en grondig ook. Het meisje gilde verontwaardigd. Etzwane wendde zijn ogen af. "Geen wapens," zei Ifness.

"U had het gewoon kunnen vragen," zei het meisje, "dan had ik het u verteld."

"Zo openhartig bent u anders niet."

"U hebt ook nog niets gevraagd."

"Over een paar minuten." Hij rolde zijn werktafel tot vlak bij de sofa en verstelde de klem zó dat de halsband van het meisje erin viel. "Wilt u zich nu niet bewegen? Anders zal ik mij gedwongen zien u te verdoven." Hij ging aan het werk met zijn gereedschap en maakte de halsband open. Hij peuterde met de lange bek van zijn tang in het flexiet en haalde een strook dexax tevoorschijn. "Geen van beiden," zei hij tegen Etzwane. "Niet de Man zonder Gezicht, en niet de Vrouw zonder Gezicht. U hebt de verkeerde gegrepen."

"Dat heb ik u steeds geprobeerd te vertellen," riep het meisje met een stem waarin een wanhopig soort hoop doorklonk. "Het is allemaal een afschuwelijke vergissing. Ik ben lid van de familie Xhiallinen, en ik wil niets te maken hebben met u of uw intriges."

Ifness reageerde niet, maar ging verder met waarmee hij bezig was. "Het echocircuit werkt niet meer. Men kan u op het ogenblik niet opsporen, we kunnen er nu dus ons gemak van nemen en die veelgeroemde openheid van u eens op de proef stellen. U behoort tot de familie Xhiallinen?"

"Ik ben Jurjin van Xhiallinen," zei het meisje nors.

"En waarom hebt u deze gordel om?"

"Om de meest eenvoudige reden die u zich maar voor kunt stellen: ijdelheid."

Ifness liep naar de kast en kwam terug met een kleine zak die hij tegen de nek van het meisje drukte. Ze keek hem angstig aan: "Ik voel iets nats. Wat hebt u met me gedaan?"

"Het vocht dringt door uw huid heen en komt zo in uw bloed terecht. Over enkele ogenblikken zal het uw hoofd bereiken en een bepaald klein orgaan daar verlammen. Daarna praten we verder."

Jurjins gezicht betrok, en ze keek weer bang. Etzwane staarde haar aan, op een morbide manier gefascineerd, en vroeg zich af waaruit haar leven precies bestond. Ze droeg haar toga vlot en zwierig, haar gedrag was dat van de patriciërs van Garwiy, en ze had dezelfde huidskleur als de mensen die hij in de stad had gezien. Maar in haar gelaatstrekken waren sporen te zien van iets dat op vreemd bloed moest wijzen. Xhiallinen, een van de Veertien Families, was een oeroud geslacht en de nakomelingen trouwden bijna altijd weer met elkaar. "Ik zal u uit mijzelf de waarheid vertellen, terwijl ik nog kan denken," zei Jurjin. "Ik had de gordel om omdat de Anome een bepaalde dienst van mij verlangde die ik niet kon weigeren."

"En waaruit bestond die dienst?"

"Ik moest een van zijn Genadebrengers worden."

"Wie zijn de andere Genadebrengers?"

"Er is alleen nog Garstang van Allingenen."

"Zouden er geen anderen kunnen zijn?"

"Ik ben er zeker van dat er verder geen zijn."

"U, Garstang en de Man zonder Gezicht beheersen dus heel Shant?"

"De kantons en de steden in die kantons worden geregeerd door de plaatselijke heersers. Het is alleen nodig om via deze mensen te werken. Eén persoon zou dit nog wel afkunnen."

Etzwane deed zijn mond open om wat te zeggen, maar hield zich in. Deze slanke handen moesten al heel wat keren op de gele knop van haar gordel hebben gedrukt, en ze moest al heel wat keren gezien hebben hoe mensen hun hoofd werd afgenomen. Hij wendde zijn ogen af, met een zwaar gevoel in zijn keel.

"Wie," zei Ifness zonder er verder omheen te draaien, "is de Man zonder Gezicht?"

"Ik weet het niet. Voor mij heeft hij al evenzeer geen gezicht als voor u."

Ifness vroeg: "Het kastje dat Garstang bij zich had, en uw gordel, zijn ze gezekerd tegen gebruik door onbevoegden?"

"Ja. Ik moet op de grijze toets drukken voor de kleurcode wordt geactiveerd."

Ifness boog zich voorover, onderzocht haar ogen en knikte even. "Waarom hebt u de Discriminatoren naar Fontenay's Herberg ontboden?"

"Dat heb ik niet gedaan."

"Wie dan wel?"

"De Man zonder Gezicht, neem ik aan."

"Wie was uw metgezel?"

"De Tweede van Curnainen, Matheleno."

"Is hij de Man zonder Gezicht?"

Op Jurjins gezicht kwam een verbaasde uitdrukking. "Matheleno? Dat is onmogelijk."

"Hebt u van de Man zonder Gezicht instructies gehad over Matheleno?"

"Nee."

"Is hij uw minnaar?"

"De Man zonder Gezicht heeft mij verboden minnaars te nemen." Jurjin begon met een dikke tong te spreken, en haar oogleden gleden naar beneden.

"Was de Man zonder Gezicht onder de aanwezigen in Fontenay's Herberg?"

"Ik weet het niet zeker. Ik denk dat hij er wel was, en iets gezien heeft dat hem ertoe bracht om de Discriminatoren te ontbieden."

"Wat zou dat geweest hebben kunnen zijn?"

"Spionnen."

"Spionnen? Waarvandaan?"

"Uit Palasedra." Jurjins woorden kwamen nu traag, en in haar ogen lag een lege starende uitdrukking.

Scherp zei Ifness: "Waarom zou de Man zonder Gezicht bang moeten zijn voor de Palasedranen?"

Jurjins stem was een onverstaanbaar gemompel, haar ogen vielen nu helemaal dicht.

Ze zonk weg in een diepe slaap. Ifness stond geërgerd naar haar te kijken.

Etzwane keek eerst naar Ifness, toen naar het meisje, toen weer naar Ifness. "Wat zit u dwars?"

"Ze zakte snel weg in een coma. Te snel."

Etzwane keek naar het kalme gezicht van het meisje. "Ze zou niet kunnen doen alsof."

"Nee." Ifness boog zich over Jurjins gezicht, bekeek het lang en ingespannen, deed haar mond open en keek erin. "Hmm."

"Wat ziet u?"

"Niets dat antwoord geeft op een van onze vragen, of zelfs maar een aanwijzing vormt in welke richting wij het antwoord moeten zoeken."

Vervuld van niets dan twijfels en onzekerheden legde Etzwane het lichaam van het meisje languit op de sofa en bedekte haar met een lange doek. Ifness keek in somber gepeins naar wat hij deed.

"Wat doen we nu?" vroeg Etzwane. Hij voelde zich niet langer vijandig jegens de ander; het leek hem zinloos een dergelijke emotie te koesteren.

Ifness schrok op, alsof hij wakker werd uit een droom. "Wij gaan ons opnieuw beraden over de Man zonder Gezicht en zijn identiteit, al moet ik zeggen dat andere zaken mij meer belang inboezemen."

"Andere zaken?" vroeg Etzwane, slecht op zijn gemak in het besef dat hij op de ander een domme indruk moest maken.

"Er zijn een aantal punten. In de eerste plaats vielen mij de kromzwaarden van de Roguskhoi op. Daarna Garstang die zonder goede of duidelijke reden een wanhopige aanval op ons doet. Jurjin van Xhiallinen zakt weg in een coma alsof haar hersens worden uitgeschakeld. En de Man zonder Gezicht verzet zich, en niet passief maar actief, tegen alle pogingen om iets tegen de Roguskhoi te ondernemen. Ze schijnen alle drie geleid te worden door een allesoverheersend denkbeeld dat ons bevattingsvermogen op het ogenblik te boven gaat."

"Het is heel vreemd," mompelde Etzwane.

"Als de Roguskhoi mensen waren, dan zouden we al deze hoogst merkwaardige zaken kunnen verklaren met verraad, en niets meer, maar het idee van een Garstang en Jurjin van Xhiallinen die samenspannen met de Roguskhoi is waanzinnig."

"Niet als de Roguskhoi Palasedraanse monsters zijn die door de Adelaarshertogen op ons af zijn gestuurd om ons te vernietigen."

"Die theorie is de moeite van het overwegen waard," zei Ifness, "tot iemand de moeite neemt te bekijken hoe de Roguskhoi gebouwd zijn en hun voortplantingsorganen onderzoekt. Dan is er reden voor nieuwe twijfel. Maar eerst nu het minder belangrijke mysterie. Wie is de Man zonder Gezicht? We hebben met twee stenen naar de kwartel gegooid, en in allebei de gevallen is de vogel opgeschrokken. Nogmaals de feiten achter elkaar: wij horen uit betrouwbare bronnen dat de Anome maar twee Genadebrengers in dienst had. Jurjin was niet bij uw voordracht in het Pandamonpark, en toch werd er een poging gedaan om uw hoofd af te nemen. We moeten deze poging toeschrijven aan de Man zonder Gezicht. Garstang bevond zich niet in Fontenay's Herberg, en toch ontbood iemand de Discriminatoren. Weer moeten wij dit toeschrijven aan de Man zonder Gezicht. Ik heb bij beide gelegenheden foto's genomen. Als we iemand zien die er allebei de keren bij was — wel, dan zullen we zien wat de wetten van de kansberekening ons te vertellen hebben. Ik meen dat ik een en ander nauwkeurig kan aangeven. Er zijn ongeveer tweehonderdduizend volwassenen in onze onmiddellijke omgeving. Daarvan luisterden er tweehonderd naar de 'anonieme avonturier'. Proportioneel geen grote groep, één op elke duizend potentiële toehoorders kwam dus ook daadwerkelijk. Een even groot aantal mensen, tweehonderdduizend, had naar Fontenay's Herberg kunnen komen om daar te genieten van de muziek van Frolitz en zijn troep. Er kwamen er maar honderd, dus een op de tweeduizend. De kans dat iemand beide keren onder het publiek was, behalve wanneer hij daar een dringende reden toe heeft, zoals u, ik en de Man zonder Gezicht, is derhalve een op de twee miljoen. Daar hoeven we derhalve geen aandacht aan te schenken. Laat ons nu dus aan het werk gaan."

Ifness haalde een dofzwart metalen buisje uit zijn zak, met een diameter van bijna drie centimeter, en tien centimeter lang. Op het vlakke uiteinde schitterden een paar knoppen in het licht en maakten vlekjes op Ifness' hand. Hij stelde iets in, wees met het buisje naar de muur naast Etzwane, en projecteerde een bundel licht.

Etzwane had nog nooit zo'n gedetailleerde foto gezien. Hij zag een paar afbeeldingen die op het Corporatieplein gemaakt waren, toen verstelde Ifness weer iets en duizend beelden schoten achter elkaar over de muur, tot het licht ten slotte tot rust kwam en hij het Pandamonpark zag, en de mensen die waren samengestroomd om naar de 'anonieme avonturier' te luisteren.

"Bekijk deze gezichten oplettend," zei Ifness. "Ik kan helaas deze foto's en die ik in Fontenay's Herberg genomen heb niet naast elkaar laten zien. We zullen van de ene serie naar de andere moeten overschakelen."

Etzwane wees. "Daar staat Garstang. Daar-daar-daar-daar." Hij wees naar andere gezichten. "Dat zijn mannen die me opvielen. Ik vroeg me af wie van hen de Anome zou zijn."

"Kijk er heel zorgvuldig naar. Hij kent ongetwijfeld technieken om zijn uiterlijk te veranderen." Ifness projecteerde foto's die van verschillende plaatsen en vanuit verschillende hoeken genomen waren, en getweeën tuurden ze ingespannen naar de gezichten.

"En nu Fontenay's gelagkamer."

De gelagkamer was nog halfleeg. De musici zaten op hun podium. Matheleno en Jurjin waren nog niet aan het tafeltje vlak voor Etzwane gaan zitten.

Ifness grinnikte. "Een volmaakte vermomming. U bent uzelf, en niets anders."

Etzwane was er niet zeker van wat Ifness daar precies mee bedoelde, en bromde bij wijze van antwoord.

"Nu gaan we naar een later uur. De jonge vrouw en Matheleno zitten aan uw tafeltje. Zou Matheleno een van de mannen kunnen zijn die ook in het park waren?"

"Nee," zei Etzwane, na even te hebben nagedacht. "Maar hij heeft wel wat weg van Garstang."

"De Estheten zijn een scherp te onderscheiden groep, eigenlijk een ras dat zich bezig is los te maken van de rest van Garwiy."

Weer zagen ze een andere foto. "Het is nu vier of vijf minuten voor de komst van de Discriminatoren. Ik vermoed dat de Man zonder Gezicht zich nu wel in het vertrek bevindt. Hij staat waarschijnlijk op een plek vanwaar hij zijn Genadebrenger in het oog kan houden." Ifness liet de lichtkegel groter worden, zodat de beelden nu ook over het plafond en de vloer lagen. Een voor een liet hij Etzwane de gezichten zien.

Opeens wees Etzwane. "De man daar in de hoek, tegen de toog."

Ifness haalde het gezicht naar voren. Ze keken ernaar. Het was kalm, met een breed voorhoofd, intelligente ogen, een smalle mond en een kleine kin. De man zelf was klein, keurig gekleed en verzorgd, en stevig gebouwd. Zijn leeftijd viel niet te raden.

Ifness schakelde terug naar het park. Etzwane wees naar de kleine man met de samengeknepen mond en de intelligente, wat schuin-staande ogen. "Daar is hij."

"Ja," zei Ifness. "Dat is de man die wij zoeken, tenzij mijn logica en de wetten van de wiskunde niet kloppen, en het een is al even onweer-legbaar als het ander."

Een tijdlang bestudeerden ze het gezicht van de Man zonder Gezicht.

"En wat nu?" vroeg Etzwane.

"Voorlopig niets. We gaan eerst naar bed, slapen. Morgen zullen we proberen een naam bij de man te vinden."

"En het meisje?" Etzwane wees op de verdoofde Jurjin.

"Die zal zich de eerstvolgende twaalf tot veertien uur niet verroeren."

HOOFDSTUK XII

ALS SPEELSE KATJES dansten de drie zonnen de lila herfstlucht in: Sasetta boven Ezletta achter Zael. Langzaam, behoedzaam ging Ifness het huisje uit, als een oude grijze vos die eropuit trekt om te gaan jagen. Etzwane zat met zijn ellebogen op zijn knieën naar Jurjin van Xhiallinen te kijken. Ze lag nog steeds in dezelfde houding als de vorige avond. Ze ademde licht. Etzwane vond haar er werkelijk betoverend uitzien, een zo mooie vrouw dat ze iedere man hypnotiseren kon. Hij keek gespannen naar haar gezicht: de zuivere, blanke huid, het onschuldige profiel, de donkere wimpers. Hoe viel deze Jurjin van Xhiallinen te rijmen met haar duistere bezigheden? Het leed geen twijfel dat iemand het werk moest doen: als onwettige handelingen niet werden bestraft, zou Shant weer wegzinken in anarchie, net zoals vroeger, toen de kantons in bloedige onderlinge veten verwikkeld waren. Etzwane had geen duidelijk oordeel over haar; hij aarzelde tussen een edel soort goedpraten en weerzin. Deze taak was haar opgelegd door de Anome en ze had gehoorzaamd, een andere keus had ze niet gehad. Maar waarom had de Anome juist haar, Jurjin van Xhiallinen, gelast hem te dienen als zijn Genadebrenger? Mannen als Garstang waren toch zeker beter toegerust voor zo'n taak? De geest van de Anome was een labyrint met heel wat vreemde vertrekken. Net als de geest van alle andere mensen, de zijne niet uitgezonderd, zei Etzwane bitter in zichzelf.

Hij verschikte een lok van haar zachte donkere haar. Haar oogleden knipperden en gingen toen langzaam omhoog. Ze draaide haar hoofd om en keek Etzwane aan. "Bent u de musicus?"

"Ja."

Ze bleef kalm liggen met een nadenkende uitdrukking op haar gezicht. Toen zag ze het licht dat door het raam naar binnen viel en probeerde abrupt overeind te komen. "Het is al dag. Ik kan hier niet blijven."

"U moet hier blijven."

"Maar waarom?" Ze keek hem aan met een smekende uitdrukking in haar grote bruine ogen. "Ik heb u geen kwaad gedaan."

"Dat zou wel gebeurd zijn als u daar de kans voor had gehad."

Jurjin keek oplettend naar Etzwane's harde gezicht. "Bent u een misdadiger?"

"Ik ben de 'anonieme avonturier' die door Garstang gedood moest worden."

"Maar u predikte rebellie!"

"Ik drong eropaan dat de Man zonder Gezicht Shant beschermde tegen de Roguskhoi. Dat is geen rebellie."

"De Roguskhoi zijn niets om bang voor te zijn. De Man zonder Gezicht heeft ons dit zelf verteld."

Etzwane slaakte een woedende kreet. "Ik zag het resultaat van hun overval op Bashon. Mijn moeder werd daarbij door hen vermoord."

Jurjins gezicht kreeg een lege, verre uitdrukking. Ze mompelde: "De Roguskhoi zijn niets om bang voor te zijn."

"Hoe zou u dan met ze afrekenen?"

Jurjins blik vestigde zich op hem. "Dat weet ik niet."

"En wanneer ze uit de heuvels stormen, op Garwiy af, wat doet u dan? Wilt u soms verkracht worden? Wilt u soms graag twaalf jongen dragen, die uit uw lichaam kruipen terwijl u slaapt?"

Jurjins gezicht vertrok krampachtig. Ze begon te jammeren, hield daar weer mee op en werd weer kalm. "Dat is een zaak voor de Anome." Ze richtte zich op haar elleboog op en liet, haar blik voortdurend op Etzwane gericht, haar benen langzaam op de grond glijden. Etzwane keek onaangedaan toe. "Hebt u honger of dorst?" vroeg hij.

Ze gaf geen direct antwoord. "Hoelang houdt u me hier?"

"Tot we de Man zonder Gezicht hebben gevonden."

"Wat wilt u met hem?"

"We zullen erop staan dat hij optreedt tegen de Roguskhoi."

"Hebt u geen kwaad jegens hem in de zin?"

"Zeker niet," zei Etzwane. "Al heeft hij ten onrechte geprobeerd mij te doden."

"De daden van de Anome moeten steeds terecht zijn. Wat gebeurt er als u hem niet kunt vinden?"

"Dan blijft u hier. Is er dan een andere mogelijkheid?"

"Niet zoals u de zaak bekijkt. Waarom kijkt u me nu zo aan?"

"Ik vraag me af hoeveel mensen u gedood hebt."

"Eén minder dan ik wel zou willen!" gilde ze, en dook op de deur af. Etzwane bleef zitten waar hij zat en keek toe. Drie meter van de sofa kwam ze met een ruk tot stilstand door het koord dat Ifness aan haar middel had vastgebonden, en daarna aan de sofa. Ze slaakte een kreet van pijn, draaide zich om, en rukte wild aan het koord. Etzwane keek onverstoorbaar toe. Hij kon geen medelijden voor haar opbrengen.

Jurjin ontdekte dat haar vingers de knoop niet wisten te ontwarren. Langzaam liep ze terug naar de sofa. Etzwane had haar niets meer te zeggen.

Zo bleven ze twee uur lang zitten. Ifness kwam even stil terug als hij gegaan was. Hij had een grote envelop bij zich die hij aan Etzwane gaf. Er zaten zes grote afdrukken in van de beste foto's die hij van de Man zonder Gezicht genomen had. Ze waren zo gedetailleerd dat Etzwane letterlijk de haren van de dunne wimpers van de man kon tellen. In het Pandamonpark had hij een zachte zwarte kap zonder klep gedragen, ver over zijn voorhoofd getrokken. Dit gaf, in combinatie met zijn smalle, naar beneden getrokken mond en zijn kleine, bijna niet tot volle wasdom gekomen neus, zijn gezicht een wat in elkaar gedrukte uitdrukking, net als bij een buldog. In Fontenay's Herberg had hij een donkere pruik gedragen, waarvan de lokken van zijn voorhoofd waren weggetrokken en om zijn oren gedraaid. Deze stijl was populair bij de aanzienlijke leden van de middenklasse van Garwiy, want hij liet het hoge filosofenvoorhoofd zo veel mogelijk vrij en verminderde de geknepenheid van mond en neus. Op niet één van de foto's keken de ogen recht naar voren, altijd blikten ze iets naar rechts of iets naar links. Op allebei de foto's maakte hij een humorloze, vastberaden, bespiegelende en meedogenloze indruk.

Etzwane bestudeerde de foto's tot het gelaat van de man in zijn geheugen was gegrift, en gaf ze toen terug aan Ifness.

Jurjin was rechtop gaan zitten en deed alsof ze zich verveelde. Ifness gaf haar de foto's. "Wie is deze man?"

Jurjins oogleden gingen een heel klein stukje naar beneden, en ze zei op een wat al te losjes klinkende toon: "Ik heb geen idee."

"Hebt u hem weleens gezien?"

Jurjin fronste haar voorhoofd, haar tong gleed langs haar lippen. "Ik zie zo veel mensen. Ik kan ze natuurlijk niet allemaal onthouden."

"Als u wist wie deze man was, zou u het ons dan zeggen?" vroeg Ifness. Jurjin begon te lachen. "Natuurlijk niet."

Ifness knikte en liep naar de kast. Jurjin zag wat hij deed, en haar mond zakte open van ontsteltenis. Over zijn schouder vroeg Ifness: "Hebt u honger of dorst?"

"Nee."

"Wenst u gebruik te maken van het toilet?"

"Nee."

"Denk goed na," zei Ifness. "Ik ben nu gedwongen om mijn toevlucht te nemen tot de hypnotische tinctuur. U zult zich twaalf uur lang niet kunnen bewegen, en na de twaalf uur die u al op de sofa gelegen hebt, zou dat u in verlegenheid kunnen brengen."

"Goed dan," zei Jurjin koud. "Wees zo vriendelijk mij los te maken. Ik wil graag mijn gezicht en mijn handen wassen."

"Natuurlijk." Ifness maakte de knoop los en Jurjin liep naar de deur die Ifness aanwees. Tegen Etzwane zei hij: "Ga onder het raam van de badkamer staan."

Een ogenblik nadat Etzwane de hem toegewezen plaats had ingenomen ging het raam voorzichtig open en Jurjin keek naar buiten. Toen ze Etzwane zag fronste ze woedend haar voorhoofd en deed het raam weer dicht.

Langzaam liep Jurjin terug naar de woonkamer. "Ik voel er niets voor om verdoofd te worden," zei ze brutaal. "Dan krijg ik last van afschuwelijke dromen."

"Zozo. Waar droomt u dan van?"

"Dat weet ik nooit meer. Van dingen die me bang maken. Ik word altijd heel ziek."

Ifness was niet onder de indruk. "Dan krijgt u een zwaardere dosis."

"Nee, nee! U wilt dingen weten over de foto's. Ik zal u zo veel mogelijk helpen!" Haar brutaliteit was weer helemaal verdwenen, haar gezicht stond niet hard meer, ze keek nu smekend naar Ifness. Etzwane vroeg zich af hoe ze eruit zou zien met haar vinger op de gele knop.

"Houdt u inlichtingen over de foto's achter?" vroeg Ifness.

"En wat dan nog? Verwacht u dat ik de Anome ontrouw word?"

"Neen," zei Ifness. "Ik gebruik de tinctuur en ontneem u zo uw alternatieven. Wilt u nu naar de sofa teruggaan?"

"U zult me ziek maken. Ik zal vechten, ik zal trappen en gillen en bijten."

"Niet lang," zei Ifness.

Snikkend lag het meisje op de sofa. Etzwane zat hijgend op haar knieën en hield haar armen omlaag. Ifness legde de zak met de tinctuur tegen haar nek. Haar geworstel hield bijna meteen op.

"Wat weet u van de man op de foto?" vroeg Ifness.

Jurjin was weggezakt in een coma.

Met gedempte stem zei Etzwane: "U hebt haar een te zware dosis toegediend."

"Nee," zei Ifness. "Bij een overdosis gebeurt er iets heel anders."

"Wat is er dan met haar gebeurd?"

"Ik heb er geen flauw idee van. Eerst kiest Garstang een absurde methode om zelfmoord te plegen, en nu dit weer."

"Denkt u dat ze de Man zonder Gezicht kent?"

"Nee. Maar ze kent de man op de foto's wel. Per slot van rekening zijn de Estheten geen onbekenden voor elkaar." Ifness keek nog eens naar de foto's. "Het is natuurlijk ook mogelijk dat het de groenteboer op de hoek is. Ik was nog vergeten te vertellen dat een plakkaat met een afbeelding van de 'anonieme avonturier' op het Corporatieplein hangt, met een verzoek van de Discriminatoren om nadere inlichtingen."

"Hmf. Ik ben dus vogelvrijverklaard."

"Tot we de Man zonder Gezicht over de Roguskhoi hebben onderhouden."

"Hij zal op zijn hoede zijn, nu alle twee zijn Genadebrengers zijn verdwenen."

"Die indruk heb ik ook. Hij zal zich wel voortdurend het hoofd breken over de identiteit van zijn tegenstanders."

"Jurjin had het over Palasedraanse spionnen."

"Een soortgelijke theorie zou in het hoofd van de Man zonder Gezicht kunnen opkomen." Weer bestudeerde Ifness de foto's. "Let eens op de kleuren van zijn halsband. Waar wijzen ze op?"

"Het purper-groen is Garwiy. Tweemaal donkergroen betekent iemand die geen beroep uitoefent: een grootgrondbezitter, een industrieel, een buitenlandse handelaar, een Estheet."

Ifness knikte kalm. "Niets nieuws. De band zal zeker niet reageren op een echostraal. We zouden natuurlijk in de straten van de Ushkadel kunnen gaan vragen, maar ik vrees dat het niet lang zou duren voor we zouden worden aangehouden door de Discriminatoren."

"Hij reist rond in Shant," zei Etzwane nadenkend. "Het personeel van het ballonspoor zou hem kunnen herkennen."

"Maar zouden ze ons vertellen wat we willen weten, of zouden ze er de Discriminatoren bijhalen?"

"De uitgevers van *Frivoliteiten* zouden ons ongetwijfeld kunnen vertellen wie de man is, maar tegen die aanpak zal wel hetzelfde bezwaar bestaan."

"Precies. Vragen zouden hun achterdocht wekken, en voordat ze twee vreemden vertellen wat die willen weten, zouden ze eerst de man om wie het gaat verwittigen."

Etzwane wees naar de kraag van het jasje dat de Man zonder Gezicht aanhad. "Let eens op deze broche: zilver met amethist, en heel kunstig gemaakt. De makers van dit soort voorwerpen zijn gevestigd aan het Neroiplein, ten westen van het Corporatieplein. De man die het sieraad heeft vervaardigd, zal zeker zijn werk herkennen. En als we hem vertellen dat we het gevonden hebben, zou hij ons weleens de naam kunnen geven van de man aan wie hij het heeft verkocht."

"Uitstekend," zei Ifness. "We kunnen het proberen."

Het Neroiplein lag in het hart van de Oude Stad. Het plaveisel — meterlange platen dof lavendelkleurig glas — was diep uitgesleten en ongelijk; de fontein midden op het plein dateerde uit de regering van de eerste Caspar Pandamon. Langs de vier zijden van het plein stond een twee verdiepingen hoge arcade van doorzichtig zwart glas, met op elke zuil het wapen van een al tweeduizend jaar uitgestorven koopmansgeslacht. De oude kantoren waren verbouwd tot ateliers voor de juweliers en de edelsmeden van Garwiy. Ze werkten allemaal angstvallig alleen, en alleen zoons en neven mochten gezellen zijn. Het werk van elk atelier weerspiegelde het temperament van de Meester: sommige stonden bekend om hun opalen, agaten, maanstenen; anderen bewerkten toermalijn of beril; weer anderen vervaardigden miniatuurtjes met microscopisch kleine splinters cinnaber, lapis lazuli, turkoois en jade. Modegrillen werden met grote tegenzin gevolgd, speciale opdrachten zonder veel enthousiasme aangenomen. Geen enkel stuk werd voorzien van zegel of merk: allen meenden dat hun werk op het eerste gezicht te herkennen was.

De winkel van Zafonce Agabil was sinds enige tijd in de mode; de inwoners van Garwiy vonden zijn ontwerpen eigenaardig en aandoenlijk. Ifness en Etzwane liepen naar binnen. Ifness legde een stuk papier op de toonbank dat hij uit de foto van de Man zonder Gezicht had geknipt. "Iemand heeft in mijn huis deze broche verloren. Is hij hier vervaardigd, en als dat het geval is, kunt u me dan de naam geven van de eigenaar zodat ik hem het kleinood terug kan geven?"

De man achter de toonbank, een van de vier zoons van Agabil, bekeek het stuk foto met een minachtende trek om zijn mond. "Niet door ons gemaakt, dat is wel zeker."

"Van wiens hand zou het dan wel kunnen zijn?"

"Dat zou ik niet kunnen zeggen."

In de winkel van Lucinetto kreeg Ifness hetzelfde te horen, maar de juwelier zei erbij: "Het is een beetje ouderwets stuk, wellicht een erfstuk. De steen is bijzonder bol afgeslepen, op de manier van een granaat. Niet ons werk; nooit zouden wij een steen zo te schande maken, nooit."

Ifness en Etzwane liepen de ene zaak na de andere binnen en weer uit.

In Meretrice's winkel bekeek de jongste zoon de foto, en zei:

"Ja, dat is een van onze stukken, in de stijl van de Siumedynastie. Ziet u de kracht van de geslepen steen? Het resultaat van een contour die alleen wij kennen. Verloren? Wat jammer. Ik weet de naam van de eigenaar niet meer, het stuk is al vijf jaar of nog langer geleden gemaakt."

"Ik geloof dat ik wel weet van wie het sieraad is," zei Ifness. "Hij kwam met een van mijn gasten mee, maar ik kan me niet meer herinneren hoe hij heet." Hij liet een foto van de Man zonder Gezicht zien.

Meretrice wierp er een blik op en zei: "Ja! Dat is Sajarano, van Paleis Sershan. Hij bemoeit zich maar met heel weinig mensen. Het verbaast mij dat hij uw banket heeft bijgewoond."

Hoofdstuk XIII

PALEIS SERSHAN, EEN INGEWIKKELD BOUWSEL van helder en gekleurd glas, lag met zijn voorgevel op het zuidoosten. Ifness en Etzwane observeerden het op veilige afstand. Ze zagen geen teken van leven, niet in de loggia, niet in het stuk van de tuin dat ze konden zien. Het Gebouw der Archieven had weinig interessants te melden gehad: het geslacht der Sershans was redelijk oud. Prins Varo Sershan van Wilde Roos had Viana Paizifume gesteund, een zekere Almank Sershan had de zuidkust van Caraz afgestroopt en was teruggekeerd met een enorm fortuin aan zilveren dodenmaskers. Sajarano was de laatste rechtstreekse telg. Een echtgenote was twintig jaar geleden overleden zonder dat er kinderen waren geboren, en hij was nooit hertrouwd. Hij beheerde nog steeds de erflanden van Wilde Roos en hield zich intensief met landbouwkunde bezig. Zijn erfgenaam was vermoedelijk een neef, Cambarise van Sershan.

"Eén mogelijkheid is naar de deur te lopen en Zijne Excellentie Sajarano van Sershan te spreken te vragen," zei Ifness. "Een dergelijke aanpak heeft het voordeel dat hij uiterst simpel is, en er is dan ook veel voor te zeggen." Hij was even stil, zei toen peinzend: "Jammer dat mijn geest altijd gevaren en bemoeilijkende omstandigheden ontdekt. Wat doen we als hij ons blijkt te verwachten? Dat is bepaald niet onmogelijk. Meretrice zou achterdocht hebben kunnen krijgen. En me dunkt dat de ambtenaar in het Gebouw der Archieven ongewoon goed op ons lette."

"Ik denk dat hij zodra we verschijnen Discriminatoren laat komen," zei Etzwane. "Als ik Sajarano was zou ik me grote zorgen maken."

"Als *ik* Sajarano was," zei Ifness, "dan zou ik niet in mijn paleis blijven, maar iets onopvallends aantrekken en door de stad lopen. We verdoen hier onze tijd. We moeten ergens heen waar de Man zonder Gezicht zich waarschijnlijk ook zal vertonen."

Laat in de middag liepen de terrasjes van de taveernes aan het Corporatieplein vol met mensen die daar met elkaar afgesproken hadden. Ifness en Etzwane gingen op het grootste terras zitten, en bestelden wijn en koeken.

De inwoners van Garwiy trokken aan hen voorbij, allen in mindere of meerdere mate bezield met de voor Garwiy zo kenmerkende wuftheid en élégance.

Sajarano zagen ze niet.

De zonnen rolden achter de Ushkadel, lange schaduwen vielen over het plein. "Tijd dat we teruggaan," zei Ifness. "Jurjin zal zo meteen wel bij bewustzijn komen, en we mogen haar niet alleen laten."

Jurjin was al enige tijd daarvoor wakker geworden. Wanhopig had ze op alle mogelijke manieren geprobeerd los te komen van het koord waarmee ze met haar middel aan de sofa vastgebonden zat. Haar toga was verkreukeld op de plek waar ze de lus over haar heupen had willen trekken. Het hout van de sofa was beschadigd door haar pogingen om het koord op de scherpe rand kapot te zagen. De knopen, gelegd op een manier die alleen Ifness kende, namen nu zo haar aandacht in beslag dat ze de terugkeer van Ifness en Etzwane eerst niet opmerkte. Ze keek hen aan met het gezicht van een wild dier in een val. "Hoelang houdt u me nog hier? Ik ben diep ongelukkig. Wat geeft u het recht om mij iets dergelijks aan te doen?"

Ifness maakte een verveeld gebaar. Hij verwijderde het koord en stond haar opnieuw toe in het hele huis vrij rond te lopen.

Etzwane bereidde een maal van soep, brood en gedroogd vlees. Eerst sloeg ze het voedsel hooghartig af, maar later at ze toch gretig mee.

Na de maaltijd werd ze wat opgewekter. "Jullie tweeën zijn de vreemdste mensen van heel Durdane. Kijk nu eens! Zo vrolijk als twee mosselen! Natuurlijk! Jullie schamen je voor de dingen die jullie mij hebben aangedaan!"

Ifness negeerde haar. Etzwane lachte alleen maar even zuur.

"Wat zijn uw plannen?" vroeg ze heftig. "Moet ik hier dan voor altijd blijven?"

"Misschien wel," zei Ifness. "Maar ik vermoed dat over een paar dagen de zaken er wel anders voor zullen staan."

"En ondertussen? En mijn vrienden dan? Ze zullen half ziek van bezorgdheid zijn, daar ben ik zeker van. En moet ik dag in dag uit deze toga dragen? U behandelt mij als een beest!"

"Geduld," mompelde Ifness. "Ik zal u binnenkort een tinctuur toedienen, dan kunt u weer gaan slapen."

"Ik wil niet slapen. Ik vind u het toonbeeld van onbeschoftheid. En u —" ze keerde zich om en keek Etzwane aan "— u hebt er zeker geen benul van wat hoffelijkheid betekent, niet? U zit daar dom te grijnzen als een hondshaai. Waarom dwingt u die oude man niet om mij te laten gaan?"

"Zodat u ons kunt aangeven bij de Man zonder Gezicht?"

"Dat zou mijn plicht zijn. Zou ik daarvoor gestraft moeten worden?"

"U had geen Genadebrenger moeten worden als u niet bereid was ook de risico's op u te nemen."

"Maar ik had geen keus! Op een dag werd mij verteld hoe mijn toekomst eruit zou zien, en van die dag af behoorde mijn leven niet meer aan mijzelf toe."

"U had kunnen weigeren om de Anome te dienen. Schept u er genoegen in de mensen hun hoofd af te nemen?"

"Bah!" zei ze. "U weigert op zinnig niveau een gesprek te voeren. Wat is er met u aan de hand?" Dit laatste tegen Ifness, die zich opeens had omgedraaid in zijn stoel en nu blijkbaar ergens naar zat te luisteren.

Etzwane spitste zijn oren, maar de nacht was stil. "Wat hoort u?" vroeg hij.

Ifness sprong overeind. Hij liep naar de deur en keek het duister in. Etzwane stond eveneens op. Hij kon nog steeds niets horen. Ifness zei wat in een taal die hij niet verstond, leek toen weer te luisteren.

Jurjin maakte gebruik van deze afleiding om het koord dat nog om haar middel zat en achter haar aan sleepte op te rapen en om haar hand te wikkelen. Ze rende op Ifness af, klaarblijkelijk in de hoop hem opzij te kunnen duwen en zo haar vrijheid te herwinnen, maar Etzwane, die op iets dergelijks verdacht was geweest, greep haar en droeg haar schoppend en gillend terug naar de sofa. Ifness kwam met zijn tinctuur aanlopen, en het meisje werd stil. Hij knoopte het eind van het koord weer aan de sofa vast en leerde Etzwane het geheim van de sluiting. "De knoop zelf is een betekenisloze wirwar van lussen en kronkels." Ifness' woorden waren gehaast. "Kom hier naar de tafel. Ik moet u leren wat ik van de halsbanden afweet. Snel, snel!"

"Wat is er aan de hand?"

Ifness keek naar de deur. Zijn stem klonk somber toen hij zei: "Ik ben teruggeroepen. Ik ben in ongenade gevallen. Zeer ernstig: ik zal op zijn minst uit het Instituut worden gestoten."

"Hoe weet u dit allemaal?" vroeg Etzwane verrast.

"Ik heb een boodschap gekregen. Mijn tijd op Durdane is voorbij."

Etzwane keek hem met open mond aan. "En de Man zonder Gezicht dan? Wat moet ik doen?"

"Uw best. Het is tragisch dat ik moet gaan. Luister naar mij. Ik zal mijn gereedschappen, mijn wapens en mijn tincturen hier laten, voor u. U moet aandachtig luisteren, want ik kan alles maar één keer uitleggen. Eerst de halsbanden. Kijk, zo kunt u ze zonder gevaar openen." Hij opende een van de halsbanden die hij uit Bashon had meegebracht. "En zo moet u ze weer activeren. Zie toe: ik zal de halsband van het meisje weer in orde maken. Daar hoort het dexax in, en dit is de detonator. Het echocircuit is onderbroken, kijk hier, die losse verbinding...Doe nu zelf eens wat ik u heb verteld...Goed zo...Dit is mijn enige wapen, er komt een naalddunne straal energie uit. De camera moet ik zelf houden."

Etzwane luisterde met een zwaar gevoel in zijn hart. Hij had niet beseft hoe afhankelijk hij was geweest van de onsympathieke Ifness. "Waarom moet u weg?"

"Omdat het moet! Wees op uw hoede voor de Man zonder Gezicht en zijn Genadebrengster hier. Hun gedrag is op een bijna onmerkbare manier anders dan het zou moeten zijn."

Etzwane's oren vingen een zacht geluid op. Ifness hoorde het ook en draaide zich om naar de deur, maar bewoog verder niet.

Een beleefd klop-klop-klop op de deur. Ifness liep de kamer door, trok de grendel weg. In het duister stonden twee gestalten. De eerste kwam wat naar voren, en Etzwane zag een man van middelmatige lengte met een bleke huid en diepzwarte haren en wenkbrauwen. Hij leek te glimlachen, een kalme, grimmige glimlach. Zijn ogen schitterden in het licht. De tweede man was een vage gedaante in het duister van de nacht.

Ifness zei wat in een vreemde taal, de man met het zwarte haar gaf kortaf antwoord. Weer zei Ifness iets, en weer antwoordde de vreemdeling met een paar droge woorden.

Ifness liep het huisje weer in, pakte zijn zachte zwartleren tas en stapte zonder nog een blik, woord of gebaar naar Etzwane de nacht in. De deur sloeg dicht.

Een minuut later hoorde Etzwane opnieuw het zachte geluid. Het vervaagde tot een zucht en verstierf.

Etzwane schonk zich een glas wijn in en ging aan de tafel zitten. Jurjin van Xhiallinen lag in coma op de sofa.

Hij stond weer op en doorzocht het huisje. In de kast vond hij een portefeuille met enige duizenden florijnen. In een kast in de wand hingen kleren, ze zouden hem zonodig wel passen.

Hij liep terug en ging weer aan de tafel zitten. Hij dacht aan Frolitz, aan de tijd die hij bij de troep had doorgebracht, die nu achteraf zo zorgeloos leek. Nooit meer, nooit weer. Ze zouden nu langzamerhand wel ontdekt hebben dat de 'anonieme avonturier' en Gastel Etzwane een en dezelfde persoon waren.

Hij kwam tot de conclusie dat hij niet in het huisje wilde blijven. Hij pakte Ifness' grijze mantel en een grijze hoed. In zijn zak stopte hij het energiepistool en Garstangs kastje, dacht even na, en nam toen ook de willoosmakende tinctuur mee die Ifness hem had gedemonstreerd: stel je eens voor dat hij juist op deze herfstavond Sajarano van Sershan tegen het lijf zou lopen.

Hij temperde het licht. Het huisje was nu duister, het enige licht was de zwakke kleurige gloed van Garwiy. Jurjin lag roerloos op de sofa, hij kon haar niet horen ademen. Stil liep hij het huisje uit.

Urenlang dwaalde hij over de lanen van Garwiy, stilhoudend bij taveernes om te kijken wie er aan de toog zat, en bij herbergen om te zien wie er in de zwoele avond nog buiten zat. Hij durfde niet in de buurt van Fontenay's Herberg te komen. Rond middernacht kocht hij een vleespasteitje en een kaaskoek in een eetstalletje dat laat openbleef.

Nevel was vanuit de Groene Oceaan binnen komen drijven. In flarden en lange kronkels lagen de witte schaduwen om de torens en vervaagden de gekleurde lichten. De lucht werd vochtiger. Er waren nog maar weinig mensen op straat. Etzwane sloeg zijn mantel dicht om zich heen en liep terug naar het huisje.

Bij het hek stond hij stil. Het duistere huis scheen op hem te wachten. Achter het huis, in een schuur, lag Garstangs lijk te rotten.

Etzwane luisterde. Stilte, duisternis. Hij liep de tuin door en bleef bij de deur staan. Een zacht geluid? Hij luisterde ingespannen. Weer een geluid: een droog gekrabbel. Etzwane smeet de deur open en gleed het vertrek binnen met het energiepistool in zijn hand. Hij draaide de verlichting hoger. Zo te zien was er niets beroerd. De achterdeur piepte. Etzwane rende door de voordeur naar buiten en om het huisje heen. Hij zag niets. De deur van de schuur leek op een kier te staan. Etzwane stond abrupt stil, terwijl het haar in zijn nek overeind ging staan. Langzaam sloop hij naar de schuur toe, schoot toen opeens naar voren, sloeg de deur met een klap dicht en schoof de grendel ervoor. Toen draaide hij zich snel om en sprong nerveus opzij, voor het geval dat de open deur bedoeld was om hem af te leiden.

Niets te horen. Etzwane kon er zich niet toe brengen om in de schuur zelf een onderzoek in te stellen. Hij liep het huis weer in. Jurjin lag nog steeds in coma op haar sofa. Maar ze had of was bewogen: een arm hing slap naar beneden.

Etzwane schoof grendels voor de beide deuren en deed de luiken voor de ruiten. Het koord waar Jurjin mee aan de sofa was gebonden was verschoven. Het houten raam van de sofa was afgeschaafd, alsof er iets met zijn tanden aan het werk was geweest. Etzwane boog zich over Jurjin en onderzocht haar zorgvuldig. Hij lichtte een van haar oogleden op. De oogbol was omhoog gedraaid. Etzwane kwam opeens met een ruk overeind en keek over zijn schouder.

Het vertrek was leeg, op de geesten van dode gesprekken na.

Etzwane zette thee en ging in een stoel zitten. De uren gleden voorbij. Sterrenbeelden kwamen op en zakten weer weg. Etzwane viel in slaap, en toen hij koud en stijf wakker werd zag hij dat het licht van de dageraad door de spleten in de luiken viel.

Het huisje was stil, en somber. Etzwane maakte wat te eten klaar en begon aan een dagindeling. In de eerste plaats moest hij in de schuur gaan kijken.

Jurjin werd wakker. Ze had niets te zeggen. Hij gaf haar te eten en stond haar toe naar het toilet te gaan. Toen ze terugkwam was ze in een sombere, moedeloze stemming, en had geen uitdagende of opgewekte woorden voor hem. In het midden van de kamer boog en strekte ze haar armen, die blijkbaar wat verkrampt waren. Toen vroeg ze: "Waar is de oude man?"

"Hij is weggegaan om iets te regelen."

"Wat dan?"

"Dat zult u later wel horen."

"Wat zijn jij en hij toch een vreemd paar!"

"Ik vind u veel vreemder dan ik zelf ben," zei Etzwane. "Naast u ben ik bijna gênant eenvoudig."

"Maar u predikt nog steeds rebellie."

"Geenszins. De Roguskhoi hebben mijn moeder vermoord, en ook mijn zuster. Het is mijn mening dat ze moeten worden vernietigd, teneinde heel Shant te redden. En dat is geen rebellie. Het is een doodgewone redelijke opinie."

"U zou dit soort beslissingen aan de Anome moeten overlaten."

"Hij weigert iets te doen, daarom moet ik hem ook dwingen."

"Is de moeder van de oude man op dezelfde wijze vermoord?"

"Dat denk ik niet."

"Waarom doet hij dan zo veel moeite om tegen de wetten in te gaan?"

"Alleen uit mensenliefde."

"Wat? Die man? Die is zo koud als de wind van Nimmir."

"Ja, in zekere zin is het een vreemde man. Nu moet ik u weer verdoven."

Jurjin maakte een luchtig gebaar. "Doe geen moeite. Ik beloof dit huisje niet te verlaten."

Etzwane lachte cynisch. "Wilt u alstublieft op de sofa gaan liggen?"

Jurjin liep op hem toe en glimlachte hem stralend toe. "Laat ons in plaats hiervan vrienden zijn. Kus me."

"Hmmf. Zo vroeg in de ochtend?"

"Zou je er zin in hebben?"

Somber schudde Etzwane zijn hoofd. "Nee."

"Ben ik dan zo slecht bedeeld? Oud en rimpelig?"

"Nee. Maar als u op de gele knop kon drukken en mij zo mijn hoofd afnemen, dan zou u dat doen. Ik kan weinig sympathie opbrengen voor die gedachte. Haast u alstublieft."

Met een nadenkende uitdrukking op haar gezicht liep Jurjin naar de sofa. Ze ging languit liggen en Etzwane drukte de zak met tinctuur tegen haar hals. Een paar ogenblikken later sliep ze weer. Etzwane knoopte het koord aan een sierkorbeel aan het plafond, met de knoop die Ifness hem geleerd had.

Hij liep het huis uit om de schuur te gaan bekijken. De deur zat op de grendel. Hij liep om het gebouwtje heen. Niets dat groter was dan een rat zou naar binnen of buiten hebben kunnen komen.

Etzwane smeet de deur wijd open. In het daglicht zag hij tuingereedschap, allerlei losse rommel, en het lijk van Garstang. Het lag nog op de plek waar hij het had heengesleept, maar gezicht en borst waren op een afschuwelijke manier opengereten. Etzwane bleef in de deuropening staan en keek rond of hij het wezen zag dat zoiets gedaan kon hebben. Hij durfde niet naar binnen te stappen, uit angst dat de rat, als het tenminste een rat was, opeens uit zijn schuilplaats zou komen schieten en hem bijten. Hij deed de deur dicht en schoof er de grendel voor.

Hij sloeg zijn grijze mantel weer om en liep somber gestemd terug naar Garwiy. Hij ging rechtstreeks naar het Corporatieplein. Misschien dwaalde de Man zonder Gezicht wel rond in Paleis Sershan. Misschien had hij zich wel afgezonderd op zijn landgoed in Wilde Roos. Misschien was hij wel vertrokken naar een van de uithoeken van Shant om boosdoeners te straffen. Maar Etzwane achtte dat alles niet erg waarschijnlijk. Als hij de Man zonder Gezicht was dan zou hij in Garwiy blijven, waar hij de Discriminatoren tot zijn beschikking had, en dan zou hij toch vroeg of laat over het Corporatieplein moeten lopen.

Etzwane bleef een paar ogenblikken onder de Horlogemakerspoort staan. Het was een mistige, kille ochtend, de zonnen verduisterden elkaar terwijl ze langs de hemel buitelden. Hij begaf zich naar een restaurant, ging aan een onopvallend tafeltje zitten en bestelde een kom bouillon.

De inwoners van Garwiy trokken aan hem voorbij. Vlak bij de petitieloketten kwamen drie Discriminatoren elkaar tegen en bleven staan praten. Etzwane hield ze scherp in de gaten. Als ze nu eens alle drie op hem af zouden komen? Hij zou ze nooit allemaal kunnen doden met het metalen kastje, daar zou hij niet genoeg tijd voor hebben. De Man zonder Gezicht moest een ander wapen bij zich hebben, dacht Etzwane: een apparaat waarmee hij elke halsband kon laten ontploffen, alleen door het op de drager te richten. Een man in een toga van grijs met purper kwam het restaurant binnen. Zijn voorhoofd was breed en heel bleek, de kleine neus en de samengeknepen mond met de naar beneden getrokken mondhoeken vielen niet op, maar de ogen waren helder en intelligent. Hij gebaarde de bediende hem een mok soep te brengen, gebiedend, maar beleefd, op de manier van de Estheten.

Toen de soep werd gebracht wierp hij een zijdelingse blik op Etzwane, die ervoor zorgde dat hij zijn eigen kom voor zijn gezicht hield. Maar één schokkend ogenblik lang kruiste zijn blik die van de Man zonder Gezicht.

De Anome fronste even en wendde zijn ogen af, alsof de aandacht van een ander zijn wrevel opwekte.

Etzwane's nervositeit maakte goed nadenken moeilijk. Hij klemde zijn hand om zijn kom, dwong zijn gedachten zich te ordenen, en zette de mogelijkheden op een rijtje.

Hij had een pistool op zak. Hij kon op de Anome toelopen, hem het wapen in de rug drukken en hem gelasten op te staan en mee te lopen. Het plan had één overweldigend nadeel: als men in het oog kreeg wat hij deed, en daar was alle kans op, zou men de Discriminatoren laten komen.

Hij kon wachten tot de Anome opstond en hem dan volgen, maar het was best mogelijk dat de Anome, nerveus als hij wel moest zijn door de afgelopen paar dagen, dat zou merken en hem in de val zou laten lopen. Etzwane zei tegen zichzelf dat hij het initiatief niet uit handen moest geven.

Als de Anome de 'anonieme avonturier' herkende zou hij misschien te overreden zijn om met Etzwane mee te gaan, maar het was waarschijnlijker dat hij de Discriminatoren zou ontbieden.

Etzwane slaakte een zucht van berusting. Hij stak een hand in de rechterzak van zijn cape en pakte een van de dingen die Ifness in Garwiy had achtergelaten. Hij wierp een florijn op tafel voor de bouillon, duwde zijn stoel achteruit, stond op, struikelde toen met een kreet naar voren en legde zijn hand tegen de nek van de Anome. "Heer, mijn diepe verontschuldigingen!" riep Etzwane. "Wat een ongelukkige onhandigheid! Deze natte servet is op uw nek terechtgekomen!"

"Het geeft niet, het geeft niet."

"Sta mij toe u te helpen."

De Anome wendde zich met een ruk om. "U bent onhandig, waarom bestrijkt u op een dergelijke manier mijn nek?"

"Opnieuw verontschuldigingen! Ik zal uw jas vergoeden als deze besmeurd is."

"Nee, nee, nee. Gaat u nu weg, ik kan wel voor mijzelf zorgen."

"Goed, heer, zoals u wilt. Sta mij toe u uit te leggen dat mijn voet achter deze vervloekte stoel bleef haken en dat ik daardoor naar voren schoot. Ik ben ervan overtuigd dat u ontdaan bent geraakt van het hele incident!"

"Ja, inderdaad. Maar de affaire is achter de rug; zegt u alstublieft niets meer."

"Nog één ogenblik geduld; ik moet de band van mijn schoen verstellen. Mag ik hier nog slechts een seconde blijven zitten?"

"Zoals u wenst." De Anome wendde zich af. Etzwane peuterde aan zijn schoen en hield hem scherp in de gaten.

Na een ogenblik draaide de Anome zich weer om. "Bent u nog steeds hier?"

"Ja. Wat is uw naam?"

De Anome knipperde met zijn ogen. "Ik ben Sajarano van Sershan."

"Kent u mij?"

"Nee."

"Kijk mij aan!"

Sajarano draaide zich naar Etzwane om. Zijn gezicht was kalm, onbewogen.

"Sta op," zei Etzwane. "Loop met mij mee."

Op Sajarano's gezicht viel geen emotie te lezen. Etzwane leidde hem het restaurant uit.

"Sneller lopen," zei Etzwane. Ze gingen onder de Granaatappelpoort door en liepen de Serven Airoweg op. Etzwane greep Sajarano bij diens arm beet. De ander knipperde weer met zijn ogen. "Ik ben moe."

"Binnenkort kunt u uitrusten. Wie is de 'anonieme avonturier'?"

"Een man uit het oosten, hij is het middelpunt van een groep opstandige intriganten."

"Wie zijn de andere leden van deze groep?"

"Dat weet ik niet."

"Waarom zet u geen soldaten in tegen de Roguskhoi?"

Tien seconden lang gaf Sajarano geen antwoord. Toen mompelde hij: "Dat weet ik niet." Hij was onduidelijk gaan praten, en hij begon te wankelen. Etzwane ondersteunde hem en liep zo snel mogelijk verder, tot de Anome bij de Poort der Seizoenen niet meer in staat was op eigen kracht verder te lopen.

Etzwane zette hem op een bank neer en wachtte tot een lege fiacre voorbijkwam. Hij riep de voerman aan. "Mijn vriend heeft er één te veel gehad, we moeten hem naar zijn huis brengen voor zijn vrouw erachter komt."

"Dat kan de beste van ons overkomen. Leg hem maar achterin. Lukt het?"

"Zeker. Rijdt u maar naar de Laan van de Thasarene Directeuren."

HOOFDSTUK XIV

ETZWANE TROK DE Man zonder Gezicht zijn bovenkleren uit en legde hem op de sofa naast die waarop Jurjin lag. Lichamelijk was de Anome niet indrukwekkend. In zijn kleren vond Etzwane een activeerkastje, net als het apparaat dat Garstang bij zich had gehad, een ingewikkeld uitziend energiepistool, een klein doosje dat hij voor een radiozender-ontvanger hield, en een metalen buis waarvan hij niet wist waar hij voor diende. Het zou de universele halsbandontploffer kunnen zijn waar de Man zonder Gezicht waarschijnlijk over beschikte.

Hij haalde het gereedschap van Ifness tevoorschijn en legde alle instrumenten zorgvuldig op een rijtje. Toen verwijderde hij met de grootste concentratie Sajarano's halsband, op de manier die Ifness hem had getoond. Tot zijn bijzonder grote verrassing zat er een gewone strook dexax in. De echocircuits werkten blijkbaar ook. Etzwane staarde in stomme verbazing naar de halsband in zijn hand. Hoe was dit nu mogelijk? Een verschrikkelijk voorgevoel klemde zich als een koude hand om zijn hart. Had hij de verkeerde ontvoerd?

Want waarom zou de Man zonder Gezicht anders een halsband met dexax en alle gebruikelijke circuits omhebben?

Opeens kwam de verklaring in hem op, zo simpel dat hij van pure opluchting in de lach schoot. Net als alle andere bewoners van Shant had ook Sajarano van Sershan aan het begin van zijn puberteit een halsband omgekregen. Toen hem via een in diepe geheimen gehulde procedure het ambt van Anome was toegevallen, wist hij niet hoe hij daar iets aan kon doen. Alleen had hij de kleurcode veranderd om zich te beschermen tegen zijn Genadebrengers.

Etzwane knipte zijn eigen halsband open, deed de explosieve lading erin, en sloot de circuits weer aan. Toen legde hij de halsband om Sajarano's nek en verzegelde hem.

Nu wachtte hem nog een onplezierig werkje. Hij liep naar de schuur en gooide de deur open. De rat, als het een rat was, schoot onder een stapel zakken. Etzwane zag dat het dier Garstangs lijk had aangevreten. Vol weerzin trok hij Ifness' pistool en schoot een streep bleek vuur op de zakken af. Ze verdwenen in een wolk smerig stinkende rook, samen met het schepsel dat onder de zakken zijn toevlucht had gezocht.

Etzwane pakte een spade, dolf een ondiep graf en begroef Garstang.

Toen hij het huis inliep was alles nog net zoals hij het had achtergelaten. Hij nam een bad, trok andere kleren aan, ging toen zitten wachten. Zijn stemming was een vreemde mengeling van triomf en eenzaamheid.

Jurjin werd het eerst wakker. Ze zag er moe uit, haar gezicht was betrokken, en haar huid had een ongezonde kleur. Ze ging recht overeind zitten en keek Etzwane met onverhulde bitterheid aan.

"Hoelang hou je me nog hier?"

"Niet lang meer."

Ze keek naar de andere kant van de kamer. "Wie is die man?"

"Kent u hem?"

Jurjin haalde in een dappere poging om een opgewekte en uitdagende indruk te maken haar schouders op.

"Hij heet Sajarano van Sershan," zei Etzwane. "Hij is de Man zonder Gezicht."

"Waarom is hij hier?"

"Dat zult u nog wel merken. Hebt u honger?"

"Nee."

Etzwane dacht een ogenblik na en maakte toen de knoop los van het touw waarmee ze vastgebonden zat. Ze stond op. Etzwane keek haar strak aan.

"Verlaat het huis niet. Als u het toch doet, raakt u uw hoofd kwijt. De Anome is hier en kan u niet helpen. U moet nu mij op dezelfde wijze gehoorzamen als u vroeger de Anome hebt gehoorzaamd. U mag de Anome niet meer gehoorzamen. Begrijpt u dit?"

"Ik begrijp u uitstekend. Maar ik verkeer in onzekerheid. Wie bent u?"

"Ik ben Gastel Etzwane, een musicus. Dat was ik, en dat hoop ik weer te worden."

Uren gingen voorbij. Jurjin dwaalde rond in het huis, keek naar Etzwane met in haar ogen verbazing, uitdagendheid, vrouwelijke woede.

Tegen het vallen van de avond raakte Sajarano weer bij bewustzijn. Hij kwam heel snel volledig bij zijn positieven, ging rechtop zitten en keek een halve minuut naar Etzwane en Jurjin. Toen zei hij ijzig: "Als u me eens uitlegde waarom u me hierheen hebt gebracht?"

"Omdat de Roguskhoi moeten worden aangevallen, omdat u steeds hebt geweigerd om iets te doen."

"Dat berust op een weloverwogen politiek waaraan ik mij plechtig heb voorgenomen mij te houden," zei Sajarano. "Ik ben een man van de vrede, ik weiger de verschrikkingen van de oorlog over Shant te brengen."

"Maakt u zich daar maar geen zorgen over, dat hebben de Roguskhoi al voor u gedaan."

Etzwane wees naar Sajarano's oude halsband. "U draagt een actieve halsband, met een volledige lading dexax. Hier heb ik de detonator. U, en ook uw Genadebrenger, moeten nu mijn bevelen gehoorzamen."

Jurjin had aan de andere kant van de kamer staan luisteren. Nu liep ze naar de sofa en ging zitten. "Ik gehoorzaam aan de Anome."

"En Garstang?" vroeg Sajarano.

"Garstang is dood."

Sajarano's hand ging naar zijn nieuwe halsband, in het universele gebaar van alle mensen van Shant. "Wat bent u van plan?"

"De Roguskhoi moeten worden uitgeroeid."

"U weet niet wat u zegt," zei Sajarano kalm. "In Shant genieten we vrede en geluk, deze twee moeten wij in stand houden. Waarom zouden wij het risico lopen weg te zakken in chaos en militarisme ter wille van een paar barbaren?"

"Vrede en geluk zijn geen geschenken van de natuur," zei Etzwane. "Als u dat soms gelooft, stuur ik u naar Caraz, dan kunt u het met eigen ogen aanschouwen."

"U kunt toch geen oorlog over Shant willen brengen?" riep Sajarano, opeens heftig aangedaan.

"Ik wil een duidelijk aanwezig gevaar bezweren. Belooft u mij te gehoorzamen? Als u weigert, dood ik u nu meteen."

Sajarano liet zich weer terugzakken op de sofa. Hij maakte een apathische indruk. Zijdelings hield hij Etzwane in het oog, en in die houding leken zijn kleine neus en mond vreemd kinderlijk. "Ik beloof u te gehoorzamen."

Jurjin was rusteloos, haar gezicht vertrok krampachtig en ze maakte grimassen die onder andere omstandigheden grappig hadden kunnen zijn. Ze stond op en liep naar de tafel.

"Zoeken de Discriminatoren op het ogenblik naar de 'anonieme avonturier'?"

"Ja.

"Hebben zij orders om hem te doden?"

"Als dat nodig is wel."

Etzwane gaf hem de zender en ontvanger. "Hoe werkt dit apparaat?"

Jurjin kwam naar voren, alsof ze ook geïnteresseerd was. Opeens flitste een glazen mes achter haar rug vandaan. Etzwane, die haar vanuit zijn ooghoeken in de gaten had gehouden, sloeg haar languit op de sofa. Sajarano worstelde zich overeind van de sofa, gaf Etzwane een trap en greep hem bij zijn nek beet. Etzwane dook naar voren, en het koord om Sajarano's nek kwam met een ruk strak te staan en hij viel zwaaiend met zijn armen terug op de bank.

"Uw beloften schijnen weinig waard te zijn," zei Etzwane kalmpjes. "Ik had gehoopt dat ik u beiden zou kunnen vertrouwen."

"Waarom zouden we niet mogen vechten voor iets waar we in geloven?" snauwde Jurjin.

"Ik heb beloofd u te gehoorzamen," zei Sajarano. "Ik heb niets gezegd dat ik niet zou proberen u te doden als de kans zich voordeed."

Etzwane grijnsde, een sombere, sardonische grijns. "In dat geval beveel ik u geen poging te doen om mij te doden of op enigerlei wijze te verwonden. Belooft u dat?"

Sajarano zuchtte. Hij was duidelijk heel slecht op zijn gemak. "Ja. Wat kan ik anders zeggen?"

Etzwane keek Jurjin aan. "En u?"

"Ik beloof niets," zei ze hooghartig.

Etzwane pakte haar bij de arm beet en trok haar naar de deur.

"Waar gaat u heen?" riep ze. "Wat gaat u doen?"

"Ik neem u mee naar de binnenplaats," zei Etzwane. "Daar zal ik u doden."

"Nee, nee, nee!" riep ze. "Dood mij alstublieft niet. Ik beloof u te zullen gehoorzamen!"

"En zult u proberen mij kwaad te doen?"

"Nee!"

Etzwane liet haar los en ze rende terug naar de bank.

Etzwane liep opnieuw naar Sajarano. "Leg uit hoe deze zendontvanger werkt."

"Ik druk op de witte knop," zei Sajarano kalm. "Er wordt nu een verbinding tot stand gebracht met de relaisstations die ik via deze kiesschijf kies. Ik spreek, en mijn bevelen komen bij de relaisstations binnen."

"Roep de Discriminatoren op, en gelast hen de 'anonieme avonturier' niet langer lastig te vallen," zei Etzwane. "Zeg hen ook dat stipt en met de verschuldigde eerbied moet worden gevolg gegeven aan de bevelen van Gastel Etzwane, precies zoals aan bevelen van uzelf."

Met vlakke stem deed Sajarano wat hem gelast werd. Hij keek Etzwane aan. "Wat verlangt u nog meer van mij?"

Etzwane keek van het ene gezicht naar het andere, van Jurjin van Xhiallinen naar de Man zonder Gezicht. Hij wist dat ze hem allebei zouden bedriegen bij de eerste de beste gelegenheid die zich voordeed. Als ze dood waren, zouden ze geen bedreiging meer zijn. Jurjins ogen sperden zich wijd open alsof ze raadde waar hij aan dacht. Misschien was dat wel het beste. Maar als hij de Man zonder Gezicht doodde, wie zou dan over Shant regeren? Wie zou het militaire apparaat op poten zetten dat nodig was om zijn doel te bereiken? De Anome moest in leven blijven, en in dat geval zag hij geen reden om Jurjin van Xhiallinen te doden.

Ingespannen staarden de twee hem aan en probeerden te doorgronden waaraan hij dacht. Rustig zei hij: "Ik geef u uw vrijheid terug. Verlaat de Ushkadel niet."

Hij maakte het koord om Sajarano's nek los. "Wees gewaarschuwd: als ik sterf zullen mijn kameraden uw hoofden afnemen."

Zonder verdere plichtplegingen of vertoon van waardigheid gingen de twee heen. Bij het hek keek Jurjin om. In het duister kon Etzwane alleen de witte vlek van haar gezicht zien. Onbehaaglijk besefte hij dat Ifness de situatie anders zou hebben aangepakt, dat hij op een essentieel punt verkeerd had gekozen.

Hij stopte de wapens en instrumenten die hij niet achter durfde laten in een tas en liep naar de stad.

In de Oud-Pagane bestelde hij de beste maaltijd die het huis te bieden had, en glimlachte om de lichte schuldgevoelens die zijn instinctieve spaarzaamheid hem bezorgde. Geld was nu wel zijn minste zorg geworden.

Hij slenterde langs de rivier naar Fontenay's Herberg waar hij Frolitz en de rest van de troep met glazen bier voor zich aantrof. Met een stem waarin woede, verwijt en opluchting doorklonken riep Frolitz: "Wat heb jij nu toch uitgevoerd? De Discriminatoren hebben ons de hele tijd lastiggevallen! Ze zeiden dat je een Estheet had ontvoerd."

"Allemaal onzin," zei Etzwane. "Een lachwekkende vergissing. Ik praat er liever niet over."

"Het is duidelijk dat je er niets voor voelt om ons wijzer te maken dan we zijn," zei Frolitz. "Maar dat geeft niet: aan het werk. Ik heb een zere lip, vandaag doe ik de khitan wel. Etzwane speelt waldhoorn. We beginnen met dat wijsje van de Ochtendkust, *Vogels in de Branding*."

Jack Vance werd in 1916 geboren in een welgesteld Californisch gezin dat tegen het einde van zijn kindertijd moeilijke tijden doormaakte. Als jonge man probeerde hij een aantal onbevredigende baantjes uit alvorens aan de Universiteit van Californië in Berkeley mijnbouw-kunde, natuurkunde, journalistiek en Engels te gaan studeren. Hij ging van school toen de oorlog uitbrak en werd matroos op de koopvaardij. Later werkte hij als rolbrugmachinist, landmeter, keramist en timmer-man, voordat hij zich door het produceren van een gestage stroom aan SF, mysterieromans en korte verhalen als voltijds schrijver vestigde.

Hij was meer dan zestig jaar actief als schrijver, en voor zijn werk ontving hij onder andere drie *Hugo Awards*, een *Nebula Award*, een *World Fantasy Award* œuvreprijs, en een *Edgar* van de *Mystery Writers of America*. De *Science Fiction & Fantasy Writers of America* kroonden hem tot Grootmeester, en hij werd opgenomen in de roemruchte *Science Fiction Hall of Fame*.

In zijn werk overschreed Jack Vance vaak de grenzen van het genre: van weemoedige fantastiek (de zeer invloedrijke *Stervende Aarde* verhalen) tot interstellaire space opera (de vijfdelige *Duivelsprinsen* reeks), van heldhaftige fantasy (de *Lyonesse* trilogie) tot de mysterieuze moorden die een sheriff in landelijk Californië moet oplossen (de *Joe Bain* boeken).

Toen hij reeds op leeftijd was, vormde zich een internationale groep van Vance-fans die zich tot doel stelde om het complete œuvre van Vance in de oorspronkelijke staat te herstellen, daarbij tientallen jaren van redactionele ingrepen en ongewenste wijzigingen ongedaan makend. Dit resulteerde in de toonaangevende Engelse *Vance Integral Edition* die als 44 hardcover delen in een beperkte oplage verscheen.

In 2013, kort nadat hij zijn eerste jazz-album had opgenomen, overleed Jack Vance op 96-jarige leeftijd in het huis dat hij eigenhandig had gebouwd in de beboste heuvels buiten Oakland. In het jaar van zijn honderdste geboortedag begint Spatterlight met het uitgeven van een nieuwe Nederlandse editie. In 62 paperbacks verschijnen zowel alle Vance verhalen die al eerder zijn uitgegeven, alsook alle titels die nog niet eerder in het Nederlands verkrijgbaar waren.

Colofon

Dit boek is gezet uit 11,5 pt Adobe Arno Pro.

Deze uitgave kwam tot stand met de hulp van Wil Ceron
en Evert Jan de Groot.

Omslagontwerp: Howard Kistler

Typografisch ontwerp: Joel Anderson

Zetwerk: Joel Anderson

Kaarten: Christopher Wood

Management: John Vance, Koen Vyverman

www.ingramcontent.com/pod-product-compliance
Lightning Source LLC
Chambersburg PA
CBHW020843260626
47169CB00003B/1118